BLT
Mit der Welt
auf Buchfühlung

Stefano Benni, geboren 1947 in Bologna, ist in seinem Heimatland einer der bekanntesten und erfolgreichsten Autoren. Sein besonderes Interesse gilt der politischen Satire, der er sich auch in seinen Kolumnen in den wichtigsten italienischen Zeitungen und Zeitschriften bedient. Internationalen Durchbruch erlangte er mit seinem Roman »Terra« (1983), der in zahlreichen Sprachen zum Bestseller wurde.

Von Stefano Benni sind bei BLT außerdem lieferbar:

92216 Der Zeitenspringer
92259 Geister

Stefano Benni

Der schnellfüßige Achilles

Roman

Aus dem Italienischen von
Moshe Kahn

BLT

BLT
Band 92302

1. Auflage: August 2008

Im Gedenken an Aki
und Luigi Pintor

Wie ist dein Name im Dunkeln?
(Liber Sybillae)

Vollständige Taschenbuchausgabe

BLT in der Verlagsgruppe Lübbe

Titel der italienischen Originalausgabe:
ACHILLE PIÈ VELOCE
Erschienen bei Giangiacomo Feltrinelli Editore SpA, Milano

Lizenzausgabe mit freundlicher Genehmigung:
Verlagsgruppe Lübbe GmbH & Co. KG,
Bergisch Gladbach
Umschlaggestaltung: Gisela Kullowatz
Titelbild: © Kevin Hendley/Smelik & Stokking Galleries
Autorenfoto: Agenzia Grazia Neri
Satz: Verlag Klaus Wagenbach
Gesetzt aus der Scala
Druck und Verarbeitung: CPI – Ebner & Spiegel, Ulm
Printed in Germany
ISBN 978-3-404-92302-1

Sie finden uns im Internet unter
www.luebbe.de
Bitte beachten Sie auch: www.lesejury.de

Der Preis dieses Bandes versteht sich einschließlich
der gesetzlichen Mehrwertsteuer.

1. Kapitel

Was geschieht mit den sogenannten normalen Menschen, wenn sie unversehens einem Verrückten begegnen, der schreit oder sie mit einem unverständlichen Delirium überfällt? Wenn sie jemanden zusammengestürzt am Boden oder von einem Krampf auf die Stufen einer Kirche genagelt sehen? Nach der Begegnung verharren sie regungslos, mit einem Ausdruck des Unbehagens, der Angst oder der Benommenheit. Doch ihr Gesicht ist verändert, es ist, als wären sie von einem grellen Licht fotografiert worden, sie schütteln den Kopf, sprechen mit sich selbst, einen Augenblick lang scheint auch ihre Normalität angeschlagen zu sein. Was haben sie im Blitz dieses Lichts gesehen, welche Landschaft, welchen Spiegel, welche unerträgliche Wahrheit, die sie zwar gleich darauf wieder vergessen werden, deren Bild aber für immer in irgendeinem dunklen Winkel ihres Herzens, in der in Flammen aufgehenden Bibliothek ihres Lebens verweilt? (Medèn)

Der Mann mit den Büchern unter dem Arm ging aus dem Haus, und die Welt war nicht da.

Er blickte genauer hin und sah, daß es sie zwar noch gab, doch ein dichter Nebel hielt sie verborgen, vielleicht um sie vor irgendeiner Gefahr zu schützen. Es war die übliche Welt, und der Mann erblickte einige Einzelheiten zu seinen Füßen: einen Spalt im Bürgersteig, den Fetzen eines Beets, ein totes Blatt für die Dichter, Palminervia für die Botaniker, herabgefallen für die Straßenfeger. Dann erschienen ihm ein Baumstumpf, das Skelett eines Fahrrads ohne Reifen und ein gelbes Licht auf der anderen Straßenseite.

Dahin begab er sich.

Er atmete die feuchte Morgenbrise und ließ Stickstoff, Sauerstoff, Argon, Xenon & Radon, Wasserdampf, Kohlenmonoxyd, Stickstoffdioxyd, Bleitetraäthyl, Benzol, Karbonat- und Silikatpartikel, ein paar Pilzsporen, eine Luftflotte von Bakterien, ein anonymes Härchen, den Ektoparasiten einer Taube, anemophile Pollen und einen Tropfen Schwefeldioxyd, der von einer weitentfernten Fabrik herübergeflogen war, und schließlich noch ein Sandkorn aus Tevtikiye in der nordwestlichen Türkei ein, das der Schirokko in der Nacht hergetragen hatte.

Kurz gesagt, er atmete Stadtluft.

Nur wenige Geräusche zu dieser Stunde. Ein krächzender Vogel, eine Stimme im Fernsehen, die sich heiter gab, fernes Stöhnen von Motoren.

Der Mann überquerte vorsichtig die Straße, auf seinem Kopf spürte er das Kribbeln eines Nieselregens, und er erreichte das gelbe Licht, das für das Schutzdach der Haltestelle der Komet war. Hier fand der Mann mit den Büchern unter dem Arm Schutz mit einigen anderen seinesgleichen.

Ein alter Mann mit einer Aktentasche und einem Knirps, der sich zwar schon seit über einem Monat nicht mehr öffnen ließ, den er aber liebgewonnen hatte. Eine Frau mit einem Fuchskragen und einer Katze im Käfig. Ein distinguierter Herr mit einem steifen Koffer, der nicht richtig zuging. Ein Philippine, der in Wirklichkeit ein Thailänder war. Und schließlich ein Pärchen, Kinder noch, mit Sturmfrisuren, er klatschmohnrot, sie mit zwei Schulsäcken über der Schulter, die so voll waren wie der Magen einer satten Python.

Alles sah ruhig aus, und der Mann mit den Büchern unter dem Arm, mit Namen Ulysses, schob die Bücher in eine Plastiktüte, damit sie nicht naß wurden, und setzte sich. Doch die Herbstdämonen kündigten einen unmittelbar darauf eintretenden Umbruch an. Zuerst ein Donnerschlag, dann ein Blitz, der einen apokalyptischen Himmel ausleuchtete, und ein ozeanischer Regenschauer, der alle von der Notwendigkeit überzeugte, sich unter das Schutzdach zu zwängen. Am Ende der Straße hörte man einen heiseren Schrei, und aus der Kurve einer leicht abschüssigen Straße tauchte der Lindwurm auf. Mit gelben Augen die Nebelwand durchbohrend, näherte er sich mit dem schwankenden Haupt eines Ungeheuers seinen Opfern. Er war über zehn Meter lang, von blutroter Farbe, mit sechs verrunzelten Klauen, auf denen er zwischen den Reihen parkender Autos rasch dahergaloppierte. Als er in der Nähe des Schutzdachs war, ließ er in kurzen Abständen ein gelbliches Auge auf der rechten Gesichtshälfte aufleuchten, ein obszönes Zwinkern der Lust. Dann kam er mit quietschenden Hauern vor den Menschen zum Stehen, die ihm nicht auszuweichen vermochten und vor Schreck gelähmt waren.

Er riß nicht ein, sondern drei Mäuler auf. Mit zweien verschluckte er die Opfer, aus dem dritten spie er das offensichtlich Durchgekaute und Verdaute wieder aus. Schlagartig verschloß er die Schlünde und stob mit sattem Schnauben davon.

Ein blondes Mädchen lief ihm nach, mit wehenden Zöpfen und dem Ranzen über der Schulter, schreiend, mit einem für ihr Alter unglaublichen Mut. Sicher hatte es im Maul des Ungeheuers den Vater oder die Mutter verschwinden sehen oder einen Schulkameraden, furchtlos warf sie sich gegen die Seite des Lindwurms und schlug mehrere Male mit der Faust auf ihn ein.

Das Ungeheuer blieb stehen, riß das hintere Maul auf und verschlang das kühne, herrliche Kind.

»Danke«, sagte das Mädchen mit den Zöpfen.

»Schon gut«, sagte der Busfahrer.

Im Lindwurm stand der Mann mit den Büchern unter dem Arm am Fenster. Das war seine Lieblingshaltung. Er wagte es nicht, die anderen sitzenden Mitfahrenden anzusehen, denn er dachte mit Schrecken daran, daß ein Jüngerer ihm einen Platz anbieten könnte, weil er ihn für alt genug hielt. Der Mann war zwar nicht alt, seine Haare waren aber schon ein bißchen grau und schütter, und früher oder später, das war ihm bewußt, würde ihn die beschämende Höflichkeit des »Bitte, setzen Sie sich doch« treffen, vielleicht sogar von der Frau mit der Katze im Käfig, ohne daß er wahrscheinlich den Mut aufbringen würde, zu antworten: »Na, hören Sie mal, wer sagt Ihnen eigentlich, daß ich älter bin als Sie?«

Um genau zu sein:

Der nicht so alte Mann befand sich auf halbem Weg zwischen dreißig und vierzig, unter dem Arm trug er keine Bücher, sondern Manuskripte, genauer gesagt maschinengeschriebene Skriptmanuse, wie er sie nannte, angesichts der Tatsache, daß Handgeschriebenes längst ein Werk von Dinosauriern ist, und diesen Bus nahm er fast jeden Morgen. Der Mann hieß Ulysses, für seine Freunde Lello, der Bus hieß Dreizehn und hatte, soweit man weiß, keine Freunde, allenfalls Fahrgäste, die regelmäßig mit ihm fuhren. Um noch genauer zu sein: Die Frau mit der Katze war in der Tat zwei Jahre älter als Ulysses, die Skriptmanuse stammten von angehenden Schriftstellern, denn Ulysses war Lektor in einem Verlag, der Forge hieß, die Katze hieß Paradies und war eine Rotgetigerte.

»Und wen kümmert der Scheiß?« sagte das Mädchen mit den Zöpfen.

Damit meinte sie nicht die eben angegebenen Präzisierungen, sondern wahrscheinlich eine Nachricht oder eine Warnung oder eine Schelte, die sie gerade von ihrem kommunizierenden Vater oder ihrer kommunizierenden Mutter über Handy erhalten hatte.

»Diese Jugend, diese Jugend«, sagte der Mann mit dem Knirps, der sich nicht öffnete, und suchte mit seinem Blick Ulysses' Zustimmung, erhielt sie aber nicht.

»Alle reden von den Jugendlichen, aber, zum Teufel noch mal, wer läßt uns eigentlich zu Wort kommen?« kreischte ein Stimmchen irgendwo im Bus.

»Ihr redet sowieso schon zuviel«, antwortete ein anderes Stimmchen.

Ulysses dachte, es wäre gefährlich, sich umzudrehen und diesen sich selbst entfachenden Streit zu beobachten, doch jemand berührte auf unangenehme Weise seinen Hals, und so war er gezwungen, es doch zu tun. Verwundert stellte er fest, daß hinter ihm oder wenigstens in dem angrenzenden Umkreis niemand war. Doch etwas schaukelte direkt vor seiner Nase hin und her und streifte seine Schläfe. Er machte eine Bewegung, um das Insekt oder die Feder oder was es sonst war zu verscheuchen. Und er merkte ganz erstaunt, daß neben seinem rechten Auge ein mikroskopischer Turnschuh baumelte, der dem miniaturisierten Beinchen eines winzigkleinen Jugendlichen gehörte, der auf seiner Schulter hockte. Während aus seiner Manteltasche der Winzlingskopf eines alten Mannes mit Brille hervorschaute, der, mit einem Regenschirm, der nicht größer war als ein Zahnstocher, nach oben weisend, protestierte:

»Ihr Jungen redet sowieso schon zuviel, und ihr wißt nicht einmal, worüber!«

Der Mikrojugendliche schüttelte die Schultern auf Ulysses' Schulter, und das mit der Stärke eines Hamsters. Dann beugte er sich aus dem Schlüsselbein vor, zeigte einen gelgetränkten Kopf und machte in Richtung des Mikroherrn in der Tasche eine unanständige Handbewegung. Auf diese Weise merkte Ulysses, daß die zänkischen Stimmen zweien seiner, na, nennen wir sie mal so, Mitbewohner oder Parasiten oder Symbionten gehörten. Er drehte sich um, um zu sehen, ob irgend jemand im Bus etwas bemerkt hatte. Dann packte er den Minijugendlichen und versuchte, ihn in der Manteltasche zu verstecken.

»Mach doch langsam, verdammt«, protestierte der.

»Halten Sie ihn mir bloß vom Leib, und bringen Sie ihn keineswegs näher«, sagte der Alte, ungefähr achtzig Jahre alt und acht Zentimeter groß. »Es ist schon beleidigend genug, daß unsere Werke sich in Ihrer Tüte berühren.«

»Werke?« sagte Ulysses laut, ohne es selbst richtig zu merken.

»Spielen Sie bloß nicht den Ahnungslosen«, sagte der Alte und klammerte sich an einen Knopf, »ich bin Professor Vergil Colantuono, der mit dem umfangreicheren Skriptmanus in dem schmucken blauen Ordner.«

»Ja, fünfhundertvierzig Seiten, das lastet seit heute morgen auf mir«, sagte der Minijugendliche. »Ich dagegen bin der mit dem Skriptmanus, dessen Deckblatt mit dem Computer hergestellt wurde, Paolo Petrotto, Autor von *Perial Killer*, der Krimi dreifach X, der euch nicht schlafen läßt.«

Ulysses setzte sich, gegen jede Gewohnheit, und kontrollierte den Haufen mit den Skriptmanusen. Tatsächlich war das erste ein schwergewichtiger blauer Ordner, der den Titel *Erinnerungen vom Katheder* trug, von Vergil Colantuono, Untertitel *Tagebuch einer Unbescholtenheit*. Und darunter, von einer blutrünstigen Zeichnung illustriert, die einen Totenschädel oder eine unglückliche Schlackwurst darstellen konnte, befand sich die Kladde mit *Perial Killer XXX*.

»Dann seid ihr also ...«, stammelte Ulysses.

»Nun tun Sie doch nicht so, als würden Sie uns nicht kennen, Ihr Verlag schwört doch hoch und heilig: ›Wir lesen euch alle, und wir antworten euch allen.‹«, protestierte Petrotto. »Haben Sie mich also gelesen oder nicht?«

»Nein, zuerst muß er mich lesen«, sagte der Professor und schwenkte den Regenschirm oder auch Tropfenschirm.

Ulysses taumelte wegen einer Bremsung und wegen der Verwirrung in seinem Kopf.

»Ja, ich hab' euch vergangene Nacht gelesen«, stammelte er, »oder wenigstens habe ich damit angefangen, aber ich verstehe nicht ...«

»Sie verstehen nicht?« kreischte der junge Krimiautor und glitt den Ärmel hinunter. »Was gibt es da zu verstehen? Meine Geschichte ist eine alltägliche Geschichte. Ein Serienmörder ermordet zwölf Menschen, indem er ihnen Heroinbirnen verabreicht und sie dann langsam mit einer Stichsäge seziert, dann schändet er sie, malt sie weiß und schwarz an und hinterläßt neben der Leiche eine Spur, einen kryptischen Satz. Detektiv Eastman entdeckt, daß es Sätze sind, die mit den Ergebnissen der Ligaspiele jener Woche zu tun haben und …«

»Eine Schmierentheatergeschichte, dazu zerhackt«, sagte Professor Vergil, »mein Buch dagegen ist eine dichte, aber flüssig geschriebene Autobiographie, die fünfzig Jahre Lehrtätigkeit in einem Ort im von allen, auch von der Mafia, vergessenen Süden darstellt. Jeden Tag schildere ich minutiös die Geschehnisse, die Geschichten, die Stimmen, die Notierungen …«

Er beendete den Satz nicht. Aus einem Skriptmanus in einem gefütterten Umschlag kam eine achteinhalb Zentimeter große Frau heraus und verschloß den Mund des Professors mit einer Briefmarke.

»Ein Verlag wie der Ihre sollte Qualität pflegen«, sagte sie und tadelte Ulysses mit ihrem Zeigefingerlein, »bauen Sie nicht auf modischen Krimimist oder auf Tagebücher alternder Menschen. Ich habe ein Buch geschrieben, das sich der edelsten Stimmen der Literatur erinnert, es genügt schon, wenn Sie nur die Anfangszitate lesen, ganze zwölf … haben Sie *Ungeschminkt* gelesen?«

»Ich werde alles lesen«, sprach Ulysses mit einem Hauch von Stimme, »ich werde allen antworten.«

»Wäre auch besser«, sagte ein Minitarzan, der breiter war als groß und sich gewagt auf den Katzenkäfig gesetzt hatte, »ich bin der aus Rambaud, dem kulturell-kulturistischen Epos. Wir haben es satt mit den ausgemergelten Poeten! Ich habe Jahre und Jahre im Fitneßzentrum trainiert, um dieses Buch zu schreiben …«

»Ich habe Ihnen den Gedichtzyklus *Trunkene Moiren* geschickt«, sagte jemand und kletterte an Ulysses' Rücken hoch, »er hat schon an die zehn Preise gewonnen und fand Gefallen bei …«

»Einer nach dem anderen«, sagte Ulysses und führte seine Hände an die Hose, die ihm jemand aufknöpfte.

»Ich weiß zwar nicht, wie alt Sie sind und welche Welterfahrung Sie haben«, hauchte eine rundliche Fee mit blondem Barbiehaar, die an einer delikaten Stelle von Ulysses' Anatomie hing, »aber ich versichere Ihnen, daß das *Orale Tagebuch* ganz und gar stimmt. Über dreihundertmal immer andere Männer geblasen, unter ihnen zahlreiche VIPs, und für jeden von ihnen eine fulminante Seite, die Techniken, Reaktionen, Unvorhersehbares und Anekdoten mitteilt. Und haben Sie die Illustrationen gesehen? Die hat meine Tochter gemacht.«

»Ich dachte, dies wäre ein ernstzunehmender Verlag«, rief ein Dezimeter von Oberst, »und ich habe Ihnen *Kein Platz* zugeschickt, das Buch, das erklärt, warum der Westen die Chinesen bis 2010 vernichten muß.«

»Interessiert Sie die Geschichte eines Mannes, der eines Morgens aufwacht und in einen Käfer verwandelt ist?« sagte eine kleine Stimme ganz unten im Briefumschlag.

»Herr Kafka, wenigstens Sie sollten keine Witze machen«, stöhnte Ulysses.

»Und stecken Sie mein Buch nicht zwischen diese Skriptmanuse.«

»Wenn ein Trainer auf den Angriff verzichtet, verzichtet er auf das Wesen des Fußballs selbst«, befand eine rauhe Stimme, die aus der Sportzeitung kam.

»Her mit dem Geld, Kumpel, hundertzwanzig Euro«, sagte die Gasrechnung.

»Noch eine Fahrt, und dann wirfst du mich weg, stimmt's, du Bastard? Ihr seid doch alle gleich, ihr Fahrgäste.« Das war ein Busfahrschein, der mit der Stimme von Greta Garbo sprach.

Ulysses stand auf, der Kopf schwirrte ihm, die Stimmen hämmerten von überall auf ihn ein, er hielt sich die Ohren zu, er taumelte.

»Wollen Sie sich setzen, Signore?« fragte das große Mädchen mit den Zöpfen.

»Komm' ich Ihnen etwa alt vor?«

»Verflixt«, sagte sie und ließ eine Kaugummiblase zerplatzen, »wer denn sonst, wenn nicht Sie ...«

»Neiiiiiiiiin«, schrie Ulysses, rannte zur Ausstiegstüre und rempelte den alten Mann mit dem Knirps an, der durch den Schock aufblühte, sprang über den Käfig der Katze, die wegen des Schocks pinkelte, den Thailänder auf Philippinisch fluchen ließ, den prallen Koffer zum Aufspringen brachte, aus dem sich eine Flut von Socken und ein unerwarteter Vorrat an Gummischwänzen ergoß. Das alles, während der arme Verlagslektor sich schüttelte, um seine kleinen Verfolger loszuwerden, von denen zwei sich in die Haare bekommen hatten, während der Professor sich in die Manteltasche verkroch und die Blasologin ihre Erkundungen fortsetzte. Endlich sah Ulysses die Bustüren auffliegen, er stürzte hinaus und ...

Er wachte auf.

2. Kapitel

Ulysses fand sich an der Endhaltestelle der Linie dreizehn wieder, zehn Haltestellen nach seiner eigenen, mit den Skriptmanusen auf dem Schoß. Er erinnerte sich weder, wann er sich hingesetzt hatte noch wann er eingeschlafen war. Er litt an der Bäckerkrankheit oder Insomnia pistoria, die Bäckerkinder befällt. Die Attacken dieser Krankheit halten einen während der Nacht wach und emsig und lassen einen während der Tagesstunden schlagartig in Schlaf fallen. Auch wenn Ulysses sich, dank seiner geisteswissenschaftlichen Studien, von seinen cerealikolischen Ursprüngen emanzipiert hatte, machte sich das Erbchromosom gelegentlich doch wieder bemerkbar.

Er blickte um sich und sah, daß der Bus leer war, nicht einmal der Busfahrer war da. Er stieg aus und versuchte, sich zurechtzufinden. Er befand sich an der Peripherie oder auch in der Banlieue oder auch am Stadtrand, im Gebiet der großen Kaufhäuser oder auch Galeries oder auch Shopping-Center, die, lesquels, which man von weitem im Nebel, Brouillard, Fog erkennen konnte, weil sie wie Ozeanriesen erleuchtet waren. Die Bushaltestelle war von einer Mauer aus Wohnblocks umzingelt, die hufeisenförmig angeordnet waren, alle identisch, gelblich und durch einen Pilzwald von Fernsehantennen verpestet. Unterhalb der Wohnblocks befand sich ein Parkplatz und in dessen Mitte ein verzweifelter Garten mit verpflanzten Pappeln und Schaukeln, die so trist waren wie Schafotts. Von einem riesenhaften Plakat betrachtete eine unglaublich scharfe, in ein enges Mieder geschnürte Tussi das alles. Ulysses wich einigen Pfützen aus, einer Musterkollektion frischer assyrischer Hundescheißhaufen und verschiedenen gebrauchten Spritzen. Er suchte Schutz auf der einzigen überdachten Bank, unter einem hölzernen Schutzdach mit Rokokograffiti. Daselbst blieb er.

Was für furchtbare Träume, dachte er, nie wieder werde ich eine schlaflose Nacht mit der Lektüre von Skriptmanusen verbringen. Immer wieder sage ich, daß Schreiben im besten Fall etwas Aristokratisches ist, im schlimmsten Fall etwas Naives. Abgesehen von einigen Ausnahmen, bei denen unveröffentlichte arrogante Schreibwütige bereits veröffentlichte arrogante Schreibwütige nachahmen, verschlimmert Schreiben die Welt nicht. Bücher sind Wort für Wort firmiert. Ihre Vorzüge wie ihr Verrat sind sichtbar, ihre Freiheit oder Verkommenheit und Sinnlosigkeit werden deutlich auf der unendlichen Seite der Jahrhunderte. Einige überdauern, andere verschwinden. Jedes Zeichen über ihnen ist eine edle Furche qualvollen, wiederholten Lesens, Abnutzung des kurzen Windes von einer Seite zur nächsten, Verblassen des Schutzeinbandes zwischen Vorlieben und Verweigerungen, Unterstreichungen, Staub der Verlassenheit. Während uns die dominierenden Mattscheiben unveränderbar, niemals ausgewählt oder zurückgewiesen, niemals wirklich je unser mit einem nicht bewohnten Glück umgeben, mit falscher Neutralität und vergifteter Gleichgültigkeit scheinheilig zuschlagen, Parodien von Gefühlen schaffen, die im Raum eines Logos verdampfen. Sie haben zwar Geld und Macht, aber weniger Ideen als eine einzige Seite. Schreiben entsteht aus dem Lesen, und dem Lesen verdankt es sich. Schreiben ist eines der wenigen Dinge, die einzigartig geblieben sind und ganz uns gehören, von der Unterschrift bis zum Roman, vom ersten Aufsatz bis zum Testament.

»Richtig«, sagte Professor Vergil Colantuono aus der Brusttasche, von der Traumvision zum Bewußtseinsnachhall befördert, »auch wenn die Darstellung manchmal emphatisch ist. Wären Sie mein Schüler, würde ich Ihnen eine Zwei minus geben.«

»Still. Ich verabscheue die Schriftsteller und Verleger, die sich beklagen, weil die Welt voller Leute ist, die ein Buch in der Schublade haben, und wenn sie ein Skriptmanus erhalten, ist es, als würde ihnen eine Bombe übergeben. Das wäre, wie wenn ein Delikatessenhändler sich darüber beklagte, daß er mit Schinken überhäuft wird. Und beachten Sie bitte, ich hänge nicht der zynischen Ansicht an, daß Bücher nichts anderes als Schinken seien. Bei allem Respekt für das Opfer der Schweine und für die Kunst des Lagerns. Allenfalls können wir Bücher mit Brotlaibern vergleichen, bescheidene, notwendige Manufakte, ohne die alles übrige Wissen nur Beigabe oder Füllsel wäre. Bücher liest man und liest sie noch einmal, und jedesmal ist ihr Geschmack anders. Wenn du dich entschließt, Partei fürs Schreiben und seine verantwortliche Leidenschaft zu ergreifen, ist das, was dich leiten wird, geheimnisvoller als das, was andere Handlungen und Wünsche deines Tages inspiriert.«

»Auch wenn wir, beispielsweise, bei Tisch lesen können oder zu schreiben vermögen, während wir ein Brötchen essen«, sagte Professor Colantuono. »Habe ich mich verständlich erklärt?«

»Kein bißchen, und seien Sie still. Wir merken es zuerst gar nicht, sondern erst hinterher, wie wichtig die Entscheidung ist zu schreiben, unsere Visionen dauerhaft zu machen, zunächst für uns selbst, dann aber auch für uns Nahestehende und schließlich auch für die vielen Fernstehenden und Unsichtbaren. Diese Entscheidung ist weder Ablenkung noch Zufall. Aber es ist nicht so einfach. Bisweilen wird das alles zum Privileg, zur Gewohnheit, zum Überleben. Schreiben bedeutet nicht notwendigerweise veröffentlichen, sage ich immer wieder. Aber ich habe ein einziges Buch geschrieben, und schon leide ich, weil es mir nicht gelingt, ein weiteres zu veröffentlichen. Und oft erbosen mich die, die in meine Welt eindringen wollen, ich gehe meinen Wunschfreunden aus dem Weg, dieser Haufen Papier, diese Einwanderung von

Extrakommunikanten macht mir angst. Warum wollt ihr in diese Welt clownesker Preise und akademischer Parasiten eindringen, in diese Welt von Fernsehkretins, die zu Essayisten erhoben werden, und Essayisten, deren Ehrgeiz darin besteht, Fernsehkretins zu werden? Warum, wenn doch jeder Schriftsteller nur zu gut weiß, daß er sich eines Tages oder sein ganzes Leben lang unterschätzt und unverstanden fühlt? Wenn er sich eines Tages entschließt, seine Bücher zu verbrennen und tags darauf jeden Band, der nicht von ihm ist, mit einem Blutkreuz versehen will, damit der Reißwolfengel herniedersteige und seine Rivalen aus der Geschichte und den Bestsellerlisten tilge?«

»Und Sie? Warum wollen Sie in dieser schwierigen Welt leben?« fragte Professor Vergil.

»Richtig. Nicht, weil ich nichts anderes kann. Sondern weil ich nichts anderes derart Verworrenes, Unentwirrbares und gleichwohl immer Abenteuerliches kenne. Der Traum zu schreiben ist für mich grenzenlos und unverändert geblieben, von Kindertagen an bis heute. Bei der Musik ist es genauso, ob nun eine Mundharmonika spielt oder ein Orchester. Daher werde ich weiter schreiben und Meisterwerke und Plunder lesen, auch Skriptmanuse, um mir mein täglich Brot zu verdienen. Manchmal verständnisvoll und voller Leidenschaft, andere Male voller Verachtung und Sadismus. Viele Nächte werden mich über eine Seite gebeugt antreffen.«

»Und Sie werden uns alle lesen?«

»Die, die ich schaffe.«

»Auch mich?«

»Vielleicht.«

Also dachte Odysseus, Gedanken im Rhythmus des Regenrauschens auf dem Dach. Und als diese Einsamkeit begann, ihn traurig zu machen, sah er plötzlich einen kleinen Hund schwanzwedelnd vor sich. Er gehörte zur verbreiteten Rasse der Foxfirst: Mama eine Füchsin und Papa der erstbeste, der sie durchwalkt. Er war weiß, mit einer schwarzen

Maske, und auf der Plakette stand Fantomas geschrieben. Er schloß die Augen und fing an, vor Ulysses sein großes Geschäft zu verrichten. Aber es gelang ihm nicht. Er fand nichts Inspirierendes. So blieb er da, mit auseinandergestellten Beinen, mit einem halb leidenden, halb bestürzten Ausdruck in seinem Gesicht. Er rief die Muse Skatonia an, die fürs Kacken zuständig war, und fand sich in die Lage versetzt, eine Winzlingslinse und einen halben Pentameter Scheiße auf der Erde zu deponieren. Dann begann er zu scharren, als ob er den Knochen eines Brontosauriers unter die Erde bringen oder seine Spuren vor einer Horde Lykaonen verbergen müßte.

»So ist gelegentlich der künstlerische Schöpfungsakt«, seufzte Fantomas, »viel verlorene Liebesmüh ...«

Ulysses schüttelte den Kopf und wachte auf. Ganz krumm war er auf der Sitzbank erneut eingeschlafen.

»Du wirst nie wieder die ganze Nacht durch lesen«, wiederholte er wie ein Gebot.

Der maskierte Hund beschnupperte seine Füße, und Ulysses kraulte ihm den Rücken, wobei er die Flöhe störte, die ebenda hausten. Die Eigentümerin des Hundes kam dazu, eine alte Frau mit silberweißem Haar und dunkler Brille, eine Tarnvariante ihres Hundes. Vielleicht auch sie unter Verstopfung leidend.

»Fantomas erkennt gute Menschen«, sagte sie, »er läßt sich durchaus nicht von jedem kraulen.«

»Guter Fantomas«, sprach Ulysses.

»Wissen Sie, was so schön ist bei Hunden?« fragte die sanfte alte Dame, als auch sie sich auf die Bank setzte. »Sie haben keine Hintergedanken. Sie bleiben nicht bei Ihnen, weil sie irgend etwas von Ihnen wollen, sondern weil sie Sie mögen.«

»Stimmt«, sprach Ulysses.

»Fantomas ist ein ganz besonderer Hund. Ihm fehlt nur noch die Sprache.«

Und auch ein Abführmittel, dachte Ulysses, als er das arme Tier in den Fängen einer erneuten künstlerischen Blokkade sah.

»Stellen Sie sich vor«, sagte die alte Frau, »zu Hause frißt er nichts, wenn er nicht die Erlaubnis dazu hat. Da kann in der Küche oder im Eßzimmer herumstehen, was will. Aber wir haben ihn erzogen, es nicht anzurühren. Mein Mann Aldo ließ ihn auf einen Stuhl klettern und bei sich am Tisch sitzen, dann stellte er einen Teller mit einem Beefsteak vor ihn hin und sagte: Platz, still, sonstsetztswas. Und Fantomas sabberte, rührte sich aber nicht, bis mein Mann das ganze Fleisch aufgegessen hatte. Naja, stellen Sie sich vor, eines Tages hatte ich ein Kotelett gemacht und sagte zu meinem Mann: Aldo, komm essen, es ist fertig, aber er blieb im anderen Zimmer, vor dem Fernseher und kam nicht. Aldo, komm doch essen, es wird ja ganz kalt, sagte ich wieder, und während ich das noch sagte, sah ich, wie Fantomas das Kotelett ins Maul nahm und es auffraß. Du gemeine Bestie! sagte ich. Und wissen Sie, was in Wirklichkeit passiert war? Ich gehe ins Nebenzimmer, und da sitzt mein Mann mit schiefem Mund vor dem Fernseher, mausetot. Ein Gehirnschlag. Ist Ihnen die Intelligenz von Fantomas aufgegangen? Er hatte begriffen, daß mein Mann das Kotelett nicht mehr essen würde.«

»Genial«, sagte Ulysses.

»Ach, ich könnte noch viele andere Geschichtchen über meinen Kleinen erzählen«, fügte die alte Frau hinzu und kramte in ihrer Einkaufstasche zwischen Grissini herum, »mehr noch, ich gebe sie Ihnen. Ich habe sie in einem Manuskript gesammelt, ich kann nicht maschineschreiben, es ist ein kurzer Text, es werden wohl dreihundert Seiten sein, es heißt *Mein Leben mit Fantomas.*«

»Verstehen Sie, ich bin nicht aus der Branche«, log Ulysses, »ich bin nur im Autobus eingeschlafen und ...«

Die alte Frau zog eine Stricknadel aus der Einkaufstasche und hielt sie ihm an die Gurgel.

»Hör zu, du kannst mich nicht verdummbeuteln, mein Schnucki, ich weiß doch, daß du Verlagslektor bist, du schreibst in einer Zeitschrift und hast auch ein Scheißbuch veröffentlicht.«

»Warte mal«, sagte Fantomas, »laß dich auf das alte Stück Scheiße nicht ein, ich habe hier den Verkaufsschlager aus der Weihnachtszeit, er heißt *Ich darf nicht hinein*, Untertitel: *Die Verwirrungen eines jungen Foxfirst*, zehn Geschichten vom vierbeinigen Standpunkt aus gesehen. Das mußt du lesen, darin wird auch der Unterschied zwischen Liebe und Hitze erklärt.«

Fantomas wedelte mit dem Schwanz und hielt eine Floppy disk im Maul.

Da verstand Ulysses, daß er geträumt hatte, er wäre aufgewacht. Er versuchte, vom falschen Aufwachen aufzuwachen, und das gelang ihm gerade in dem Augenblick, als Fantomas der alten Frau an die Gurgel gesprungen war.

Als er die Augen öffnete, lag zu seinen Füßen ein weißes Füchslein mit schwarzer Maske und ganz in der Nähe eine weißhaarige alte Frau mit runder Brille. Im Unterschied zu dem traumhaften Füchslein hatte dieses hier geschissen wie drei Maurer und beschnupperte zufrieden sein Werk. Doch dieses Mal war Ulysses wach, dessen war er sich sicher. Er streckte seine Hand nach dem Hündchen aus.

Der Köter wich zurück und knurrte.

»Haben Sie Angst vor Hunden?« fragte die alte Frau. »Eigentümlich, Mascherina knurrt sonst nie. Sie ist eine ganz sanfte Hündin. Sind Sie von außerhalb der Europäischen Union?«

»Nein, wieso?«

»Ach, einfach nur so. Bleiben Sie ruhig sitzen, dann werden Sie sehen, daß Ihnen nichts passiert.«

Mascherina knurrte und fletschte die Zähne, sie war klein, hatte aber Zähne wie ein Hai. Ulysses wurde leicht nervös. Da nahte die Rettung in Form eines velozipedierenden Schutzmanns mit Augenbinde.

»Signora, der Hund muß angeleint werden.«

»Aber er ist doch klein«, protestierte die alte Frau.

»Groß oder klein, das Gesetz gilt auch für ihn«, sagte der Beamte gelassen.

»Leck mich doch am Arsch«, sagte die alte Frau, nahm Mascherina auf den Arm und verschwand im Nebel.

»Also so was«, sagte der Schutzmann, als er vom Fahrrad stieg und seinen durch das Pedaletreten durcheinandergebrachten Hodensack wieder richtete, »da tut man seine Pflicht, und die behandeln einen so.«

»Man kann es keinem recht machen«, sprach Ulysses.

»Und können Sie sich vorstellen, was ich alles erlebe? Da hat man mit Schwarzen und mit Marokkanern zu tun, von denen, weißt du, darfst du dir nichts Gutes erwarten, das ist Abschaum, Hand am Revolver. Aber es gibt auch distinguierte Männer und alte Frauen, die man eigentlich gar nicht erwartet.«

»Verstehe», sprach Ulysses. »Und Ihr Auge?«

»Bin bei der Arbeit verletzt worden. Ein herumfliegender Brummer, ein Scheißinsekt, während ich meine Runde auf dem Motorrad machte. Gestatten? Schutzmann Fermo Poli, genannt Poliphem.«

»Angenehm, Ulysses. Lello für meine Freunde.«

»Das ist ein Krieg, glauben Sie mir, Signor Lello, ein richtiger Krieg. Im vergangenen Monat, zum Beispiel, halte ich einen Neger auf einem weißen Scooter an und sage zu ihm: Heh, du Kohlenkopf, und dein Sturzhelm? Und er: Kohlenkopf sagst du nicht zu mir. Da pack' ich ihn am Kragen und ... aber was haben Sie denn da auf den Knien?«

»Skriptmanuse«, sprach Ulysses.

»Und die lesen Sie?«

»Ist meine Arbeit.«

»Das ist ja fabelhaft«, sagte der Wachmeister und sprang vor Begeisterung herum. »Sie sind genau der Mensch, den ich gesucht habe. Sie müssen nämlich wissen, daß ich diese

Geschichten aus meinem Dienst alle in einem Buch gesammelt habe, es heißt *Der Stolz des Gesetzes*. Alles Episoden des erlebten Lebens, des Kampfs gegen die Mikrokriminalität, der Verrohung, gegen die Rowdys, aber auch poetische Augenblicke wie den, als ich eine Katze von einem Dach holte. Meine Frau hat's gelesen, na ja, sie ist nicht objektiv, und außerdem ist sie aus dem Süden, aber sie hat mir gesagt: Fermo, so was habe ich in meinem ganzen Leben noch nicht gelesen. Sie müssen mir Ihre Meinung dazu sagen. Wie lange bleiben Sie hier noch sitzen?«

»Ich gehe sofort«, sagte Lello. Er sah, wie sich im Auge des Wachmeisters eine mögliche Verhaftung abzeichnete oder eine Einbuchtung in der Quästur mit zwangsweiser Aushändigung des Manuskripts, »aber morgen, wahrscheinlich zur gleichen Zeit, komme ich wieder, ich lese immer hier.«

»Ich kann's Ihnen in den Verlag bringen«, sagte der skriptmanusische Zyklop, »wie heißen Sie?«

»Ehm ... Nemo. Nemo Verlag. Die Telefonnummer finden Sie im Telefonbuch.«

»Morgen um diese Zeit komme ich vorbei und bringe Ihnen das Buch. Oder ich bring's Ihnen in den Verlag.«

»Einverstanden«, sagte Lello, während der andere sich militärisch verabschiedete. Und wieder fühlte er sich schuldig. War es richtig, diesen zynischen Schlupfwinkel benutzt zu haben? Er mußte doch weiterhin seiner großzügigen Berufung folgen, ein Unterstützer jedes Tagebuchs, Ausbruchs, Sonetts, Strambottos zu sein und daher jeden edlen, wenngleich auch elenden Krieger der Schriftstellerei zu ermutigen oder die Waffe gegen eine Legion von Tintenklecksern zu erheben und seine kritische, zensierende Seite anhören, die, die ihn dazu brachte, gelegentlich den Satz auszusprechen: Ich will nichts mehr lesen, außer der Sportzeitung. Und was, wenn dieser Wachmeister ein neuer Joyce wäre? Die Voraussetzungen waren zwar nicht da, aber wenn es nun so wäre?

»Der neue Joyce bin ich«, sagte Professor Vergil Colantuono und fuchtelte mit den Armen.

Der Nebel hatte sich aufgelöst, und ein Sonnenstrahl fiel auf einen Teil der Bank. Ulysses setzte sich dorthin. Der Sonnenstrahl erhellte die Skriptmanuse, als wollte er sagen: Los jetzt, ein bißchen Wärme für diese Leute, für sie ist es wichtig. Erinnerst du dich noch, als du angefangen hast? Warst du etwa nicht ungeduldig, aufdringlich, verdammt aufgebracht wie sie? Was hättest du für ein Urteil, für ein Wort der Ermutigung, für ein bißchen Interesse gegeben! Und wieviel Dankbarkeit bewahrst du noch für die auf, die dir geholfen haben!

»Stimmt«, sagte Vergil, »lesen Sie mich.«

»Ich bestimme, wann«, sagte Ulysses. Er zog aus der Tasche den Krimi *Perial Killer XXX* und fing an zu lesen.

Blut, Blut, überall Blut. Und Sperma auf dem Körper des Mädchens oder wenigstens auf dem Teil des Körpers, den der Killer abgesägt und dann geschändet hatte. Ein geköpfter und ausgeweideter Hund hing am Kleiderständer im Eingang. Eine Katze war mit dem Kopf in den Toaster gepreßt worden. Ein Augapfel des Mädchens trieb im Aquarium, und die Fische kämpften um ihn. Etwas Blutendes, Verwesendes und Schleimiges troff von der Decke wie ein schleimiger, sich zersetzender Regen auf den Kopf von Eastman, der auf die Erde spuckte und sagte:

»Wer zum Teufel kann das alles veranstaltet haben?«

»Heh, Chef«, sagte Sergeant Grimwell. »Sieh dir mal an, was hier an die Wand geschrieben wurde. Scheint mit Blut geschrieben zu sein ja eigentlich ist es ganz sicher damit geschrieben worden scheint frisches Blut zu sein und dieses Zett sieht aus als wäre es aus einer Flause heraus gemacht worden und sieh dir nur die Weite und Breite des Buchstabens Be an die auf eine gestörte Persönlichkeit hindeutet verdammte Scheiße ich habe viel Geschriebenes gesehen, aber das hier ist das Merkwürdigste auf der Wand sieht aus wie ein Satz oder so was wie Worte oder vielleicht eine Bot-

schaft meines Erachtens könnte es aber auch alles drei zusammen sein ich habe einen ähnlichen Fall in Seattle gesehen sechsundneunzig nur daß es damals mit Scheiße geschrieben war ein Satz der völlig zu entschlüsseln war ich werde ihn noch umbringen den Verteidiger was meinst du dazu?«

»Ich meine«, sprach Ulysses, »daß es ohne Interpunktion nicht leicht ist, da was zu verstehen: Der Satz ›ich werde ihn noch umbringen‹, steht der in Seattle, oder ist das der jetzt, und ›der Verteidiger‹, ist das die Unterschrift oder das nächste Opfer, und wo ist das Zett, das ›aus einer Flause heraus‹ geschrieben wurde?«

»Meine Fresse, Eastman, bist du pedantisch«, sagte Grimwell.

Wieder bin ich eingeschlafen, dachte Ulysses. Jetzt reicht's mit dem Lesen. Er stopfte die Skriptmanuse wieder in den Plastikbeutel, doch der entglitt ihm, und alle Werke fielen auf die Erde. Fluchend sammelte er sie eins nach dem anderen wieder ein. Und er sah, daß mittendrin ein Brief steckte, adressiert an seinen Namen im Verlag. Er erinnerte sich, daß er ihn noch nicht geöffnet hatte, was er nun aber tat, während er durch die Gartenanlage zum Lindwurm ging, der ihn wieder zu bekannteren Gefilden zurückbringen sollte.

Der Brief war computergeschrieben, und darin stand:

Sehr geehrter Signor Ulysses.
Ich schreibe Ihnen aus drei Gründen.
Der erste ist, daß Sie einen homerischen Namen haben, wie ich.

Der zweite ist, daß ich Ihr Buch gelesen habe. Sie sind zwar nicht Beckett, aber Sie haben mich zum Lachen gebracht, was nicht oft vorkommt.

Der dritte ist, daß ich Ihnen etwas unterbreiten möchte.

Ich vermute einmal, daß keiner dieser Gründe überzeugend ist, und darin liegt eine Garantie für Sie, daß ich mir darüber im klaren bin.

Daher füge ich drei weitere Gründe an.

Wenn Sie in der Lage wären, in Ihrem Kopf eine wie auch immer geartete Definition von Normalität zu formulieren, würde ich in keiner Weise Ihrer Definition entsprechen.

Ich weiß, daß Sie allen antworten, die Ihnen etwas Geschriebenes zuschicken. Das ist zwar kein heroischer Akt, aber doch immerhin etwas Seltenes.

Ich kann wenig schreiben und nur mit Mühe, und in Kürze werde ich nicht mehr schreiben können, und daran werde ich sterben ...

Wenn Sie sich mit mir in Verbindung setzen wollen, rufen Sie diese Nummer an ... Donnerstag, Punkt 19 Uhr. Ihnen wird eine Frauenstimme antworten. Meine Mutter. Sie wird für mich sprechen. Der Mann ist ein schöpferischer Parasit der Welt, doch was das Leben verändert, was es verliert und zurückerobert, ist Frau. Vielleicht wird meine Mutter es nicht zulassen, daß wir in Verbindung treten. Ich bitte Sie, beharren Sie. Es würde mir genügen, auch nur ein einziges Mal mit Ihnen zu reden. Möglich, daß ich nicht mehr in der Lage sein werde, Ihnen einen zweiten Brief zu schreiben.

Welche Entscheidung Sie auch treffen, ich bitte Sie nachdrücklich, mit niemandem über diese Initiative von mir zu reden. Für den Augenblick wünsche ich Ihnen jedes erdenkliche Glück. Ich hoffe, Sie lesen diese Zeilen, während Sie über eine Wiese oder an einem Flußufer entlanggehen. Wenn Sie mich kennenlernen werden, werden Sie auch verstehen, warum. Ich bitte Sie, rufen Sie pünktlich zur angegebenen Zeit an: Nur so werde ich vielleicht die Möglichkeit haben, das Telefongespräch mitzuhören. Seien Sie pünktlich. Ich bin es, leider.

Das Leben eines pünktlichen Menschen ist eine Hölle unverdienter Einsamkeiten.

Glauben Sie nicht?

Ihr Achilles

3. Kapitel

Ulysses hatte wenig und schlecht geschlafen, ein Opfer der Insomnia pistoria. Hitzeschübe überkamen ihn, als würde er Pizzen in den Backofen schieben. Um vier war er aufgewacht und hatte im Pelagus des Netz herumgesurft. Er war von den Inseln des www.omnicultura.com aufgebrochen, lenkte den Kurs dann nach www.allesfussball.org um und fand sich, fast ohne es zu merken, in der Bucht von www.fickmich.it wieder. Er suchte eine Seite, von der man ihm erzählt hatte, ein Fetisch für Skriptmanuser, wo man sich mit antiquarischen Büchern den Hintern versohlte und masochistische Humanisten maskierten Frauen nachspionierten, die auf Klassiker pinkelten. Er klickte hier und da zwischen Dildos und Hinterteilen herum und gelangte zum Bild einer blonden, provozierenden Kalypso, wo stand: Wenn du sehen willst, wie nymphomanisch ich bin, klicke hier. Unvorsichtigerweise klickte er und wurde von fünfzig Angeboten überhäuft, die etwas kosteten, zusätzlich von verschiedenen Annoncen, darunter der eines Ehemanns, der seine Frau gegen einen Apecar, einen kleinen, dreirädrigen Vespatransporter, eintauschen wollte. Ulysses versuchte, aus diesem Pornosturm herauszukommen, bis er sich einen Lotophagenvirus einhandelte, der ihm die halbe Post löschte.

»Geschieht mir recht«, sagte Ulysses, rasierte sich in Eile und schnitt sich. Schon schimmerte der rosenfingrige Morgen durchs Fenster, und unter dem unvermeidlichen Regenschutzdach nahm er den Lindwurm zur Arbeit. Nach langer Fahrt mit heftigen Stößen betrat er einen metallischen Sarkophag, der ihn im vierten Stock aussteigen ließ, wo die Redaktion des Forge Verlags angesiedelt war. Unterdessen dachte er weiter an den seltsamen Brief. Diese Frakturbuchstaben, die mittels eines modernen Computers ausgesucht worden waren. Dieser Schmerz, so nach außen getragen und schamlos. Und die Hinweise auf die Anormalität, auf die Schwierigkeit, einen Brief zu schicken, zu telefonieren. Der Satz über die Macht der Mutter. Ein Exhibitionist, der neugierig machen will, oder ein richtiggehender Irrer? Jedenfalls, in solchen Situationen muß man vorsichtig sein. Sie könnten gefährlich werden. Einmal hatte ihm jemand einen Roman geschickt, und er hatte mit einem recht freundlichen Brief kritisch geantwortet. Der Kritisierte war enttäuscht und hatte ihm tagtäglich, ein ganzes Jahr lang, einen Briefumschlag mit einer Briefmarke und einem Zettel drin geschickt. Auf dem Zettel stand:

Schreiben Sie mir, daß das Buch wunderschön ist, oder ich komme zu Ihnen nach Hause und bringe Sie um.

Nach einem Jahr hatte Ulysses ihm geantwortet, indem er einen Haufen lobender Banalitäten sagte, die mit dem Satz aufhörten: Ihr Buch ist möglicherweise das Meisterwerk des zwanzigsten Jahrhunderts. Er hatte keine Briefe mehr bekommen und mußte wieder anfangen, seine Briefmarken selber zu kaufen.

Der Irre des Frakturbriefs allerdings war ganz sicher gebildet und intelligent. Und der Bezug auf das Gehen, als ob er ihn sehen würde, während er las? Und der schöne Schlußsatz über die Einsamkeit ... Er betrat die Redaktion. Circe, die Sekretärin und Mädchen für alles, gelegentlich auch die Rausschmeißerin der Gläubiger, empfing ihn mit einem Part-time-Lächeln.

»Ich habe um elf ein Treffen mit Valerio«, sagte Ulysses.

»Er hat gesagt, er verspätet sich um eine halbe Stunde.«

Das Leben eines pünktlichen Menschen ist eine Hölle unverdienter Einsamkeiten.

O Wehmut der Büros am frühen Morgen, wenn das Licht des Tages Dokumenten und Papieren einen Hauch von Leid schenkt. Werden sie jemals das immer wiederkehrende Erwachen der Welt erklären können, wieder zu sprechen beginnen, nachdem die Nacht die Worte verlangsamt und die Wahrheiten fließend gemacht hat? O Schmerz der Papierkörbe, angefüllt mit geschundenen, mit zerrissenen Blättern, mit unsinnigen Plakaten, mit gepeinigten Fehlkopien. Und was sagen über die Hoffnung des Bleistifts und die Erwartung des Radiergummis, der eine den Tod des anderen erheischend? Und die wilde Einheitsberufung der Heftmaschine, das paranymphische Feuer der Heftklammern, der sinnlose Eifer der Nadeln? Und was ist dieses Beben, das den kalten, genauen Computer in Gang setzt, dieser mechanische Atem von Leid, dieser Schauder, der schreit: Meine ganze kybernetische Komplexität nützt nichts, um eine einzige ehrliche Frage über die Welt zu beantworten?

Start Windows in Gang
Anwendung Einrichtungen des Computers in Gang
Vorbereitung von Office
Eingeständnis der Nutzlosigkeit in Gang
Bitte, Ulysses, töte mich.

Noch so eine verdammte Attacke pistorischen Einschlafens! Ulysses wachte auf, schüttelte sich und setzte sich an den Schreibtisch des abwesenden Bosses. Ein Dschungel toter Kugelschreiber, aufgespießter Zettel, Espressoflecken, Zuckertütchen und Telefonnummern, die an den unvorstellbarsten Stellen notiert sind.

Der Schreibtisch war die offengelegte Seele Valerios, genannt Vulcanus, wegen des ununterbrochenen Ausbruchs seiner Aktivitäten. Er war der überaus elegante, rundliche und abgebrannte Eigentümer des Forge, eines Verlags, den er dank des Verkaufs eines dreiräumigen Geschäfts seines Vaters und dank der Verführungskünste einer Rechtsanwältin gründen konnte. Der Verlag veröffentlichte an die zehn Romane pro Jahr, ebenso einen Gay-Guide und *Gargantua*, einen kulinarisch-politischen Kalender des subversiven Gernessers. Außerdem gab er die Zeitschrift für Literatur, Philosophie und Gesellschaft »Nie wieder« heraus. Über diesen Titel häuften sich die Hypothesen. Nie wieder zahle ich dir deine Mitarbeit. Im Februar komme ich heraus und danach vielleicht nie wieder. Ich dachte, ich würde nie wieder bestimmte Dinge lesen, aber hier sind sie. Doch im Gegensatz zu den Verleumdern hielt Ulysses »Nie wieder« für eine anständige, ehrliche Zeitschrift. Zusammen mit dem einen oder anderen, der augenblicklichen Mode verpflichteten Schuß, der vorwiegend auf Filme und Theaterereignisse abzielte, veröffentlichte sie interessante Passagen vergangener Schriftsteller und Stellungnahmen im Licht stehender junger Autoren, Polemiken, die nicht abgestanden waren, und vor allem Ulysses' Kommentar, ein fulminanter Dolch, der mitten ins Herz der Literaturakademie des Landes gestoßen wurde, ein stechender Schmerz in den dickbäuchigen Leib der kulturellen Sattheit und der Kungelei dieser Zeit.

Kurz, vierzig Zeilen, in denen er Luft abließ.

Ulysses hatte auch ein Buch geschrieben, *Groteske Geschichten*, nach Ansicht seiner Freunde zwischen Poe und Queneau, nach Ansicht seiner Feinde zwischen Blob und Landru. Das Buch hatte einen diskreten Erfolg. Doch danach war es Ulysses nicht mehr gelungen, etwas von mehr als hundert Zeilen zu schreiben. Er war sich über nichts mehr sicher, weder über das Schreibenkönnen noch über den Verzicht aufs Schreiben. Daher las er Skriptmanuse und übersetzte Comics.

Doch das war hart, vor allem, wenn es zur Routine wurde.

»Und das sagen Sie mir?« sagte Vergil. »Jeden Tag vor

dreißig Kürbisköpfen von Schülern, über Jahre und Jahrhunderte.«

»Still.«

Während er auf Vulcanus wartete, las er wieder den Frakturbrief. Er fragte eine Grüne Nummer, wem diese nicht Grüne Nummer gehörte, aber die Grüne Nummer antwortete, daß diese nicht Grüne Nummer nicht im Rufnummernverzeichnis stand. Er hörte, wie Circe sich mit einem Mitarbeiter stritt, der seit zwei Jahren nicht bezahlt wurde. Das bewegt sich im Rahmen des Durchschnitts, dachte Ulysses. Dann hörte er einen Höllenlärm aus dem kleinen Raum, der als Lager eingerichtet war. Das war Vulcanus, der durch eine kleine Hintertür hereinkam und über Stapel remittierter Bücher, archivierter Skriptmanuse und das Wrack eines alten Fotokopiergeräts stieg. Seit langem hatte er die Nützlichkeit eines Fuchsbaubüros entdeckt, mit doppelten Zugängen, um den Gläubigern zu entwischen.

Er brach ins Zimmer herein, zyklopisch und gebuckelt, ein Doppelzentner kultureller Verseuchung in karamelfarbenem Anzug, violetter Fliege, englischen Schuhen. Diese seine Möglichkeiten übersteigende Eleganz war Vulcanus' Geheimnis. Irgendwer hatte gesagt, daß, wenn er in geschäftlichen Dingen die gleiche Geschicklichkeit hätte, die er unter Beweis stellt, wenn er seine Schneiderrechnungen diskutiert, er der Duce dieses Landes gewesen wäre.

»Ciao, Lello, entschuldige die Verspätung«, sagte er, »aber ich habe die ganze Nacht nicht geschlafen. Ich habe mich in einem Labyrinth bewaffneter Skelette und giftiger Gelatinen verirrt, dann, am Ende, habe ich mit einem zehnköpfigen Ungeheuer kämpfen müssen und ihm einen Kopf nach dem anderen abgeschlagen, aber das Ungeheuer hatte mich siebenmal verschlungen, bevor es mir endlich gelang, es in Stücke zu schlagen und zu töten, und als ich es getötet hatte, verwandelte sich sein Blut in einen Vampirkönig, und den habe ich auch noch umbringen müssen.«

»Cazzo, Vulcanus, was hattest du denn gegessen, daß du solche Alpträume bekommen hast?«

»Wieso denn Alpträume? Ich habe mit der Playstation gespielt.«

»Verstehe«, sprach Ulysses, »ich bin statt dessen wach geblieben und habe Skriptmanuse für dich gelesen.«

»Das ehrt dich«, sagte Vulcanus, der sich schüttelte und seine Taschen durchsuchte, »entschuldige, kannst du mich mal auf dem Handy anrufen und es klingeln lassen, ich find's nicht mehr.«

»Sag mir die Nummer.«

»Wer kennt die schon!? Die hab' ich in der Nummernliste im Handy.«

»Dann frag Circe.«

»Circe!« rief er, »ruf mich auf meinem Handy an.«

In der Mitte des Zimmers blieb er breitbeinig stehen. Schwach tönten die Noten von *Bonanza* in der Höhe seines Bauchnabels. Er zog das Jackett aus, krempelte die Hosentaschen um, kramte an den Schamteilen herum, nichts.

»Cazzo, cazzo, cazzo«, schrie er, »ich hab' doch so wahnsinnig viel zu tun. Dieses verwichste Handy. Es geht einem nur auf die Eier und macht Scherereien. Ich schwör's, wenn ich's verliere, kaufe ich kein neues.«

»Schließlich hast du ja vier«, sagte Ulysses ruhig.

»Diebe, nichts als Diebe, die Tim, die Omnitel, die Wind, die Trattoria Toscana ... ich weiß, das ist was anderes, aber gestern hab' ich schlecht und teuer gegessen. Wie geht's dir, Lello? Sag kein Wort, man sieht's dir an, dir geht's gut, du Glücklicher, tust ja auch keinen Schlag.«

Er nahm die Zigarettenschachtel, und heraus flogen eine Zigarette, ein Feuerzeug und das Handy, das auf den Boden knallte.

»Cazzo, warum machen sie die nur so klein? Laß mich mal in den Terminplaner sehen, um elf hatte ich eine Verabredung.«

»Die war mit mir.«

»Ist das sicher? Also, ich bin verspätet, weil ich mit diesem Scheißhaufen von Pietrobelli gequatscht habe. Er hat die Rechte an Kirklands *Dogface*. Hast du davon gehört?«

»Das eine und andere.«

»Das eine und andere? Ja, wo zum Teufel lebst du eigentlich? In einer Bibliothek? Ein Weißer, ein Rapper, sechshunderttausend Bücher in drei Monaten in Amerika. Ein Wahnsinnsschriftsteller.«

»Und Marco, der Typ aus Mailand, der *Ziegel* geschrieben hat, auch der ist weiß, Graffitimaler und schreibt gut.«

Vulcanus machte eine Geste unendlicher Trostlosigkeit und zündete sich eine Zigarette an.

»Lello, um Gottes willen noch mal, lies den Anfang von *Dogface*, hör mal das hier: *Gestern hat mich dieser Bastard Chavez, Rausschmeißer vom Red Hut, so zusammengeschlagen, daß ich die Tacos mitten auf der Zweiundvierzigsten ausgekotzt habe...* Und was kann dein Marco schreiben? Gestern hat mich dieser Schwanzsack von Gaetano, der Pizzabäcker, verprügelt, und ich habe eine Quattrostagioni auf der Piazza Gramsci ausgekotzt?«

»Meinst du das allen Ernstes, Vulcanus?«

»Halb und halb«, sagte Vulcanus und zog einen Espresso und einen Plastikbecher aus der Aktentasche, genauer gesagt einen halbleeren Becher, weil der Espresso in seiner Tasche übergeschwappt war. »Die letzten Titel laufen schlecht, Lello«, platzte er heraus. »Sieh dir das hier an, *Verbrechen am Berg Athos*, nicht mal tausend Exemplare. Gedichte, ein Desaster. Der Essay, von dem Ronaldo knapp über tausend...«

»Ist aber ein schönes, tiefsinniges Buch, es ist anregend, im ›Manifesto‹ ist darüber geschrieben worden.«

»Und weißt du verdammtnochmal was«, sagte Vulcanus, »wir brauchen einen Knüller, einen richtigen Knüller. Etwas, das keiner liest und jeder kauft. Etwas, das jede Nacht nachgedruckt werden muß. Du schreibst ja nichts mehr. Und Arturo, diesen Undankbaren, den haben wir lanciert, und dann ist er zu Mondial gegangen.«

»Sie haben ihm das Zwanzigfache deines Vorschusses geboten.«

»Ausgerechnet du redest so mit mir? Würdest du denn zu Mondial wechseln?«

»Nein, aber jeder ist frei, den Weg zu gehen, den er will. Am Ende sehen wir dann, wo wir ankommen.«

Vulcanus nickte zwar zustimmend, dachte aber ablehnend. Er drückte die Zigarette in dem Pappbecher aus, womit er ihn in einen Dalí verwandelte.

»Naja, jedenfalls wird Mondial diesmal in den Arsch gefickt«, grinste er, »*Dogface* machen wir. Ich habe ein höheres Angebot als sie gemacht. Mondial bietet zweihunderttausend Euro, wir zwei Millionen ... Lire natürlich«, und er fing an, so laut zu lachen, daß ihm der Restkaffee in die falsche Röhre kam.

Ulysses klopfte ihm lange auf den Buckel, obwohl er wußte, daß ihm das kein Glück bringen würde.

»Den Artikel für die Zeitschrift hab' ich noch nicht fertig«, stöhnte er, »aber vergangene Nacht habe ich fast alle Skriptmanuse gelesen. Bis Montag mache ich den Bericht.«

»Na, dann nimm die hier auch noch, mein schlafloser Freund,« sagte Vulcanus, nahm drei, vier große Umschläge vom Schreibtisch und warf sie ihm auf den Schoß. Eine Wolke von Staub und Zigarettenasche stob aus ihnen hervor. Das erste hieß *Tagebuch eines Schulrektors.*

»Plagiat und Betrug«, schrie Professor Colantuono.

»Bis Montag will ich auch den scharfzüngigen Kommentar«, keuchte Vulcanus, »wir drucken Mittwoch, Grafostampa, die Druckerei, wartet nicht mehr auf uns.«

»Haben wir denn nicht bei der Sis gedruckt?«

»Ich hab's nicht gemocht, wie die gearbeitet haben.«

»In dem Sinn, daß die Geld haben wollten?«

»Mehr oder weniger. Mein Gott, diese Druckereikooperativen, Genossen, Genossen, und dann brauchst du sie nur mal ein Jahr lang nicht zu bezahlen, und schon sind alle kleine Bosse.«

»Hör' zu, ich arbeite auch«, sprach Ulysses, »auch ich tu' gelegentlich Dinge der Rechten, wie etwa Appetit haben oder Socken kaufen. Könntest du mich nicht bezahlen?«

»Cazzo, Ulysses«, unterbrach ihn Vulcanus, als er aufstand und seine Fliege vor dem Spiegel in Ordnung brachte, »wir sind doch fast so was wie Geschäftspartner, oder? Hab doch Geduld. Ich habe ein paar ganz große Dinger an der Hand. Ein Videogamebuch über Moby Dick, mit dem Wal als Boss am Schluß. Und einen sicheren potentiellen Bestseller: Autoren over 100.«

»Über hundert Jahre?«

»Nein, über hundert Kilo. Eine Anthologie junger, übergewichtiger Schriftsteller. Ihr Verhältnis zum Körper und zur Schriftstellerei, fabelhafter Ausgangspunkt. Ich hab' schon drei, dazu ein Mädchen von neunzig Kilo, aber wir heben die Zahl ein bißchen an, wie auf den Binden der Exemplare. Warum siehst du mich so an? Ist das etwa keine gute Idee?«

»Was soll ich da sagen, Vulcanus ...«

»Ich weiß, was du denkst. Der schlägt sich durch, der läßt nichts aus. Nun ja, und früher oder später lassen wir diesen Todessumpf des Verlagswesens in die Luft gehen. Unterdessen denke ich daran, neues Geld aufzutreiben, neue Geschäftspartner, um uns wieder zu lancieren. Den Verlag Panopticon.«

»Bist du wahnsinnig, Vulcanus? Panopticon ist doch an Alétheia verkauft worden, und die gehört zu Mondial.«

»Und was, zum Wichser, kann ich dafür, daß die sich alles einsacken? Fängst du wieder mit der politischen Standpauke an?« rief Vulcanus. Er bereitete gerade seine berühmte stinkwütige Finte mit abschließendem Frieden vor, ein Klassiker des Verlagstheaters des zwanzigsten Jahrhunderts. »Fickt euch doch, du und deine Graffitischreiber, ihr seid doch nur in der Lage, Geld zu fordern, aber wer ist es, der die Bude am Laufen hält?«

»Gibst du mir das Geld nun oder nicht?« sprach Ulysses ganz ruhig.

»Schreib lieber ein neues Buch, statt herumzulamentieren. Du hängst doch halb in der Luft, du bist fast vierzig, und du hast noch nicht das mindeste von einem Scheiß geschaffen. Gewohnt hast du in einem Haus mit Griechen...«

»Das scheint mir kein wesentliches existentielles Datum zu sein.«

»Du hattest einen Goldschatz von Verlobter, und bist dabei, sie zu verlieren, du Polygamer und Polytroper meiner Eier...«

Ulysses senkte den Kopf. Pilar war kein Thema, auf das zu erwidern er die Kraft besaß.

Vulcanus merkte, daß er zu weit gegangen war, und leitete schnell den Schlußfrieden ein. Er kam zu Ulysses, und mit einem tödlichen Fernet-Atem tröstete er ihn:

»Schon gut, Lello, entschuldige die Miesigkeit, du wirst schon sehen, das mit Pilar wird alles gut ausgehen. Auch ich hatte Augenblicke der Krisen mit Venerina. Dann hat sich alles wieder eingerenkt.«

»Lebt sie denn nicht mit einem sardischen Blumenhändler zusammen?«

»Schon, aber wir haben uns noch nie so geliebt. Also, ich kann dir einen postdatierten Scheck geben, wenn du Velcro anrufst und ihn um eine Einleitung zu *Over 100* bittest.«

»Cazzo, nein, Vulcanus, der ist doch kein Schriftsteller, die Präsentationen seiner Bücher sind wie eine Kabinettsitzung, er wird niemals eine Einleitung für eines unserer Bücher schreiben...«

»Streng dich an, mein Lieber. Wenn du dir Mühe gibst, wirst du eines Tages wie er. Rufst du nun an oder nicht?«

»Gib mir Geld«, prustete Ulysses. Er ergriff den Scheck und ging hinaus, gerade als die Eigentümerin dieses Gebäudes äußerst nervös hereinkam, mit der absurden Forderung, sechs Monate Mietrückstände zu kassieren. Vulcanus klammerte sich ans Telefon und tat, als würde er englisch sprechen.

»Circe, versuch, Velcro anzurufen«, sagte Ulysses.

»Das versuche ich gar nicht erst. Der ist doch aalglatt.«

»Gib mir seine Nummer, ich versuch's.«

»Okay.«

»Allò, könnte isch wohl spreschen avec Monsieur Bruno Velcro? Isch bin Vergile Colanton vom französisch Fernsehen.«

»Warten Sie, ich sehe nach, ob er da ist. Wie war Ihr Name?«

»Vergile Colanton vom französisch Fernsehkanal Dondon Deux, wir möschten ihn für ein Interview, ein lang Interview über sein letzt Buch ›Reschenschaft‹ und auch über das Problem von Übergewischt, des gros lards, verschtehen Sie?«

»Dottor Velcro am Apparat. Ihr Vorschlag interessiert mich, aber seien Sie detaillierter.«

»Einer von drei Amerikanern ist übergewischtisch, während bei den Schinesen nur einer auf einhunderttausend kommt. Wußten Sie das?«

»Warten Sie ... ich kann nur hoffen, daß der Tenor des Interviews nicht auf subtile Weise antiamerikanisch ist.«

»Wir Übergewischtigen machen nichts auf subtile Weise. Würden Sie ein Buch über Dondons, isch meine die fetten Tonnen, in einem Centre Social vorstellen? Oder auch in einem Centre diététique?«

»Ich verstehe nicht ganz ...«

»Machen Sie's, oder machen Sie's nicht?«

»Ging es denn nicht um ein Interview?«

»Also, wenn Ihre Antwort ablehnend ist, tut es mir leid. Wir hätten Sie gepfeffert bezahlt, mit einer Million alter Francs. En noir. Schwarz. Aber isch verschteh, Sie sind sehr engagé, an verschieden Fronten ...«

»Haben Sie schon mit meinem französischen Agenten gesprochen?«

»Das aben wir versucht, aber Monsieur Chirac antwortet nischt. Leider brauchen wir die Antwort im Zeitraum von un matin, ein Vormittag.«

»Wenn das Buch etwas taugt, das heißt, wenn es nicht aus parteiischen Gründen den Premier angreift und wenn es wenigstens über drei Telejournals geht ...«

»Schade. Dem Verlag ... isch meine, dem Direktor unseres Fernsehkanals Dondon Deux hätte es Freude gemacht. Ich werde über Ihre Ablehnung Berischt erstatten müssen. Alles Gute.«

Klick.

»Hast du mit ihm sprechen können?« fragte Circe.

»Ja«, sprach Ulysses, »er hat abgelehnt.«

»Sie sind wirklich ein teuflischer Lügner«, sagte Vergil, »Sie wissen, daß Colanton gut klingt, würde mir nicht übel gefallen, Franzose zu sein.«

»Tais-toi.«

4. Kapitel

Ulysses ging mit den neuen Skriptmanusen in einem Tuchbeutel, den er im Verlag geklaut hatte, weg. Das alles wog schwer wie ein Amboß und beugte seinen Gang nach rechts. Er nahm einen Lindwurm nach Hause. Er aß Thunfisch aus der Dose, trank Bier aus der Flasche und ging mit Socken zu Bett. Er schlief den ganzen Nachmittag. Er träumte, er und Vulcanus säßen auf einer Bank mitten im Nebel. Vulcanus las »Libernation«. Cazzo, sagte er plötzlich, versuch mal zu sagen, wer den Nobelpreis für Literatur bekommen hat. Wer? fragte Ulysses. Also, unglaublich, Foxfirst Fantomas hat ihn bekommen für *Ich darf nicht hinein*. Wir hatten ihn unter Vertrag und haben ihn entwischen lassen. Ich hatte dir doch gesagt, daß du ihn nicht ohne Leine hinausbringen solltest! Dann verwandelte sich der Traum in einen Kampf mit einem zehnköpfigen Ungeheuer, und jeder dieser Köpfe hatte ein Hütchen, auf dem stand *Mondial Edizioni*, gefolgt von einigen verschwommenen Erotikszenen im Autobus. Er wurde durch das Klingeln des Telefons unterbrochen. Es war sechs Uhr abends und schon dunkel. Pilar war am Apparat.

»Danke, daß du mich heute angerufen hast«, sagte sie verärgert.

»Entschuldige, ich habe die ganze Nacht gearbeitet und bin von der Rolle.«

»Du Glücklicher, du arbeitest. Heute haben sie uns im Shop Eden die Entlassungen bestätigt. Achtzehn von uns Mädchen, außerdem vier Angestellte.«

»Tut mir leid.«

»Tut dir leid?«

»Ja, tut mir leid ...«

(Pause, Stille, Atmen.)

»Versteh' schon, wenn du nicht schreibst, gelingt es dir nicht, Gefühle zu äußern, aber ich hatte mir ein bißchen mehr Teilnahme erwartet.«

»Tut mir leid, ich glaube, wir sollten uns sehen und darüber reden, vielleicht sogar gemeinsam eine Lösung suchen, eine Perspektive für neue Arbeit, ich weiß nicht ... vielleicht sogar hier im Verlag.«

»Morgen früh flugblättern wir vor dem Shop Eden.«

»Kann ich kommen?«

»Ist zwar nicht besonders intellektuell, aber wenn's dich interessiert.«

»Ich werde kommen. Hör zu, und heute abend ...«

»Mir steht nicht der Sinn nach Ausgehen. Ciao.«

»Ganz schön hartgesotten, dieses Mädchen«, sagte Vergil.

»Wie reden Sie denn, Professor?«

»Das ist die Nähe von diesem Krimi-Punk. Erzählen Sie mir über sie, ich meine Pilar.«

»Das ist ja das Problem. Mir gelingt es nicht, über sie zu reden, manchmal auch nicht mit ihr. Wenn ich sie sehe, fühle ich mich überschäumen, zusammenbrechen, überfließen, ich will ihr Millionen Dinge sagen, aber ich schotte mich ab. Und es gelingt mir nicht, eine Zeile über die Gefühle zu schreiben, die sie in mir erregt. Einmal hat sie mich gebeten, ein Gedicht für sie zu schreiben, und ich habe ihr ein Gedicht von Majakowski gebracht. Ich habe delegiert. Ich könnte sagen, daß sie ... seit ein paar Jahren in Italien ist, Kreolin, Kämpferin, schön, sehr schön, sinnlich, sie hat Beine ...«

»Beine?« überstürzte sich der Professor in seiner kleinen Erregtheit.

»Beine – und Schluß. Ich bring's nicht fertig. Ist heute Donnerstag?«

»Ja.«

»Und ist es 18 Uhr 50?«

»Haargenau.«

Ulysses entschloß sich, daß er um 19 Uhr, die schicksalhafte Stunde, bei dem mysteriösen Achilles anrufen würde. Er wartete, blickte aus dem Fenster. Es hatte wieder angefangen zu regnen, es war ein tränenreicher, hysterischer Herbst mit wildwütenden und unvorhersehbaren Wolkenbrüchen. Er füllte die Herzen mit Verdrossenheit und die Täler mit Schlamm. Morgen früh wird Pilar vor den Toren des Shop Eden naß werden. Pilar, Pilar, Latinoblüte, taubenetzt von padanischem Nebel. Eines Tages werde ich in der Lage sein, ein Buch zu schreiben, in dem du vorkommst, von der ersten bis zur letzten Seite. Telefonieren wir also mit dem mysteriösen Achilles. Und hoffen wir, daß die da nicht Fraktur reden.

»Hallo?«

»Wer spricht?«

Das war eine Frauenstimme, leise, schmerzlich.

»Mein Name ist Ulysses, Ulysses Isolani, vom Verlag Forge. Ihr Sohn, glaube ich, hat mir einen Brief geschickt.«

Eine lange Stille trat ein.

»Einen Brief, sagen Sie? Wie, mit der Post?«

»Ja«, antwortete Ulysses, »mit der Post.«

»Wie war er geschrieben?«

»Mit dem Computer. In dem Brief war diese Telefonnummer angegeben, mit der Bitte anzurufen.«

Wieder Stille. War das nur ein Eindruck von ihm, oder hörte man im Hintergrund einen leichten, keuchenden Atem, als ob jemand zuhören würde?

»Signore, ich höre an Ihrer Stimme, daß Sie noch verhältnismäßig jung sind, daher werde ich als Mutter von Achilles mit aller Aufrichtigkeit zu Ihnen reden. Mein Sohn lebt in einem Rollstuhl. Er wurde mit einer schweren Krankheit geboren, die durch eine schlecht ausgegangene Operation nur noch verschlimmert wurde. Vor ein paar Jahren hat er einen neuerlichen Eingriff machen lassen müssen, und sein Zustand hat sich sehr verschlimmert, er bewegt nur seine Hände und den Kopf. Ich weiß nicht, wie er Ihnen diesen Brief geschickt hat, aber vergessen Sie ihn.«

»Aber es ist ein ... schöner ... ein intelligenter Brief.«

»Mein Sohn ist intelligent«, sagte die Mutter, und ihre Stimme brach, »er hat einen wachen Verstand und ist intelligent, aber er muß beschützt werden. Hier im Haus geht es ihm gut, hier hat er seine Bücher, hier wird er versorgt. Doch in den letzten Jahren hat er jedesmal, wenn er mit der Welt in Verbindung getreten ist ... ich meine mit der Welt draußen, sehr gelitten. Ich möchte nicht, daß das wieder passiert.«

»Aber vielleicht ...«

»Ich bitte Sie, Dottore, beharren Sie nicht. Lassen Sie sich nicht von der Neugier hinreißen, Neugier und Mitleid sind Dinge, die mein Sohn nicht braucht. Und ich sage Ihnen noch ein Letztes. Achilles hat ein Gesicht ... ein furchterregendes Gesicht, ja, das ist es, was ich Ihnen sagen will, für mich ist es das Gesicht meines Sohns, doch ich fürchte, daß Sie, wenn Sie ihn sehen würden, Ihre Verlegenheit oder Ihre Furcht nicht zu verbergen in der Lage wären. Das Schicksal ist grausam mit ihm gewesen. Bis vor einigen Jahren kannte er noch gesellige Augenblicke, er lernte, er lachte. Jetzt ist er völlig unberechenbar, manchmal wie ausgelöscht, manchmal zornig und gefährlich. Wir haben gegen die gekämpft, die ihn in eine Klinik sperren wollten, wir haben ihm sein Zimmer, sein Zuhause lassen können. Der Preis ist diese Einsamkeit.«

Eine Stimme wurde im Hintergrund hörbar. Es war die zornige Stimme eines Mannes. Mit wem redest du über das alles? fragte er.

»Ist das Achilles?« fragte Ulysses.

»Nein, es ist sein älterer Bruder. Ich muß jetzt gehen. Ich bedaure, was geschehen ist. Natürlich werde ich meinem

Sohn deswegen keine Vorhaltungen machen, aber ich bitte Sie, vergessen Sie diesen Brief. Lassen Sie uns in Frieden.«

»Ulysses«, sagte eine andere Stimme in der Ferne, ein heiserer, animalischer Schrei. Dann hörte man neue Stimmen, die erregt waren, und das Gespräch brach ab.

Die Stimme verfolgte Ulysses die ganze Nacht. Es war ein Hilfeschrei, er erinnerte ihn daran, daß er einmal an einem Schlachthaus vorbeigekommen war und Tiere schrien, er hatte nicht erkannt, welche. Und dann die leidende Stimme der Mutter, die harte Stimme des Bruders. Dieser Hinweis auf Achilles' monsterhaftes Aussehen. Um die Gedanken anzuhalten, mischte er Pinot und Lorazepam. Er schlief einen mineralischen Schlaf. Er hatte nur einen kurzen Traum, genauer gesagt den Fetzen von einem Traum. Er war in einem dunklen, alten, verstaubten Haus. Er stand mitten in einem Zimmer, und irgendwo war ein offenes Fenster, durch das ein eisiger Wind hereinkam. Im Dunkel bewegte sich etwas. Es war ein Schatten, ein ganz flüchtiger Schatten, wie das Papier von Orangen, wenn es in der Luft brennt, eine Gestalt, die weder Mensch noch Tier war, ein schwarzes, undeutliches Phantom. Der Schatten teilte sich. Eine Hälfte ging zum Fenster, so als wollte er hinausgehen, doch der Wind warf ihn wieder zurück. Die andere Hälfte kroch bis zu Ulysses' Füßen, stieg an seinem Körper hinauf und untersuchte seine Gesichtszüge mit ganz leichter Berührung. Ulysses war starr, es war keine richtige Angst, eher eine aufreibende Unruhe. Dann ging der Schatten wieder zurück, und bevor er sich auflöste, sprach er mit rauher, schmerzerfüllter Stimme.

»Du bist mein Bruder«, sagte er.

5. Kapitel

Ulysses fuhr seinen Scooterdrachen Tanaka über den Raccordo Annulare, den Großen Umgehungsring des ständigen Nebels, in Richtung Industriegebiet. Der kleine Samurai lotete die asphaltierten Tiefen mit dem kühnen Scheinwerfer aus. Riesige dröhnende Monster hetzten ihn. Ein gigantisch großer Lastwagen mit Anhänger überholte ihn, der einen Kindergarten von zehntausend tschiependen Küken in eine Geflügelaufzucht im Süden transportierte. Der Windstoß drückte den Drachen so zur Seite, daß er die Leitplanken streifte. Dann überragte ihn ein teutonischer Magirus-Deutz mit sechzehn Gängen, der über der Fahrerkabine eine leuchtende Madonna aus Bakelit hängen hatte. Er transportierte Rinder zur Schlachtbank. Während der Titan neben ihm herfuhr, begegnete Ulysses den Augen der Tiere durch die Schlitze im Lastwagen. Besonders eines wirkte traurig auf ihn, es war sich seines proteinischen Schicksals bewußt. Gleich darauf wurden sie vom Dunkel eines Lastwagens verschluckt, der so lang war wie eine Kamelkarawane, die auf ihrem Rücken einen ungeheuer riesigen Eisenträger transportierte. Der Diplodokus fuhr durch eine Pfütze und ließ einen Geysir aus verdrecktem Wasser aufschießen, der Ulysses und das Reittier durchnäßte. Doch die beiden gaben nicht auf. Eine Reihe von Hubbeln zeigte ihnen an, daß sie in der Nähe der Ruinen von Ninive waren, jahrhundertealten Straßenarbeiten, wo seit urdenklichen Zeiten der Asphalt sich in Rissen und Wunden krümmt und faltet, zerbissen von den Reißzähnen des Frosts, aufgeweicht von der Hitze der Hundstage, zermürbt vom Gewicht der Lastwagen und der Trägheit der öffentlichen Ausschreibungen. Sie fuhren an der Ausfahrt der Messe vorbei, die auch der Trivio del diavolo genannt wird, der Dreiweg des Teufels, wo in diesem Jahr sechsunddreißig Menschen das Leben verloren hatten. Rechts sahen sie den Vorplatz des Gran Supermarket Abbandonato, der Verlassene, der erste, der aufgrund der Wirtschaftskrise schließen mußte. Dort, sagte Ulysses zu seinem tapferen kleinen Drachen, so erzählt man sich, irrt immer noch der Geist der Haushälterin mit dem Henkersbeil herum, die, durch die Teuerung in den Wahnsinn getrieben, zwei Kassiererinnen umbrachte, bevor sie selbst von einem Wachmann niedergestreckt wurde. Jede Nacht kocht diese Gespensterfrau Suppen aus Konserven mit abgelaufenem Verfallsdatum und mit faulem Gemüse, und der Gestank zieht durch die von Ratten und Schaben verseuchten Abteilungen und verpestet die ganze Luft bis hin zur Piazzola dei Peccati, der Straßenbucht der Sünden. An diesem Ort des Verderbens parken die riesigen internationalen Lastzüge. Die sarazenischen, mit Leuchtgirlanden geschmückten TIR. Kolossale schwedische Scanias mit Elchgeweihen, slawische Zastava mit klandestinen Marmeladen, englische Leylands mit Bierflaschen anstelle der Kolben, französische Renaults, vollgeladen mit Leckereien. Alle angezogen wie von einem Magneten, versammeln sie sich an der finstersten Seite dieser Pornoauffahrt. Allhier paaren sich die Steuermänner mit jeder Art von Geschöpf, die mit Öffnungen, Stutzen und Gängen ausgestattet sind, kolossale Huren, trisexuelle Transen, Drachenköniginnen, die wie Weihnachtsbäume funkeln, sibirische Loliten, Schlampen, Arschbrenner, und man sagt sogar Vierbeiner, wie etwa Kühe und Schafe, die von den Lastwagen kamen. Hier werden die Vielfraße zu Finanziers und umgekehrt, hier entstehen beschleunigte Liebschaften, hier feiern Benzin und Sperma ihre aromatische Verbindung. Und während ihr langsam in dem Bacchanal zwischen lustvollem Stöhnen in verschiedensten Sprachen, zwischen den Alkoven der Fahrerkabinen weitergeht, werdet ihr sehen, daß sich der

Platz zu einer Straße verengt, zu einer kiesbedeckten, engen Gasse zwischen Pappeln, die so aufrecht stehen wie Gendarmen. Das ist die Straße zum Shop Eden. Dort steigt man in die Lethe, einer noch dichteren Nebelwand, einem milchigen Spermensee, wo selbst der stärkste Leuchtturm nichts ausrichten kann. Nur wenige wagen sich da hinein, und man erzählt von Lastwagen, die in den Gräben liegen, mit die Lenkräder umklammernden Skeletten.

Aber der kleine Drache Tanaka ist nicht irgendein Scooter und fährt tapfer und unerschrocken weiter. Eine Mondsichel öffnet Ritze in den aschgrauen Dunst und blinkt da oben, als wollte sie die Richtung weisen. Ihr werdet zu eurer Linken Leichengeruch wahrnehmen, und ein Schwarm Gespenster zieht vor eurer Windschutzscheibe vorüber. Keine verdammten Seelen, sondern die Möwen der Müllverbrennungsanlage, die ein schamloser Hunger von Seegeschöpfen in Festlandsgeier verwandelt hat. Zu eurer Rechten werdet ihr kleine Waffenfabriken sehen, ehebrecherische Motels und Felder von monströsem Grüngemüse, von Rübchen, weiß wie Totenschädel, und Kannibalenkohlarten, die sich fortbewegen und das Gras zernagen. Hinter Buchsbaumhecken werden anmutige kleine Villen auftauchen, von Eisengittern geschützt, Zugbrücken, Fotozellen und Hunde mit Reißzähnen von Alligatoren. Ihr werdet kleine Brücken überqueren, die euch über Kanäle führen, in denen Farbstoffe und Säuren fortgeschwemmt werden, zerfurcht von geheimnisvollen Wolkenspuren. Doch wenn ihr den Mut nicht verliert, wenn ihr mit festem Herzen weiterfahrt, seht ihr hinter dem Friedhof gebrauchter Campingwagen das Schild »Shop Eden« und dic ersten Neonlichter. Auf der Seite der Straßen werden Bäume auftauchen und angeleuchtete Werbetafeln, Autokarosserien, Gesichter vom Duce und unglaublich geile Tussen, eingeschnürt in Mieder. Über dem quälenden Geräusch eures Motors werdet ihr die Vögel singen hören. Nicht den gierigen Schrei der Möwen, auch nicht das Gurren der Tauben und auch nicht das Krächzen der Raben oder das Hüsteln des städtischen Spatzenviehs. Wirklich geflügelte Musik, Nachtigallensopran und Amselkontraalt, Wiedehopfoboe und Lerchenharfe. Doch das alles ist unecht, es ist ein Tonband, das euch mit seinen Klängen die Allee hinuntergeleitet, die zum verzauberten Schloß Shop Eden führt, einhunderttausend Quadratmeter für Geschäfte, Waren und Begehrlichkeiten. Auch das Gras, auf welches ihr euren Fuß setzt, ist synthetisch, der Kies ist gedehntes Polymerisat, und der Ententeich ist künstlich. Die Enten sind echt, aber angesichts des Lebens, das sie leben, würden sie lieber aus Plastik sein und irgendwelche Badewannen entzücken.

Dann ist da noch der Parkplatz. In boomenden Zeiten fanden dort sechstausend Autos Platz, man fuhr stundenlang in der Schlange, um dahinzukommen, das war der Graben, von dem aus man ins Eden Eingang fand. Jetzt stehen da kaum mehr ein Drittel, die Wirtschaftskrise nagt an den Geldbeuteln, die Hälfte der Geschäfte sind geschlossen, und Berge leerer Einkaufswagen rosten in den Lagern vor sich hin. Wenn man die großflächigen Säle betritt, vor allem das Herz des Shop Eden, den Eden Market, könnte es sein, daß ihr nichts von einem Wandel bemerkt. Das Paradies des Verbrauchers wirkt unberührt. Zwischen den Regalen steht noch so viel Nahrung, daß man halb Malawi damit versorgen, die Diabetes nach Botswana bringen, Benin betrunken machen, halb Grönland bekleiden, alle Kinder im Jemen spielen lassen, die Guanoinseln des Galápagos-Archipels parfümieren, alle Massais tanzen lassen, die lappländische Nacht erleuchten und weite Teile des Erdballs mit Überflüssigem, Unsinnigem, dem Überreichlichen, dem Ungenutzten, dem Vergeudeten vollstopfen könnte. Doch wenn ihr aufmerksamer hinblickt, könnt ihr die Zeichen des Leidens erkennen, die subtile Krankheit, die die Weltwirtschaft zernagt und von dort aus unser Land, seine Häuser und seine Sparbüchsen infiziert. Ein paar Schilder mehr für Sonderangebote und Rabattverkäufe, ein Staubschleier auf ein paar Dosen, ein paar aus der Mode gekommene Kleidermodelle. Hört gut hin, und ihr werdet die traurige Klage der Unverkauften hören: der Apfel, der unten im Korb vor sich hin fault, der verfallene Joghurt, der versucht, das Datum seines unwürdigen Endes zu verbergen, der Käse, der einen leichten Gestank aussendet, das Waschpulver, für das ein seit langem verstorbener Star Reklame macht, der Zeichentrickfilm, der von der undankbaren Jugend längst vergessen ist, die kleinen Rucksäcke mit Idolen aus der Rockzeit, die ins Nichts verschwunden sind, das sprechende Bügeleisen, das von den Hausfrauen abgelehnt wurde.

Und vor allem werdet ihr bemerken, daß ganze zwölf Kassen von insgesamt dreißig zugemacht haben, auch wenn sie mit Girlanden und Schildern maskiert sind. Denn die Krankheit hat nicht nur die ehrlichen Investoren und den schuldlosen Markt getroffen, sondern auch die gierige Belegschaft des Shop Eden, die, als sie das Privileg ihrer Arbeit bedroht sah, nicht in aller Unbeschwertheit eine Kündigung hinnehmen wollte, die ihr Freizeit und existentielle Wenden ankündigte, sondern sie fing an zu lärmen, zu streiken und Streikposten aufzustellen. Und da sind sie, vor dem Eingang eins, dem vornehmsten, und verteilen Flugblätter, die Anschuldigungen gegen die Eigentümer und die Regierung enthalten und ebenso bolschewistische Gemeinplätze, die in dem Slogan gipfeln:

Wir wollen nur arbeiten.

»Und ansonsten? Dichten, die Natur betrachten, in Bächen baden wie die Enten, die Flöte spielen im Walde, und sonst nichts, ihr Bestien?« sagte Vergil Colantuono.

»Dann sind Sie also ein elendes Regierungsschwein, Professore?« fragte Ulysses und brachte den kleinen Drachen Tanaka zum Stehen.

»Ich bin ein gemäßigter Mann der Mitte, ich hatte dieses

›nur‹ mißverstanden«, berichtigte Professor Vergil, weil er Repressalien befürchtete, »Arbeit ist ein unveräußerliches Recht.«

Die Situation vor dem Eingang eins war folgende:

Rechts ein Stand für die Sammlung von Unterschriften zur Unterstützung der Arbeiterinnen des Shop Eden und anderer Fabriken in Krise, ein Stand, den Minerva betreute, die superblonde Gewerkschafterin, die eine zehnjährige Militanz hinter sich hatte und vor sich ein Viertel von einem Büstenhalter. Sie war zuständig für die Mitgliederrekrutierung, und zwar mit jedem demokratischen Mittel der Verführung. Ihr zur Seite zwei legendäre Blauhemden (die alten Blaumänner der Fabrik waren durch moderne Polohemden ersetzt worden). Es waren die Metallarbeiter Stanzani und Olivetti, genannt Stan und Oliver, einer hager und schnurrbärtig, der andere kolossal und glatzköpfig, die überall waren, wo es galt, einem Unternehmer auf die Eier zu gehen, angefangen bei landesweiten Streiks bis hin zu Streikposten. Berühmt ihre Dreierdemonstration, zusammen mit dem einzigen entlassenen Pedell des privaten Kinderheims Santa Chiara, die in den Auseinandersetzungen mit faschistischen Eltern und der Bombardierung mit Babynahrung ihren Höhepunkt fand.

In der Mitte, unterhalb der riesigen, aufblasbaren Gummikuh, die für eine bekannte Butter warb, strömte der Fluß der Kunden, von denen einige beim Hinausgehen stehenblieben und unterschrieben, Kunden, die gleichzeitig Verbraucher und Verbrauchte, Käufer und Entlassene waren, einer inneren Widersprüchlichkeit des Marktes, der Ideologie und der Familienbilanz zufolge.

Links (beachten Sie bitte die moderne Verwirrung der Rollen) zwei bewaffnete Wachmänner, der eine ein Palästroide, der andere mit einer Ray-Ban, außerdem ein paar getürkte Kunden, ausgesandt vom Manager Maggiordo, um zu spionieren und Bericht zu erstatten. Bei ihnen ein alter, stolzer, etwas wackeliger Herr, der das Eingreifen der Königlichen Miliz gegen diese unwürdige Demonstration forderte.

Hier und da verstreut die Gruppe der noch zu entlassenden Arbeiterinnen, die in gehörigem Tempo herumflugblätterte. Pilar war nicht da.

»Sie ist in der Delegation und spricht mit dem Generalmanager«, sagte Stanzani, »er hat sie erst jetzt empfangen, darauf haben sie seit acht Uhr gewartet.«

»Das Leben eines pünktlichen Menschen ...«, seufzte Olivetti.

»Ja, bringen Sie den Satz doch zu Ende ...«, sagte Ulysses erstaunt.

»... ist ein Scheißleben. Haben Sie den Appell unterschrieben?«

»Natürlich. Wann kommen sie, Ihrer Meinung nach, heraus?«

»Ihre Freundin, Dottore«, sagte Stanzani, »wird in Kürze rauskommen, weil der Generalmanager die Kündigungen weder zurücknehmen kann noch will. Außerdem wissen Sie sehr genau, daß dieses Unternehmen zu den vielen Besitztümern des Duce in Person gehört, auch wenn eine Minorität einer Kooperative gehört, die uns einmal nahestand, jetzt aber von Schulden erstickt wird.«

»Deine Geliebte, du Guter«, sagte Olivetti, »wird in Kürze hier ankommen, ohne auch nur einen Scheißdreck erreicht zu haben, weil dieser Kleingewaltige von Speichellecker natürlich nicht gegen den Duce rebellieren kann, und der Duce schneidet die morschen Äste seines Reiches ab, das, wenn Gott will, hinabstürzt und alles mit sich reißt, einschließlich der Verräter, der sogenannten Genossen, die sein Spiel mittreiben.«

Stanzani und Olivetti stimmten nicht immer überein. Auch damals, bei dem Kinderheim, wollte Stanzani das Wort »Schande« an die Tafel schreiben, während Olivetti eine Nonne aus dem Fenster werfen wollte.

Der palästroide Wachmann präsentierte sich provozierend an dem Stand und pflanzte sich breitbeinig vor Minerva auf.

»Wollen Sie rauchen?« fragte ihn die Superblonde, ohne die Fassung zu verlieren.

»In meinem Leben hab' ich noch nie was gemeinsam mit Kommunisten gemacht«, sagte der Wachmann.

»Ich dagegen habe einmal einem Arschloch einen geblasen«, sagte Minerva ruhig. Der Palästroide wurde blaß, verschluckte männlich seinen Speichel und knurrte dann:

»Dieser Stand hier behindert den Zutritt der Kunden.«

Olivetti kam schaukelnd dazu, mit Stanzani, der sich an seinen Ärmel geheftet hatte, beim Versuch, ihn zurückzuhalten.

»Wissen Sie, daß es in Italien etwas gibt, das Verfassung heißt, in der das Recht auf Streik und Demonstration garantiert ist?«

»Beruhigen Sie sich, oder Sie werden was erleben«, sagte der Wachmann. Doch Olivetti, fitneßgestählt im Walzwerk, überragte ihn um zehn Zentimeter in der Höhe und um einen halben Meter im Durchmesser, daher ging der Wachmann zurück und stieß dunkle Drohungen aus. In diesem Augenblick kam die Delegation der Arbeiterinnen heraus, und als letzte Pilar. Schön, zerzaust, stinkwütend durchpflügte sie das Kundengedränge.

»Ist nicht gut gelaufen«, seufzte Stanzani.

»Aber was für eine geile Mulattennuß!« sagte Oliver.

»Olivetti!« ermahnte ihn Minerva.

»Was für eine typische Latinoschönheit«, verbesserte sich Olivetti.

Die typische Latinoschönheit kam zu Ulysses und küßte ihn, unter allgemeinem Neid, auf eine Wange. Ihr rechter Schenkel drückte gegen die Tasche, in der Professor Colantuono eine winzigkleine Erektion hatte. Ulysses versuchte, sie in der Taille zu fassen, doch Pilar wollte das nicht, zündete sich eine Zigarette an und betrachtete die Lichter des Shop Eden.

»Wenn ich daran denke, daß ich um mich schlagen muß, um an einem Platz wie dem hier zu bleiben«, sagte sie mit vor Wut heiserer Stimme.

Ulysses gelang es, wie üblich, nichts zu sagen. Gemeinsam gingen sie bis zum Teich mit den Enten. Als sie in Penelope die geliebte Schwester erkannten, eilten sie voller Freude herbei. Sie wurden mit einem Imbiß gesättigt. Eine wollte unbedingt weitere Leckereien haben, und Ulysses steckte ihr ein Bonbon von eiskalter Minze zu. Die Arme verschluckte es und fing an, mit den Flügeln zu schlagen und zu niesen.

»Wieviel Umstände«, sagte Professor Vergil, der auf Naschwerk stand und neidisch war.

»Was Menschen mögen, mögen Enten nicht unbedingt«, sagte die Leitente mit Namen Dido gereizt.

»Zum Beispiel?«

»Zum Beispiel Orangenente, canard à l'orange.«

Ulysses schweifte in seiner Phantasie ab, während er wartete, daß Pilar vielleicht Lust bekäme zu reden, doch als er sah, daß sie sich nicht dazu entschließen konnte und glänzende Augen hatte, redete er zuerst...

»Die Sache ist schiefgelaufen, stimmt's?«

»Zum Kotzen«, sagte Pilar, »er hat sich über uns lustig gemacht und ungeheuer geistvolle Bemerkungen über Miniröcke abgelassen. Am Ende sagte er, daß die Zeiten nicht mehr die von Bella ciao wären, daß er es sei, der uns Bella ciao sagen und nicht nur die Kündigungen bestätigen würde, sondern auch... ach, lohnt sich nicht, darüber zu reden.«

»Sondern auch?« fragte Ulysses.

»Nichts«, sagte Pilar, »sondern auch einen Haufen Scheißdreck...«

»Das stimmt nicht«, sagte Minerva, die dazugekommen war und Pilar an die Hand genommen hatte, »die anderen haben mir alles erzählt. Er hat ihr gesagt, daß sie mit einer irregulären Aufenthaltserlaubnis hier wäre, und wenn sie nicht aufhörte, ihm auf den Eiern rumzutrampeln, er sie nach Südamerika zurückschicken würde. Aber sei ruhig, das kann er gar nicht.«

»Sie können versuchen, alles zu tun«, sagte Pilar, »sie brechen zusammen und haben nichts mehr zu verlieren.«

»Ich ... ich ... cazzo, ich geh' rauf in sein Büro«, sagte Ulysses und zitterte vor Wut.

»Und zerbrichst ihm einen Bleistift«, sagte Olivetti. »Verhalt dich ruhig, Intellektueller, überlaß diese Sache nur uns.«

»Meine Mutter war Teigkneterin, und mein Papa war Bäcker«, erwiderte Ulysses stolz.

»Und du bist halbgar herausgekommen«, lachte Olivetti, und sein Bauch wackelte gewaltig.

»Mach jetzt nicht den Angeber, Oliver«, ermahnte ihn Stanzani, »wir sitzen alle in einem Boot.«

»Entschuldigung, Signor Ulysses«, sagte Oliver, »eine Teigkneterin ist für mich wie ein Maler im Louvre.«

Ulysses faßte Mut, seine Wut floß über, und die Worte erstickten.

»Zählen Arbeiter nichts mehr?« sagte Ulysses plötzlich wie auf einer Wahlversammlung, trat gegen eine Dose und kippte eine ganze Reihe von Einkaufswagen um. »Und was soll das mit der Aufenthaltserlaubnis? Was für ein Scheißland sind wir eigentlich geworden, und sieh sie dir nur an da, alle kaufen, alle zahlen, alle nehmen alles hin, aber verdammtnochmal, irgendeiner kommt damit nicht durch ...«

Eine alte Frau mit zwei gestohlenen kleinen Mortadellas unter dem Mantel ging an ihm vorbei und beschleunigte erschrocken ihren Schritt.

»Beruhige dich«, sagte Pilar, »auf wen hast du's abgesehen, auf die Leute, die hier einkaufen?«

»Ist alles nur folgerichtig«, sagte Ulysses.

»Alles was?« fragte Olivetti.

»Alles miteinander verbunden«, sagte Stanzani.

6. Kapitel

Ulysses trat gegen eine andere leere Dose und traf eine Ente, wodurch er einen Großteil seiner Empörung ableitete. Dann suchte er Pilar, aber sie war zu ihren Freundinnen gegangen. In der Gruppe erkannte er Spitzel, unter ihnen einen, der einen Fotoapparat herauszog und auf die Mädchen richtete.

»So nicht, cazzo«, schrie Ulysses, »wo sind wir denn? Bei der Karteierfassung?«

»Ich fotografiere, was mir paßt«, sagte der Paparazzo.

Olivettis Hand streckte sich langsam vor wie ein kleiner Kran bei den Spielen auf Jahrmärkten und gewann eine fast neue Nikon.

»Gib sie mir sofort zurück, du Bestie«, schrie der Paparazzo.

Die Spannung stieg. Olivetti und der Fotograf standen sich gegenüber, Stanzani vermittelte, die Leute bildeten eine Gruppe. Pilar schrie irgend etwas zu einer mit Juwelen behängten Kundin, die irgend etwas über das Problem der Einwanderung gebrummelt hatte. Eine Ente begann, Kampfparolen zu schnattern. Ein Herr mit überquellendem Einkaufswagen rempelte Minerva an, und sie putzte ihm, aus Vergeltung, zwei Pakete Kekse mit einem Stoß ihrer Titten weg. Olivetti bediente den Fotoapparat und ließ das Innere in Form von Filmen herausfallen. Der Paparazzo schrie vor Entsetzen. Die beiden Wachmänner kamen beinahe schon angerannt, Ulysses mischte sich ein.

»Jetzt rufen wir die Polizei«, sagte der Palästroide.

»Wieso denn?«

»Ihr stört die Kunden und die öffentliche Ordnung«, sagte

der bis jetzt Schweigsame mit der Ray-Ban und nahm die Brille ab. Er hatte ein geschlossenes, geschwollenes Auge, mit dem anderen sah er Ulysses an und ...

»Sind Sie das?«

»Ich bin's«, antwortete Ulysses.

»Kam mir so vor«, antwortete der andere. Er war der Wachmann Zyklop Skriptmanus. Leise flüsterte er:

»Die Nemo steht nicht im Telefonbuch, und es kennt sie keiner.«

»Wir haben erst vor kurzem eröffnet.«

»Jedenfalls hab' ich das Buch im Auto.«

»Hinterlassen Sie's mir im Gepäckträger von dem roten Moped da«, flüsterte Ulysses nun seinerseits.

»Weitergehen, weitergehen, ist nichts passiert«, sagte der Wachmann und brachte seinen verdutzten Kollegen fort.

Ulysses blieb unter den Blicken aller regungslos stehen. Stanzani blickte ihn eindringlich an, als hätte er Trotzki gerade mit der Spitzhacke bearbeitet. Minerva wippte nervös mit einem Füßchen. Olivetti kam dazu. Ulysses sah sich bereits als Spitzel erwürgt und den Enten zum Fraß vorgeworfen.

»Genossen, das können wir alles erklären«, rief Professor Vergil, doch seine Stimme war zu schwach.

»Woher kennst du ihn?« fragte Pilar.

»Er ist der Bruder eines Druckereigenossen«, log Ulysses.

Olivetti schien zufrieden damit, und die Enten bekamen nicht ihr schreckliches Bankett.

Der Strom der Kunden hatte sich aufgelöst. Inzwischen fing es an, dunkel zu werden, und natürlich fing es auch wieder an zu regnen und zu donnern, der Himmel verwandelte sich in Moorwasser. Pilar zündete sich eine Zigarette an und lehnte sich müde gegen den Kofferraum eines Autos. Drinnen fing ein den Sitzbezügen bis zur Unkenntlichkeit angepaßtes Kind an zu hupen und laut zu schreien.

»Ruinier nicht das Auto von meinem Papa, du Mistsau!«

»Ist wohl nicht mein Tag«, seufzte Pilar.

»Stimmt die Geschichte mit der Aufenthaltserlaubnis?«

»Ach, woher! Er hat wohl einfach nur geraten«, sagte Pilar, »aber als ich hierhergekommen bin, haben mir meine Freunde aus Kolumbien geholfen, erinnerst du dich an Pablo? Vielleicht hat er ein Universitätsdokument gefälscht, nichts Wichtiges. Die Erlaubnis habe ich. Wer, meinst du, soll da ermitteln?«

»Cazzo, in diesen Zeiten! Das konntest du mir doch sagen, oder?«

»Hast du mich je danach gefragt?« sagte Pilar trocken.

Ulysses schwieg. Das Originellste, das ihm einfiel, war: Wie schön du bist, wenn du dich ärgerst. Besser schweigen. So wie immer.

»Aber Pilar ...«

»Ich weiß, ich hab's schon mal versucht und hab's nicht durchgehalten. Aber man wird alt, auch mit sechsundzwanzig.«

»Pilar«, sagte Ulysses. »Ich, naja... ich glaube, du verdienst mehr. Und zuallererst müssen wir die Geschichte mit der Erlaubnis klären.«

»Eine Lösung gäbe es«, sagte Pilar und lachte plötzlich.

»Das heißt?«

»Du könntest mich heiraten, mi querido, dann bekäme ich die Staatsbürgerschaft.«

Ulysses begann drei unterschiedliche Gedankengänge, alle drei mit einem anderen Geräusch: ein nachdenkliches Hmmmmmm, ein verzögertes Räuspern und eine Art kleinen Pups mit den Lippen à la française, als wollte er sagen mais voyons, voyons ...

»Streng dich nicht weiter an, oder du kotzt«, sagte Pilar, »ich hab' einen Witz gemacht, natürlich.«

Die typische Latinoschönheit ging fort, unten an den herrlich gedrechselten Beinen klatschten die Pantinen, die sie in ihrer Abteilung trug.

Es war Ladenschlußzeit, der Himmel kündigte neuen Regen an, die Menschen beeilten sich. Durch den Eingang eins kam eine Bunkeristenfamilie heraus, die, die ihre Einkäufe immer so machen, als müßten sie Jahre durchhalten, ohne das Haus zu verlassen. Der Sohn transportierte einen Einkaufswagen, der über und über mit Getränken beladen war, die Mutter zwei Einkaufswagen mit Nahrung, der Vater einen Maxieinkaufswagen, aus dem ein Totem aus wenigstens zweihundert Rollen Toilettenpapier herausragte. Das Totem wackelte, und der Vater fluchte, hin und wieder rollte eine Krepprolle auf die Erde und verlängerte sich zu einer weißen Sternschnuppe oder einem Kometenschweif. Sie gelangten, obwohl sie Teile verloren, bis zu ihrem Auto, einem schwarzen, militärisch aussehenden Japaner. Papa Bunker riß die Tür auf, während Mama Bunker die Einkaufswagen heranzog und Bunker junior die Arme bereits voller Getränke hatte. Sie fingen an, schnell und hastig einzuladen, so als könnten feindliche Flugzeuge oder irgendein Saturnraumschiff jeden Augenblick vom Himmel herniedersteigen und ihre Vorräte bombardieren. Doch als die Hälfte der Einkaufswagen geleert war, wurde offenbar, daß der Kofferraum bereits vollgestopft war und nicht einmal mehr einen zusätzlichen Apfel hätte aufnehmen können. Da schrie der Vater seine Wut zum Himmel hinauf, und mit einem Tritt stürzte er den Einkaufswagen um, während die Mutter versuchte, eine Krepprolle unter einen Sitz zu quetschen und der Sohn an Ort und Stelle ein Getränk in sich hineingoß, bereit, vor lauter Rülpsern zu sterben, sofern er nur alles in sich hineintrank. Da standen sie, mit laufendem Motor, drei sinnlos vollbepackten Einkaufswagen und verzweifelten Gesichtern. Ulysses empfand Mitleid, aber was konnte er tun? Man hätte zwei Güterwagen gebraucht, um diese Situation aufzulösen.

Der Regen wurde stärker, und wieder grummelte der übliche warnende Donner. Minerva und Olivetti rückten den Stand weg, die Kunden rannten eilig zu ihren Autos. Alle flohen, die Normalität des Tages war in Splitter zerstoben. Mit dem Ballast ihrer Einkäufe, keuchend, durchnäßt, auf einen neuen Stau zu, der sie nach Hause bringen würde. Es war nicht der Regen, dachte Ulysses. Es war ein Vorzeichen, das sie alle miteinander verband. Die Angst vor etwas noch Kälterem, Ungehörterem, Grausamerem als der täglichen Hetzerei. Es war Schmerz hinter der Tür, noch nicht sichtbar, angekündigt von einem Donner, einer hysterischen Hupe, dem Quietschen einer Bremsung.

Er sah, wie eine alte Frau rannte und sich den Kopf mit einem Müllsack bedeckte. Sie schleppte eine Plastiktüte mit sich, die zerriß. Alles flog auf die Erde.

»Ich helfe Ihnen, Signora«, sagte Ulysses. Er sammelte in dem Beutel das Brot, die Milchtüten, das Waschpulver, eine Schachtel mit Käseecken ein. Neben ihm sammelte die alte Frau, ebenfalls still, mit weißen Haaren, eilig Dinge zusammen, als ob jemand kommen und ihr alles klauen könnte. Vielleicht mißtraute sie aber auch dem hochgewachsenen, hageren Mann, der ihr da half.

Im gleichen Augenblick standen beide auf, die alte Frau verschloß den Beutel mühevoll mit einem Knoten, stellte ihn in den Fahrradkorb und sagte nichts.

Wenigstens danke, dachte Ulysses.

Die alte Frau stieg auf das Fahrrad und trug einen komischen Miniregenmantel nach Art von Rotkäppchen. Dann legte sie einen Finger auf den Mund und stieß einen kleinen gutturalen Laut aus. Als sie an ihm vorbeikam, drückte sie den Arm ihres Retters herzlich.

Sie ist stumm, dachte Ulysses. Und er blieb im Regen stehen, bis er sie hinten, am Ende des Parkplatzes, verschwinden sah.

7. Kapitel

Einer der Vorteile, zum Stamm der Skriptmanuser zu gehören, ist der, daß man überall Freunde hat. In der Quästur kannte Ulysses Barbieri, einen gewerkschaftlich organisierten Autor von Krimis wie *Auf Streife* und *Keine Blondinen für den Brigadiere*. Er verpflichtete sich, in der Sache von Pilars Aufenthaltserlaubnis Nachforschungen anzustellen, und er fand die Adresse heraus, die Achilles' Nummer entsprach. Es war eine Straße im Stadtzentrum. Ulysses hatte beschlossen, dort hinzugehen, trotz des Telefongesprächs mit der Mutter. Eine Stimme oder eine Stille rief ihn. Er ging zwischen beleuchteten Schaufenstern mit immer weniger Kunden, menschenleeren Schuhgeschäften und Taigas von Pullovern. Gelangweilte Verkäufer staubten leichenhafte Modepuppen ab. Vor einer Cafébar, zwischen Dutzenden von Mopeds, lächelten ein paar junge Leute in eine imaginäre Fernsehkamera. Ein Autoalarm machte einen ohrenbetäubenden Lärm in einer Nebenstraße, ein Penner schlief unter einem Bankautomaten. Ulysses gelangte zu dem Palazzo, in dem die geheimnisvolle Familie wohnte, bekam einen Augenblick Angst und dachte daran, wieder zurückzugehen.

Der Palazzo war fast vollständig von der Crepa besetzt, genauer gesagt der Credito Patrio, einer Logen- und Freimaurerbank, die einen Großteil der kommunalen Macht verwaltete. Jetzt war die Bank geschlossen, aber man konnte die beleuchteten oberen Etagen, das gepanzerte Tor und einen Streifenwagen der Polizei, der ständig Wache hielt, erkennen. Es war ein Gebäude vom Ende des neunzehnten Jahrhunderts, düster und schwärzlich, modernisiert mit Gräbermarmor und häßlichen Halogenlampen. Ein paar Monitore zeigten den Vorübergehenden das pulsierende Herz ihrer Wirtschaft. Ein anomales Herz, in dessen Adern schwarzes, öliges Blut floß. Jeder konnte vor diesen orakelhaften Zahlen stehenbleiben. Jeder, auch der Notleidende oder Arbeitslose, durfte sich am Höhenflug der Mediocredit begeistern oder sich mit dem Absturz der Interfund trösten. Immer gibt es jemanden, dem es schlechter geht als einem selbst.

Ulysses kam näher. Auf der rechten Seite des Palazzos öffnete sich ein hoher Gewölbegang, der in einen mit Gras bewachsenen, fast ganz als Parkplatz benutzten Innenhof führte. In seiner Mitte eine Statue des Laokoon mit Söhnen und Schlangen, und das alles derart ungeschickt ineinander verschlungen, daß man nicht verstand, wer da würgte und wer da erstickte. Laokoons Gesicht ließ dazu eine gewisse masochistische Lust erkennen. Ruf mich nur, und ich bin deine Python. Auf der linken Seite des Innenhofs setzten sich die Büroräume der Crepa fort, auf der rechten erkannte man eine große Treppe. Während die Bank ganz in Neon getaucht war, blieb die Treppe dunkel. Ulysses stieg die tiefen Stufen mit großen Schritten hoch und lauschte ihrem Echo. Auf dem ersten Treppenabsatz befand sich, zwischen gelb gewordenen Gummibäumen, ein schlecht beleuchtetes großes Gemälde. Es stellte den heiligen Georg dar, der den Drachen tötet. Ein Gemälde von nicht gerade himmlischer Hand, das aber doch den Blick auf sich zog. Das Gesicht des Drachens mit weißlichem Bart war eher menschlich als tierisch, wohingegen das Gesicht des heiligen Georg, entstellt von der Anstrengung, das Schwert in den Drachen zu stoßen, etwas Monströses hatte, ein Unmaß an Gewalt und Angst. Dazu war das Bild mit roten Pinselstrichen übersät, von Blutflecken und Blutstrahlen, obwohl die Tötung noch gar nicht geschehen war. Die lateinische Aufschrift lautete:

Monstrum absconditum atrocius quam manifestum
Defensor fidei non timet.

Die Signatur des Malers war fast nicht zu entziffern, schien aber dem Familiennamen Achilles' zu entsprechen. Ein malender Vorfahre?

Er stieg weiter hinauf. Eine schwarze Eingangstür, mit Trauben- und Weinblattfriesen, ein vertrauenerweckender Briefkasten. Doch der eiserne Türklopfer war wiederum ein Drachenkopf mit menschlichem Antlitz. Und die Tür war von einem gigantischen, völlig überproportionierten Gitter geschützt. Er wartete einen Augenblick, um zu hören, ob von innen irgendwelche Geräusche kamen. Nichts war vernehmbar, nur das Echo des Straßenverkehrs. Er klingelte. Ferne Schritte, dann nahe. Ein Guckloch öffnete sich. Zwei blaue Frauenaugen blickten ihn eindringlich an.

»Wer sind Sie?« sagten die Augen. Er erkannte sofort die Stimme der Mutter wieder.

»Ich bin Ulysses Isolani, der, der Sie gestern angerufen hat. Ich bitte um Entschuldigung, wenn ich hier auftauche, ohne mich angemeldet zu haben. Aber ich habe noch einmal über unser Gespräch nachgedacht. Ich glaube, für Ihren Sohn wäre es nicht schlecht, wenn wir uns kennenlernten.«

»Und was, wenn es schlecht für Sie wäre?« sagte die Stimme hart.

»Ich bin erwachsen und trage Verantwortung für mich selbst, Signora. Ich bin nicht aus Neugierde hier, auch nicht aus einer Laune heraus.«

»Warum denn dann?«

Wieder spürte Ulysses, daß ihn, wie es oft vorkam, die Worte verließen und daß von dieser Antwort alles abhing. Dann brannte plötzlich etwas in ihm und stieß einen Satz aus ihm heraus:

»Weil mich Ihr Sohn gerufen hat«, sagte er.

Die Tür öffnete sich. Die Mutter machte ihm in aller Eile ein Zeichen, daß er eintreten solle, ging ihm in einem langen Korridor voraus, der noch dunkler war als die große Treppe.

Das einzige, was Ulysses erkennen konnte, waren ein dunkler Holzfußboden und Bilder an den Wänden. Feine Risse zogen sich an den Wänden entlang, als wenn sie einen Weg weisen würden. Sie betraten einen kleinen Salon.

Die Mutter gab ihm nach leichtem Zögern eine Hand.

»Marina Pelagi«, stellte sie sich vor, schloß die Tür und blieb einen Augenblick lauschend stehen, als würde sie befürchten, daß jemand ihnen gefolgt wäre. Schließlich knipste sie eine kleine Tischlampe an.

Es war ein schiefes, fünfeckiges Zimmer, mit antiken Möbeln, Deckchen und kleinen Gegenständen aus Silber und einem leichten Kampfergeruch. Doch vor allem befanden sich überall Muscheln: von den kleinen, die man an unseren Stränden aufsammeln kann, bis hin zu den großen tropischen, rosenlippigen Muscheln, Reihen von perlenfarbigen Venusmuscheln, Steinkorallen und blauen Miesmuscheln. Die Mutter ließ ihn auf einem kleinen Diwan von verschossenem Samt Platz nehmen, vor einem Glastischchen mit einer unterbrochenen Strickarbeit, dem Foto eines schnurrbärtigen Mannes, weiteren Schneckenmuscheln und einem Seestern. Am Ende dieses Raums hing noch so ein riesiges Bild, ein Boot auf stürmischem Meer und ein monströser Wal, der es zu verfolgen schien. Das Deckenlicht war eine staubige Kugel, ein großes, abgrundtiefes Auge.

Die Mutter war eine Frau um die sechzig, sehr hager, mit blauen Augen und kurzem silbergrauem Haar. Sie trug ein aus der Mode gekommenes Kleid, grau und hochgeschlossen, von einer Korallenbrosche geziert. Ihre Gestalt und ihre Sprache durchlief ständig ein leichtes Zittern. Eine Angst, die in die Knochen eingedrungen war. Sie betrachtete Ulysses.

»Sie sind ein schöner Mann«, sagte sie ganz ohne Koketterie und Wärme, so, als würde sie ihn wissenschaftlich katalogisieren...

»Danke... das hier ist eine schöne alte Wohnung.«

»Vielleicht war sie irgendwann einmal schön. Jetzt müßten

viele Arbeiten ausgeführt werden. Die Decke bröckelt, die Heizung ist immer kaputt. Aber Achilles mag sie, er könnte nirgendwo anders leben.«

»Haben Sie immer schon hier gewohnt?«

»Vor vielen Jahren haben wir am Meer gewohnt«, sagte die Mutter und blickte starr auf einen fernen Punkt, »als es ihm noch besser ging und sein Vater noch lebte.«

»Ist das der Herr auf dem Foto?«

»Ja, er ist auch der Schöpfer dieser scheußlichen Bilder, dem auf der Treppe, denen im Korridor und dem vor Ihnen.«

»Sie sind nicht scheußlich.«

»Ich mag sie nicht, aber ich habe auch nie daran gedacht, mich von ihnen zu trennen. Während er sie malte, hat er sich von alten Büchern inspirieren lassen.«

Sie verharrten einen Augenblick still, der Diwan knarrte bei jeder Bewegung Ulysses'.

»Es tut mir leid, daß ich Ihnen nichts anbieten kann«, fuhr die Mutter fort. »Die Liköre sind im anderen Teil der Wohnung, wo Phoebus wohnt, mein anderer Sohn. Ich sage Ihnen gleich, Signore, Phoebus liebt es nicht, wenn jemand diese Wohnung besucht. Ich sage nicht, daß er sich Achilles' wegen schämt, aber er hat es lieber, wenn unser Schmerz verborgen bleibt. Jetzt ist er auf seiner Arbeit. Wäre er hier gewesen, hätte ich Sie nicht hereingelassen.«

»Verstehe.«

»Nein, Sie verstehen nicht. Auch er ist mein Sohn, aber es ist, als wäre er ... von anderem Blut. Er ist ein gesunder Mann, hat eine ausgezeichnete Arbeit und will in die Politik. Ich verstehe, daß diese triste Wohnung ihm nicht entspricht. Er will sie an die Bank hier nebenan verkaufen, seit Jahren machen sie uns Angebote ...«

Der Blick der Mutter bekam einen Augenblick lang etwas Flammendes, so als wollte sie unterstreichen, daß diese Worte gefährlich und kostbar wären: Ich sage Ihnen wichtige Dinge, bitte, verstehen Sie schnell.

»Und wenn Sie verkaufen, wo wird Achilles dann leben?«

»Achilles wird hierbleiben«, sagte die Mutter mit fester Stimme. »Im Testament hat der Vater verfügt, daß, solange Achilles lebt, ihm die Entscheidung über die Wohnung zusteht. Das hier ist seine Welt. Er braucht sehr viele Dinge, die weder mir noch Ihnen nützlich wären. Zum Beispiel die Stille, eine absolute Stille. Dann das Dunkel. Seine Krankheit gestattet ihm nicht, zuviel Licht zu sehen, es würde seine Krise nur verschlimmern. Früher ging er ein bißchen fort, sah Leute, aber nach der letzten Operation nicht mehr. Er lebt lediglich in zwei Zimmern, aber es ist, als ... als würde er uns in jedem Augenblick zusehen, verstehen Sie? Das ist kein böser Blick. Es ist ein Blick, der Respekt einfordert. Fühlen Sie sich in der Lage, ihn zu respektieren?«

»Ich glaube schon«, sagte Ulysses.

Die Mutter stand auf. Sie preßte die Hände zusammen, wohl, um das verstärkte Zittern zu verbergen. Im Profil wirkte sie älter, eingefallen und ausgewaschen wie ein Fels im Wasser, und dennoch auf den Beinen, bereit, die Herausforderung dieses Eindringlings anzunehmen, dieses unerwarteten Gastes, der gekommen war, um die Ruhe ihres Sohnes zu stören. Des geliebten, des überaus geliebten Sohnes, wie es aus jedem ihrer Worte klang. Sie seufzte und sagte unhörbar leise:

»Wenn Sie meinen Sohn sehen, könnten Sie möglicherweise erschüttert sein. In diesem Fall verlassen Sie das Zimmer, ohne ein Wort zu sagen, niemand wird Sie dafür tadeln. Wenn nicht, nähern Sie sich ihm nicht mehr als nötig, wenigstens solange er sich nicht an Sie gewöhnt hat. Möglich, daß er nicht mit Ihnen redet, das kann er nur mit großer Mühe. Vielleicht kommuniziert er mit Ihnen über den Computerbildschirm. Stellen Sie sich niemals hinter ihn, das erträgt er nicht, setzen Sie sich neben ihn und, ich sage es noch einmal, nicht allzu nahe. Wenn er eine Krise bekommt, läuten Sie mit einem der Glöckchen, sie stehen überall.«

»Was meinen Sie mit Krise?«

»Wenn er sie bekommt, werden Sie's schon merken. Und seien Sie darauf gefaßt, beleidigt zu werden, durch Spucke, Schreie und unflätige Ausdrücke. Achilles ist nicht immer sanft. Bleiben Sie eine halbe Stunde, nicht mehr. Wenn ich hereinkommen und Ihnen ein Zeichen geben sollte, müssen Sie sofort hinaus. Entschuldigen Sie, daß ich Ihnen alle diese Anweisungen gebe, aber es ist wichtig.«

»Ich verstehe sehr gut, Signora.«

»Folgen Sie mir.«

Sie ging vor ihm her, man konnte ihre Schritte weder hören noch sehen, sie hatte gelernt zu fliegen, um nur ja ihren Sohn nicht zu stören, während Ulysses das schwere Knirschen der eigenen Schuhe hörte. Sie blieben vor einer Tür mit einem altem Weihnachtsschmuck stehen, der noch immer da hing. Sie klopfte.

»Achilles, Signor Ulysses ist da, vom Verlag, willst du ihn sehen?«

Drinnen klingelte ein Glöckchen zweimal.

»Er will Sie sehen«, sagte die Mutter, »aber das wußte ich schon. Er hat Sie von dem Augenblick an bemerkt, als Sie die Treppen heraufkamen, fragen Sie mich nicht, wie. Wenn er Sie nicht hätte sehen wollen, hätte er schon mit dem anderen Glöckchen geklingelt, dem ... der Einsamkeit, ich weiß nicht, wie ich sagen soll.«

»Ich gehe ...«

»Ich bitte Sie inständig«, sagte sie und klammerte sich einen Augenblick lang an Ulysses' Arm.

8. Kapitel

Das Zimmer war groß und fast völlig verdunkelt. Ulysses sah etwas, das ein Bett mit Baldachin sein konnte, und ein großes angelehntes Fenster, durch das ein Lichtschimmer fiel, der ein paar bis an die Decke reichende Bücherregale aus Mahagoni erhellte. Die Bücher waren wohlgeordnet, fast alle hatten alte Einbände aus Pappe und keinen Titel auf dem Rücken. Er erkannte lediglich zwei Atlanten der Entomologie. Kein Bild – wenigstens schien es so – an den mit dunkelrotem Stoff bespannten Wänden. Dann gewöhnte sich der Blick allmählich an das Dunkel, und Ulysses sah in der Mitte des Zimmers einen Schreibtisch, auf dem eine Art Tabernakel aus Holz ins Auge fiel, von dem ein bläuliches Licht ausging. In dem Licht tauchten ein paar bronzene Glöckchen auf, ungeordnete Blätter, ein Stapel von etwas, das Medikamente sein konnten, und ein paar heruntergetropfte Kerzen. In der Nähe des Schreibtisches, in einem Kegel aus Dunkelheit, saß der geheimnisvolle Achilles in einem Rollstuhl. Dieser Stuhl war modern, aus weißem Metall, er hatte kleine Räder und breite Armstützen. Auf einer davon befanden sich ein Joystick und grüne und rote Lichtpunkte, offenbar eine Druckknopftafel. Regungslos in dem Rollstuhl eine undeutliche Gestalt, vielleicht eingehüllt in einen Morgenmantel. Ein Kopf von sicher anormaler Form, seitwärts geneigt, geschüttelt von einem leichten Krampf. Auch wenn Ulysses sich nicht wohl in seiner Haut fühlte, entschloß er sich, die Stille, die Reglosigkeit seines Gastgebers nicht zu durchbrechen. Er verharrte eine unendliche Minute lang still. In dieser Minute fing er an, neue Dinge in diesem Zimmer wahrzunehmen. Vor allem den Geruch, ein Gemisch aus Urin und Ammoniak. Und zwei Geräusche. Das eine war der Atem Achilles', schnell und unregelmäßig, bei dem das Einatmen viel deutlicher wahrnehmbar war als das Ausatmen. Das andere war ein hoher Ton, das Vibrato eines Cellos, eine Musik, die Achilles offensichtlich in einer für jeden anderen nicht wahrnehmbaren Lautstärke hörte, nur für ihn nicht. Die Musik hörte schlagartig auf. Ulysses deutete das als Zeichen.

»Signor Achilles?« sagte er.

Er sah, wie die Form zusammenzuckte, so, als hätte er geschrien.

»Signor Achilles, ich bin hier«, sagte er noch einmal, diesmal mit leiserer Stimme.

Der Rollstuhl quietschte und kam näher. Auch Ulysses machte zwei Schritte vor und sah Achilles.

Er hatte sich diesen Augenblick zwar vorgestellt, aber in ihm wollte sich der Gedanke nicht herausbilden, ob er besser oder schlechter war, als er befürchtet hatte. Das blaue Licht erhellte ein Gesicht, das der göttliche Bildhauer entweder nur zur Hälfte gemacht oder wütend zu Boden geschmettert hatte. Die Stirn war enorm groß und sprang hervor, ein Parietallappen größer als der andere. Nase und Jochbögen sahen aus, als wären sie seitlich eingedrückt und die Nasenflügel geweitet worden. Die Kinnlade wirkte wie in der Mitte gespalten, und der offene Mund zeigte eine Reihe fauler, spitzer Zähne, wie bei einem alten Hund. Das einzige Anzeichen von Normalität in dieser zerstörten Anatomie waren die kleinen, dunklen Augen, die nach oben sahen, und ein unglaublich anmutiger, gekämmter schwarzer Haarschopf. Achilles war in einen roten Morgenmantel gehüllt, aus dem die nackten Füße hervorsahen. Seine Hände hielt er im Schoß. Er hob sie und legte sie mit großer Langsamkeit und Mühe auf die Armstützen. Es waren langgliedrige, gepflegte Hände, man konnte meinen, er würde seine exklusive Schönheitsausstattung zur

Schau stellen, und während er mit einer Hand das Kommando bediente und der Rollstuhl sich im Kreis drehte, deutete er Ulysses mit der anderen an, daß er sich in die Nähe des Schreibtischs in einen Ledersessel setzen sollte. Ulysses sah, daß das Tabernakel einen Computerbildschirm in sich barg. Ein angemalter Holzrahmen für das Logo von Linux. Ein moderner Computer hätte diese dunkle, prähistorische Ausstattung entweiht.

Achilles' Hände legten sich auf die Tastatur. Sie waren schneeweiß und von kleinen Narben gezeichnet. Die Tastatur war von einem durchlöcherten Schild bedeckt, um zu vermeiden, daß die eine oder andere Bewegungsschwierigkeit dazu führte, mehrere Tasten gleichzeitig zu drücken. Sobald er anfing zu schreiben, lösten die Krämpfe sich auf. Achilles' Finger glitten präzis und schnell in die Tasten.

Die Unterhaltung nahm ihren Anfang.

Finden Sie mich schön?

»Ich finde Sie so, wie man Sie beschrieben hat«, antwortete Ulysses.

Könnten Sie mich denn ehrlich und aufrichtig beschreiben?

»Ich kann's versuchen«, sagte er, und seine Stimme klang in seinen Ohren schrecklich laut und künstlich. Er schreibt, ich spreche, dachte er. Die Kunstkniffe der Intonation, der Lautstärke, der Bewegungen wurden von der Dunkelheit verschluckt, und Ulysses begriff, daß sie schwerfällig und unbrauchbar gewesen wären. Achilles' geschriebene Worte schienen ihm aus einer Transparenz zu kommen, zu der er niemals gelangen würde. Aber er gab sich Mühe, ein bißchen angespannt wegen dieses ersten unvorhergesehenen Umstands.

»Sie«, sagte er, »sind von einer Mißbildung betroffen. Sie wirken ... unvollständig. Oder ... wie ein nie gesehenes Geschöpf, genau. Ein Mann mit dem Lächeln eines Hundes oder auch ein großer Hund, mit dem man sich einen Scherz erlaubt hat, indem man ihn in einen Rollstuhl setzte.«

Nicht schlecht. Sie dagegen sehen aus wie ein eingebildeter Mensch, schlecht gekleidet, spindeldürr, der versucht, sein schütter werdendes Haar durch Überkopfkämmen zu kaschieren. Das wirkt lächerlich.

»Mag sein«, sagte Ulysses, und seiner Stimme gelang es nicht, die Verwirrung zu verbergen.

Machen Sie sich nichts draus. Wir werden uns die Wahrheit sagen müssen, es gibt keine andere Weise, uns gegenseitig auszuhalten. Wie alt sind Sie?

»Fünfunddreißig.«

Ich bin fast dreißig. Ich bitte Sie um Entschuldigung, wenn ich auf so theatralische Art mit Ihnen in Verbindung getreten bin. Ich habe darauf gesetzt, daß es funktionieren würde.

»Wieso sagen Sie, Sie hätten wenig Möglichkeiten, Briefe zu schreiben?«

Diesmal ist es mir gelungen, Ajax zu bestechen, einen dumpfen, sadistischen Krankenpfleger, der sich um meine Mißgeschicke kümmert. Gegen Geld hat er ihn ausgedruckt und weggeschickt. Aber er würde es nicht wiedertun.

»Und das Telefon?«

Als Sie angerufen haben, bin ich an die Tür gerollt und habe gehört, was meine Mutter sagte. Und ich habe mir vorgestellt, was Sie geantwortet haben, unbekannter Ulysses, der nun ein Gesicht hat. Aber ich habe nicht mehr die Erleichterung dieser modernen Erfindung, seit ich die Bank hier nebenan angerufen und gesagt habe, in ihren Büroräumen würde sich eine Bombe befinden. Das hatte ich schon andere Male getan, doch dieses letzte Mal mußte ich einfach lachen, und mein Lachen ist unverwechselbar, stellen Sie sich nur eine asthmatische Hyäne vor. Man hat mich erkannt und mit großem Vergnügen bestraft.

»Ihr Bruder Phoebus?«

Ich sehe, Sie haben bereits alles Gute und alles Böse dieser Wohnung kennengelernt. Meine Mutter und meinen Bruder. Mein Bruder haßt mich und will mich umbringen. Meine Mutter, weil sie mich liebt, hat mich so gemacht.

Er schaltete eine Lampe auf dem Tisch ein. Jetzt war seine Mißbildung deutlich sichtbar. Der riesige Kopf schaukelte, als wäre er vom restlichen Körper getrennt. Der Mund öffnete sich hin und wieder, wie bei einem stechenden Schmerz. Ulysses wandte seinen Blick ab. Achilles' Atmung wurde keuchend, er fing an, Krämpfe zu bekommen, die ihm die Schultern und die Beine zusammenzogen. Ulysses' Blick eilte zu den Glöckchen.

Seien Sie beruhigt, das ist keine Krise. Meine Krisen werden immer von einer lärmenden Geräuschkulisse und von einer Sabberchoreographie begleitet. Haben Sie also keine Angst, wenigstens nicht für den Augenblick. Ich lese Joyce, die Dubliner Novellen. Kennen Sie sie?

»Ja. Natürlich bin ich nicht der Ulysses, aber…«

An Achilles' Hand hob sich langsam der Daumen. Das war seine Art, einem ins Wort zu fallen.

Ich verstehe sehr gut, daß Sie ein Buch mögen, das Ihren Namen trägt. Aber haben Sie's wirklich gelesen?

»Fast ganz«, antwortete Ulysses.

Tun Sie alles »fast«? Ich auch. Aber in meinem »fast« liegt eine Unmöglichkeit, in Ihrem eine Entscheidung, eine Langeweile, ein Mangel. Sind Sie manchmal »fast« einsam?

»Genau das.«

Ich nicht. Ich bin anders einsam als Sie. Sie schweifen durch ein großes Zimmer, mit einer Tür im Hintergrund, dem Ausgang aus Ihrer Einsamkeit. Manchmal sehen Sie die Tür, aber Sie tun so, als sähen Sie nichts, Sie machen klagend weiter und sagen zu sich selbst: Ich werde immer einsam bleiben. Ich dagegen schweife in einem Zimmer ohne Tür herum. Allenfalls kann ich von einer Tür träumen.

»Verlassen Sie dieses Zimmer nie?«

Als es mir noch besser ging, wie ihr das nennt, und die Krankheit mich noch mit mehr Stil hofierte, ging ich selten weg. Ich ging in eine Badeanstalt für Sirenoide oder Freunde besuchen, die sowenig mobil waren wie ich. Ich habe verschiedene Eingriffe durchgemacht, ich habe eine Sonde, die das Hirn mit dem Herzen verbindet, und wie Ihnen vielleicht gesagt worden ist, leide ich unter dem sehr seltenen SDC-Syndrom. Bei der letzten Operation vor einigen Jahren perfektionierte die Ignoranz der Menschen die göttliche Grausamkeit. Die Krankheit entdeckte neue Foltern, und die Ärzte neue Medikamente. Seitdem gehe ich nicht mehr weg. Wäre ich nicht auf diesen

Zustand reduziert, würde ich gerne in irgendeine alte Bibliothek gehen. Oder spazierenfahren und die Ärsche von Frauen betrachten oder von Männern.

Ulysses versuchte zu lachen, konnte es aber nicht. Hätte er einen Computer gehabt, hätte er hahaha schreiben können.

Überrascht? Es wird Ihnen sonderbar vorkommen, aber ich lese nicht nur Joyce und verbringe nicht meine gesamte Zeit ausschließlich vornehm. Sehen Sie, jetzt versuche ich mit Mühe, diesen Band von Mallarmé zu nehmen. Und im gleichen Augenblick, in dem ich meine Hand auf diese unsterblichen Verse lege, pinkle ich mich voll. Auch wenn ich wie ein Astronaut ausgerüstet bin, habe ich mich doch nie daran gewöhnen können. Bevor Sie hierhergekommen sind, habe ich onaniert, ohne jede Phantasie, um Spannung abzubauen. Das tue ich oft. Ich habe genau solche Lüste wie Sie, wild und unaufschiebbar. Ich habe ein erotisches Leben, von dem Sie vielleicht nicht einmal träumen oder aber mit Angst träumen. Das sage ich Ihnen nicht, weil ich Ihnen mein Leid zeigen will, um alles gleich zur Schau zu stellen. Ich sage Ihnen das nur, weil danach ein anderes Leid kommt, ein anderer Schmerz und mein Haß auf Sie und Ihrer auf mich, und Poesie und Scheiße und alles beides zusammen.

»Wollen Sie, daß ich Ihnen mit aller Härte antworte?« sagte Ulysses. »Ist es das, was Sie wollen, eine Gleichheit im Guten wie im Bösen?«

Achilles atmete tief, als würde er aufgeblasen, es war komisch und schrecklich. Das war das Zeichen für seinen Zorn. Dann schrieb er hastig, zum ersten Mal mit einem Fehler.

Es ist nicht, was ich will, es ist das, was ist! Wir sind geleeiiich, im Guten wie im Bösen!

»Okay«, sagte Ulysses, »wir sind ge-leeiiiiich ...«

Achilles lachte ein angestrengtes Lachen, das seine Atmung unterbrach. Kindlich, unerwartet, ansteckend. Ulysses schloß die Augen, und zum ersten Mal gelang es ihm, die Gesichtszüge zusammenzufügen, den Mut zu haben, die an den Schläfen sitzenden Ohren anzusehen, die schiefen Lippen. Das Monster löste sich in ein Gesicht auf, in ein nie zuvor gesehenes Gesicht.

In vielen Dingen sind wir nicht gleich, in anderen wohl. Zum Beispiel lachen wir gerne. Souveräne Freiheit des Lachens. Ich habe Ihre Erzählungen gelesen. Elementare Mechanismen, bisweilen, aber große Phantasie. Versuchen Sie, mich zu fragen, wer mein Lieblingskomiker ist.

»Aristophanes? Swift? Queneau?«

Dardani. Professor Paris Dardani, mein behandelnder Arzt, das heißt, er wird bezahlt, um glauben zu machen, daß er mich behandelt. Seine tragikomischen Diagnosen von Besserung oder Verschlimmerung. Die Wut, nicht in der Lage zu sein, meine Symptome zu kodifizieren. Seine chemischen Rezepturen, seine genauen Dosen von Gift. Seine syntaktischen Akrobatendarbietungen beim Versuch, meine Krankheit zu beschreiben. Scheinheiligkeit, in schönem Griechisch gewandet. Makrocranium mit Lesionen der Medulla, Hydrocephalus, photophob, priapicus. Paris, Chefarzt mit autorisierten chemischen Pfeilen. Zeus soll ihn mit einem Blitz in den Arsch ficken, diesen Bastard. Schluß. Ich bin müde.

»Wollen Sie, daß ich gehe?«

Später erst, jetzt noch nicht. Ich habe Ihnen ja noch nicht einmal gesagt, weshalb ich Sie hergerufen habe. Der Grund ist ...

(und hier stellen Sie sich eine Pause vor und einen vorgetäuschten demutsvollen, schlauen Blick von mir)... daß ich angefangen habe, ein Buch zu schreiben. Haben Sie von mir etwas so Normales erwartet?

»Ja und nein«, sagte Ulysses.

Eigentlich habe ich Sie hergerufen, um Sie zu töten.

Achilles sah ihn an. Fast unbeabsichtigt rückte Ulysses den Stuhl etwas nach hinten. Achilles' Mund öffnete sich zu einer höhnischen Grimasse.

War ein Witz. Was wäre die Literatur ohne die Bösen, ohne die Ungeheuer, die Überraschungscoups und die Mörder? Ich bin dabei, ein Buch zu schreiben, vielleicht von geringem Wert, aber ich brauche Sie, weil ich zwar die Worte habe, aber nicht die Welt. Es ist eine Liebesgeschichte, und ich habe nie ein Mädchen kennengelernt. Emma Bovary, Molly Bloom, Helena und Chryseis natürlich und viele andere, aber die gehen ja mit jedem. Ich will eine eigene, für mich allein, oder wenigstens zur Hälfte mein. Und Sie haben sie. In Ihrem Buch gibt es eine Erzählung, die heißt »Das Mädchen vom Meer«, in der Sie über eine besondere Frau sprechen, eine Tänzerin, keine Italienerin, vielleicht eine Kreolin ...

»Ja, Pilar. Wie haben Sie es nur verstehen können, daß es da um eine Figur geht, die durch etwas Wahres, Reales inspiriert wurde?«

Sie leben in der Zeit der gesprochenen Worte. Ich in der unendlich langen der geschriebenen Worte. Ich kenne deren Geheimnisse, und es gibt einige Wörter in dieser Erzählung, die Ihre Inspiration, Ihre Verwirrung demaskieren. Sie sind nicht in der Lage, nichts von dem zu sagen, was Sie wirklich für sie empfinden, sondern Sie verraten sich. Na gut, und so müssen Sie mir von diesem Mädchen erzählen. Gesicht, Stimme, Muschi, Hintern, Geruch, alles. Und ich füttere damit meine Geschichte.

»Und dann werden Sie mir das Buch zur Veröffentlichung geben?«

Sie sind ein Trottel, ein ungeheurer Trottel. Mich interessiert das Schreiben. Punkt und Schluß. Als Gegenleistung kann ich Sie gut bezahlen. Wie Sie sehen, sind wir zwar keine reiche Familie mehr. Aber ich habe etwas auf der Seite. Wieviel wollen Sie?

»Nichts«, sagte Ulysses, »was glauben Sie denn? Ich will gar nichts.«

Sehen Sie? Ich habe Ihnen erlaubt, eine anständige Figur zu machen. Sie werden zwar keine Reichtümer verdienen, aber vielleicht lernen Sie etwas über das Schreiben. Also sponn das Fatum. Sie und ich haben homerische Namen. Das Schicksal Achilles' ist die Tragödie. Meine Mutter badete mich in der falschen Wanne. Unverwundbar bin ich nur an der Ferse. Ihr Schicksal, Ulysses, ist das Abenteuer und die Begegnung mit Ungeheuern. Sagen Sie mir, daß Sie zurückkommen werden, übermorgen um elf. Mein Bruder wird nicht da sein. Und ich bitte Sie, reden Sie mit niemandem über das, was sich hier drinnen ereignen wird.

»Sicher: Ich hüte das Geheimnis und komme wieder.«

Ich bin mir darüber nicht sicher. Das werden Sie erst sagen können, wenn Sie von hier fortgegangen sind und sich an diese Augenblicke erinnern. Ich kann Sie töten, Ihr schönes Gesicht verunstalten, in Ihrer Seele graben und Sie begreifen lassen, daß Sie gelähmt in einem Sessel sitzen, vom Schmerz belauert wie ich. Ich kann Ihnen Pilar rauben, sie ficken, vergewaltigen, umbringen. Ich kann alle Schriftsteller hier zusammenrufen, die gelitten haben, und sie als Zeugen dessen herbringen, was Sie nicht bis auf den Grund verstanden haben, was für eine ungeheure Verantwortung das Schreiben ist und wie Sie mit Worten spielen, die Sie zu Asche werden lassen könnten. Ich kann Ihnen zeigen, wie das Privileg zu lachen und andere zum Lachen zu bringen eine unbezahlbare Gabe ist, wofür kein Dank und kein Gebet jemals ausreichen. Das kann ich tun. Aber ich kann nicht aufstehen, Ihnen die Hand geben und sagen: Mein Freund, kommen Sie ruhig wieder, und sprechen Sie mit mir. Ich kann Sie nicht zur Tür begleiten. Ich kann Ihnen nicht verheimlichen, daß ich in der Hand meiner Mutter, eines sadistischen Krankenpflegers, eines älteren Bruders bin, der mich haßt. Sie werden bemerken, daß ich mehr geschrieben habe als Sie gesprochen. In dieser Zeit ist es, daß ich Sie bitte einzutreten. Nicht um mein Freund zu werden, meine Einsamkeit ist ohne Türen. Auch nicht, um meine Phantasien und meine grenzenlose Niedertracht zu teilen. Und meinen skandalösen Eros, der mit Sicherheit ungehörig ist für einen Hund im Morgenmantel ...

»Wofür denn dann?«

Wenn Sie intelligent wären, hätten Sie schon verstanden ... In Kürze werden Sie weggehen, für mich ist es der Augenblick des Pharmakons, der Verlängerung des Leidens. Machen Sie doch kein so bedrücktes Gesicht. Auch Sie liegen im Sterben, am Ende Ihrer Tage gibt es eine letzte Stunde, die so sein wird wie meine. Wenn Sie mich wieder besuchen kommen, gut, wenn nicht, bleiben Sie in Ihrer Welt, die mit Parfüm den Gestank von Scheiße und Medikamenten überdeckt. Kehren Sie zu Ihren Tricks und Machenschaften zurück. Zu Ihren Unterhaltungen ohne Wahrheit. Ja, es täte mir leid, wenn Sie nicht wiederkämen, doch würde ich nur einen einzigen Augenblick begreifen, daß Sie aus Mitleid oder aus einem Schuldgefühl heraus kommen, würde ich aus diesem Rollstuhl hochfahren und Ihnen meine Zähne in die Gurgel schlagen. Fühlen Sie sich von jedem Mitleid freigesprochen. Ich ernähre mich nicht, wie Sie, von Mitleid. Ich habe es oft von mir gewiesen, Sie haben sich darin eingerollt...

»Sie brauchen mich nicht zu beleidigen«, sagte Ulysses, »ich kann mich ganz alleine entscheiden.«

Blicken Sie meiner Wut ins Auge, und ich schaue mir Ihre an. Nehmen Sie das Blatt da auf dem Tisch, darauf ist das SDC-Syndrom beschrieben. Lesen Sie die Schrecknisse durch, und entscheiden Sie dann, ob Sie zurückkommen wollen. Doch wenn Sie zurückkommen, müssen Sie mir von Pilar erzählen. Das ist der Pakt. Sie blicken seit langem auf den Bildschirm und nicht in mein Gesicht. Schauen Sie es sich noch einmal gut an, vergessen Sie es nicht. Es kann sich nicht verändern, ich werde mit diesem Gesicht sterben, wie Sie mit Ihrem. Mein Schädel wird wissenschaftlich erforscht, Ihrer nicht. Ein weiterer Vorzug, den das Leben mir geschenkt hat. Jetzt wiederholen Sie die Frage, die Sie mir vorhin gestellt haben.

Ulysses versuchte zu sprechen, aber dann kam nur ein verlegenes Lachen.

»Schwer, nach einer Weile die gleiche Frage zu wiederholen. Das hat etwas von einem Theaterstück an sich.«

Dann schreiben Sie sie.

Ulysses näherte sich. Um schreiben zu können, mußte er Achilles' Schulter streifen, er spürte seinen Geruch und den keuchenden Atem, er sah die hervorspringenden Knochen, den Krampf, der an seinem Hals emporkroch. Er tippte auf die Tasten.

Warum sollte ich wiederkommen und über Pilar erzählen?

Um etwas entstehen zu lassen, das ...

Achilles ließ die Hände von der Tastatur gleiten, machte das Licht auf dem Schreibtisch aus und gleich darauf den Computer. Das Zimmer tauchte ins Dunkel. Ulysses hatte einen Augenblick innerer Unruhe, er stand auf, ohne zu wissen, was er tun wollte. Achilles drehte den Rollstuhl herum und machte das Zeichen mit dem erhobenen Zeigefinger, der Abschied. Ulysses verließ das Zimmer, das schwache Licht im Korridor schien zu sprühen. Die Mutter war nicht da. Ein kleiner, gedrungener Mann befand sich dort in weißem Kittel. Ohne ihn auch nur anzusehen, öffnete er die Tür. Ulysses ging die große Treppe hinunter und hinaus auf die Straße. Er nahm das Blatt und las.

Das SDC-Syndrom oder De-Curtis-Syndrom ist bei makrocranischen Hydrocephalus-Patienten äußerst selten. Nur zwei Fälle sind bekannt, der des hier Schreibenden und ein weiterer auf den Samoa-Inseln. Bei diesem Syndrom wird der Patient, wenngleich auch von einem Katalog superscharfer Tussen befallen, die einen Wohnblock zum Bersten bringen, unerwartet und plötzlich von Krisen heimgesucht, die sich in Fröhlichkeit äußert, begleitet von Rictus labiale, unflätigen Reden und Flatulenzen, die auch ohne Stethoskop feststellbar sind. Diese Anfälle werden von der Medizin als euphorischer Paroxysmus definiert, könnten aber in Wirklichkeit einfaches Überschäumen von Energie sein, das von Herz- oder Hirngegenden kommt, die von der Krankheit nicht befallen sind. Das alles beunruhigt die medizinische Wissenschaft in hohem Maß und verspottet jedes allgemein anerkannte klinische Bild. Aus diesem Grund beschäftigt man sich seit langem mit dem Versuch, den Patienten mittels chirurgischer und biochemischer Attacken auszulöschen mit dem Ziel, endlich zur autoptischen Behandlung überzugehen. Um es auf den Punkt zu bringen: Was hat ein so Zugerichteter da noch zu lachen? Warum wird das De-Curtis-Syndrom oft mit dem Lovecraft-Syndrom in Verbindung gebracht? Das sind Fragen, auf welche die Medizin eine Antwort finden muß, um die wissenschaftlichen Gewißheiten und die trübsinnige, entschuldigende Verwendung des Mitleids wieder zu festigen.

Wesentliche Bibliographie.

Aa.Vv., »Das De Curtis Syndrom bei makrocranisch-hydrocephalitischen Patienten auf Samoa«.

Dardani, »Die fünfzig besten Pharmaka-Cocktails für SDC-Patienten«.

Roversi, »Diagnostik und Therapie«.

Totò, »A livella«*

Na gut, dachte Ulysses. Er ist nicht nur häßlich und aggressiv. Er ist auch verrückt.

* *Die Wasserwaage,*
Gedichtzyklus des berühmten neapolitanischen Schauspielers

9. Kapitel

In dieser Nacht goß es in Strömen, vom Fenster aus sah Ulysses, wie die Straße überschwemmte und ein Fluß schlammigen Wassers Blätter und Werbeplakate fortriß. Ein zorniger, ungestümer Acheron kämpfte gegen verstopfte Gullis an. Zeus strafte dieses Land und seine elenden Tyrannen. Unter dem Rauschen des Regens stürzte Ulysses sich in die Lektüre von *Kein Platz*, einem Essay über die Feinde des Westens eines gewissen Maragnani, eines pensionierten Obersten. Ein irres Sammelsurium von niederträchtigen, rassistischen, mißgünstigen Gemeinplätzen, die Islamisten und Schwule, Pazifisten und Süditaliener in einen Topf warfen und daraus die absolute Notwendigkeit ableiteten, die Chinesen innerhalb weniger Jahre zu vernichten, weil sie sonst unser gesamtes Wasser trinken würden. Darin wurde auch eine Rechnung aufgestellt, wieviel Liter Wasser die Asiaten verbrauchen würden, wenn sie anfingen, sich jeden Tag zu duschen, und die Theorie, daß sich Aids und Sars durch Wahlkabinen verbreiteten.

Das ist ein so furchtbares Buch, dachte Ulysses, daß es, wenn jemand beschließt, es zu finanzieren, sogar ein Bestseller werden könnte. Aber ich werde es nicht sein, der das macht. So drang er in die fünfhundert und etwas Seiten der *Erinnerungen vom Katheder* ein, eine Prosa von der Wendigkeit und Leichtigkeit eines von Arthrose befallenen Faultiers, die zwar vermittels einer Verdreifachung jedes Adjektivs und des weidlichen Gebrauchs von nichtsdestoweniger und jeglichen und darauf und ehedem fortrankte, aber wenigstens nicht vom Haß auf das Menschengeschlecht durchtränkt war. Nach etwa zwanzig Seiten, genauer gesagt, auf den eineinhalb Seiten, auf denen der Schreiberling sich auf einen akrobatischen Vergleich zwischen Leopardi und der Kaktusfeige einließ, kam das Köpfchen von Professor Colantuono aus der Tasche hervor.

»Na, was halten Sie davon?«

»Professore, schließen wir einen Pakt. Solange ich Ihr Werk nicht ausgelesen habe, stellen Sie keine Fragen.«

»Das ist nicht gerecht, mich so leiden zu lassen ...«

»Sie haben Tausende von Schülern mit stockendem Atem, mit Qualen in der Seele in Erwartung einer Note, eines Prüfungsgesprächs oder des Abschlußzeugnisses stehengelassen. Jetzt müssen Sie zur Abwechslung mal warten und sehen, ob Sie durchfallen oder weiterkommen.«

»Ich werde stumm sein.«

»Und wo waren Sie eigentlich gestern, als ich Achilles besuchen gegangen bin?«

»Ich hatte Angst.«

Ulysses beschäftigte sich wieder mit seiner Lektüre, doch brannten ihm die Augen. Er versuchte vergebens einzuschlafen. Er probierte die drei fötalen Lagen, die sechzehn Drehungen der Katze, den Spaziergang des Schlafwandlers, eine heiße Dusche, ein Spiel der portugiesischen Liga im Fernsehen. Nichts zu machen, die Insomnia pistoria verzieh nicht. Eine Sturzflut, ein Katarakt, ein Backofeneinschub von Gedanken ... Bis fünf blieb er wach, dann schlief er ein und träumte, daß er eine Stunde schlafen würde, und um sieben würde er in die vom Wasser überflutete Stadt fahren.

Es war die Hölle. Ganze Autokolonnen im Regen, gesperrte Straßen, Staus, von denen ein Hupengekläff aufstieg. Ungeheuer mit makrocranischen, angemalten Rundschädeln bewegten sich auf zweirädrigen Motosauriern zickzackfahrend durch Einbahnstraßen und über Bürgersteige vorwärts. An der Haltestelle des verspäteten Lindwurms standen bereits fünfzig völlig durchnäßte und stinkwütende Menschen. Der

Bus kam vollgestopft an. Viele versuchten einzusteigen, wobei sie jedes physikalische und ethisch-solidarische Gesetz außer acht ließen, wogegen die Eingedosten sie mit Aufforderungen und auch Schubsen und Regenschirmstößen zurückdrängten. Am Ende gelang es einigen, sich hineinzudrängen, und sie verdichteten damit den andropoiden Brei. Die Tür schloß sich und durchschnitt den Mantel eines Herrn und den Hintern einer Frau. Einige Minuten später kam ein weiterer Lindwurm an, voll zwar, doch mit einem noch verfügbaren Quadratmeter, auf dem sie sich zu zwanzig zusammenzwängten. Dem jeweiligen Gestank der anderen widerstehend, verdichteten sie sich in dieser Lake. Ulysses schloß die Augen und erinnerte sich daran, als er und seine Freunde in dem Trojanischen Pferd steckten, still und einsatzbereit. Er war fast unbeschadet ans Ziel gekommen, als er an der vorletzten Haltestelle einen lodenbekleideten Gorilla im Hinterhalt sah. Ein Auge war halb geschlossen und sein Aussehen wild und geistig zurückgeblieben. Der Menschenaffe setzte zum Lauf an und sprang hinein. Man hörte Knochen zerbersten und Schirme zerbrechen. Ulysses drängte sich an eine brünette Frau in Pelz, sie roch nach Guerlain. Das mißfiel ihm nicht, und die brünette Frau erhob keinen Einwand. An der Haltestelle dachte Ulysses: Also, eigentlich bleibe ich noch. Doch inzwischen war er im Aussteigebereich, und als die Türen aufflogen, wurde er im wahrsten Sinn des Wortes gedrängt und hinausgestoßen. Er drehte sich noch rechtzeitig um und sah zwei lachende Augen unter einem Kolpak.

Pilar war schon am Salon seiner Gedanken vorbei in ein kleines Zimmer gegangen, und sein kleines Hirn, polygam und polytrop, arbeitete bereits an Strategien für die Zukunft, nahm die Uhrzeit zur Kenntnis, zu der die Frau eingestiegen war, und einige Annäherungsversuche. Er durchstreifte Buchhandlungen, stieg dann in den metallischen Sarkophag und ging in die Redaktion. Circe hatte eine neue Lockenfrisur und einen zebragestreiften Minirock. Wieder phantasierte er.

»Du bist in Form, wie ich sehe«, sagte er mit bemühter Originalität. »Ist Vulcanus da?«

»Nein. Er ist beim Treffen der gastronomischen Verleger in der Toskana. Er hat dir einen Zettel dagelassen.«

O du mein gelehrter Mitarbeiter. Wir haben's geschafft. Vielleicht habe ich einen neuen Teilhaber gefunden, und die Mondial kommt nicht mehr in Frage. Bereite dich vor, ein reicher Schriftsteller zu werden oder einfach nur reich und basta, angesichts der Tatsache, daß Du keine Zeile mehr schreibst. Gestern habe ich einen sympathischen jungen Koch kennengelernt, der mir ein Skriptmanus aus Herzblut und Gewürzen versprochen hat. Er ist ein Dickerchen: Mit seiner Erzählung und der einer hageren Bohnenstange mit Pseudonym können wir die Anthologie »Over 100« abschließen. Der Doppelzentnerismus wird die literarische Bewegung des Sommers! Tu mir einen Gefallen. Ruf Nembi an und frag ihn, ob er das Vorwort zu dem Band schreiben will. Er ist widerborstig und scheu, aber er ist militant und erpreßbar mit angemessenen Schuldgefühlen. Eine zuversichtliche Umarmung. Valerio.

Ulysses dachte darüber nach. Nach allem, was er wußte, antwortete der widerborstige scheue Nembi lieber weiblichen Stimmen, ja, seine Widerborstigkeit und Scheu verschwanden vollends angesichts von Miniröcken. Doch die schöngelockte Circe schrieb am Computer, und zudem hatte sie am Telefon eine Gackerstimme, die mit ihren schönen Aspekten in keinerlei Zusammenhang stand. Daher entschloß er sich, selbst anzurufen. Ein Anrufbeantworter, auf dem die S-Laute nur so zischten. Das war keineswegs ermutigend. Doch irgend etwas sagte ihm, daß Nembi neben dem Telefon im Hinterhalt lag.

»Ich bin von einem kleinen Linksverlag«, sagte Ulysses so klagend, wie er irgend konnte.

(Geräusche, eine nicht aufgenommene Stimme brach herein.)

»Sprechen Sie weiter.«

»Ich bin Ulysses Isolani von den Forge-Editionen. Ich weiß, Sie sind menschenscheu, und es tut mir leid, Sie zu Hause zu stören. Aber wir machen eine Anthologie junger neuer Schriftsteller, und wir dachten uns, daß Sie, der von den jungen Lesern so hochgeschätzt wird, die Einführung dazu schreiben könnten.«

»Das ist ein äußerst ungünstiger Augenblick. Wieviel Zeit hätte ich denn?«

»Zwanzig Tage bis einen Monat.«

»Sehen Sie, diese Woche muß ich in zwei Theatern lesen. Danach fahre ich in ein Gemeindezentrum für eine Diskussion. Danach habe ich Bühnenproben für ein Theaterstück und muß das Buch in Tirol vorstellen.«

»Und im nächsten Monat?«

»Bin ich bei einer Buchmesse in Deutschland, danach bei einem Jazzfestival, danach muß ich an einer Performance mit einem Maler und einem Klempner in einer Kunstgalerie teilnehmen. Am Ende muß ich ein bißchen Zeit für mich selbst haben ...«

»Verstehe. Wo Sie so scheu sind ...«

»Ich bin nicht scheu, ich gehe nur nicht an solche Orte, die ich nicht mag. Ich bin wählerisch.«

»Aber unseren kleinen Verlag würden Sie mögen, und Ihre Signatur wäre wichtig für uns. Ich will Sie durchaus nicht überreden, aber ich habe fünf oder sechs Ihrer Bücher gelesen.«

»Und die anderen?«

»Habe ich gekauft und werde auch sie lesen. Also?«

»Rufen Sie mich in einem Monat an. Aber ich verspreche nichts.«

Klick.

Nichts zu machen, dachte Ulysses: allzu menschenscheu, genauer gesagt: allzu wählerisch: Der ist kein Schriftsteller, der ist festgelegt. Er ging ins Zimmer der schöngelockten Circe, legte sich schmachtend auf den Schreibtisch und fragte sie nach ihrem Verlobten. Angesichts der Äußerung »soll er doch krepieren, dieses Arschloch« begriff er, daß das Verhältnis einen Sprung bekommen hatte. Für ein paar Minuten machte er den Galan, bis er spürte, daß er am Jackett gezogen wurde.

»Hatten Sie zur Mittagszeit nicht eine Verabredung mit Pilar?« machte Professor Colantuono ihn aufmerksam.

»Klappe«, sprach Ulysses. Er schaute zum Fenster hinaus und sah, daß der Stau noch höllischer und der Regen noch dichter war als zuvor.

»Und wie komm' ich jetzt zum Shop Eden?« dachte er laut.

»Wenn du willst, Lello«, hauchte Circe, »kann ich dich schnell hinfahren.«

Circe hatte einen roten Microbo, der nach Hund und magischem Duftbaum roch. Sie fuhr schnell und wütend durch den Verkehr und durch die Pfützen. Der Minirock war ihr in omphalische Höhen gerutscht, und sie rauchte nervös. Sie hatte einen schönen, fleischigen Mund, und die Zigarette hing ihr entzückend zum Kinn herunter. Ulysses war erregt. Und je mehr er abzubremsen, zu reflektieren, sich zu verurteilen versuchte, um so unverschämter und lächerlicher machte ihn sein Chromosom eines Polygamen und Polytropen.

»Komm schon, Circe, als Gegenleistung für diesen Gefallen lade ich dich an einem der nächsten Abende zum Essen ein ...«

»Lello, Lello, du bist unverbesserlich. Und deine Freundin, dieses schöne Mädchen, das ins Büro gekommen ist?«

»Ach, weißt du ... wir sehen uns gelegentlich ... ist eine schwierige Zeit.«

»Ich werde darüber nachdenken«, sagte die anmutige Steuermannfrau und hielt vor dem Parkplatz des Shop Eden.

Ulysses wollte sie beim Abschied gerissen zwischen Wange und Hals küssen, doch sobald er ausgestiegen war, explodierte hinter dem Microbo ein Hexensabbat von Hupen.

»Ich geh' ja schon, ich geh' ja schon, cazzo«, sagte Ulysses und trat in eine Schlammpfütze von ansehnlicher Tiefe. Fluchend erreichte er den Eingang zum Shop Eden. Eine typische Latinoschönheit wartete am Eingang vier auf ihn, im Arbeitskittel und einem über die Schultern geworfenen leichten Pullover. Sie zitterte vor Kälte. Pilar, exotische Blüte im stinkenden Gewächshaus meines Landes, verzeih mir, verzeih mir, ich liebe nur dich, und ich werde dich nie wieder belügen, dachte Ulysses.

»Ciao«, sagte sie, »ich dachte schon, du würdest es nicht bis hierher schaffen. Wie hast du's angestellt?«

»Ein Freund hat mich mitgenommen«, sagte Ulysses.

Sie aßen im Mac Pork des Shop Eden, die anderen Restaurants waren zu teuer oder zu geschlossen. Er nahm einen Big Pork mit schmutzigen Pommes, sie einen Timmy and Tommy mit Senfsperma. Ringsumher rannten die Leute, quietschten die Einkaufswagen, verbreitete der Lautsprecher die üblichen Sonderangebote. Sie war traurig, er nahm ihre Hand.

»Eine schlimme Zeit, oder?«

»Wirklich schlimm. Aber ich werde da wieder rauskommen«, sagte Pilar, »mir fehlen nur noch zwei Prüfungen und die verdammte Examensarbeit, ich kann jetzt nicht einfach aufhören. Das Geld für die Gebühren in diesem Jahr werde ich schon finden. Ich werde Blumen in Restaurants verkaufen, ich werde mit Koks dealen, ich weiß nicht, was ...«

»Ich kann dir was leihen ...«

»Ich will kein Geld von dir. Ich dachte, ich könnte ... ich weiß, daß das, was ich jetzt sage, dich auf die Palme bringt, aber ich könnte zwei-, dreimal tanzen in einem Lokal. Mit zwei, drei Wackeleien zahle ich meine Gebühren.«

»Aber Pilar, die Würde ...«

»Würde«, sagte Pilar, »kannst du auch dann noch haben, wenn du an den Alleen auf den Strich gehst, und du kannst kein Gran haben, auch wenn du der Eigentümer dieses riesigen Scheißmarktes bist und aller Schinken und Bücher, die da drinnen sind. Ich gehe tanzen, danach soll passieren, was will.«

»Ich bin aber eifersüchtig«, brüllte Ulysses, »ich bin aber eifersüchtig, was soll ich tun?«

Von einem Tisch nebenan stimmten ein paar mampfende Kerle mit ihren Blicken zu.

»Du bist doch polygam und polytrop, oder?« sagte Pilar. »Dann komm doch auch, und vielleicht gibt es ja auch irgendeine andere Kubistin, die dir gefällt.«

Das ist nicht auszuschließen, dachte Ulysses, äußerte sich aber nicht. Statt dessen sagte er:

»Suchen wir doch nach einer anderen Möglichkeit. Wenn wir keine finden, dann eben Kubus.«

Pilar lächelte.

»Schon besser. Hast du dich nach meiner Genehmigung erkundigt?«

»Ich hab's einem Freund in der Quästur gesagt. Er wird Nachforschungen anstellen.«

»Danke«, sagte Pilar. Sie streifte ihn mit einem Bein unter dem Tisch und küßte ihn dann auf den Mund, vor allen anderen, mit typischer Latinoschamlosigkeit. Ihr Mund schmeckte nach Karibik und Sauerkraut.

»Sehen wir uns heute abend?« fragte Ulysses, schwach geworden. »Du bist schon eine ganze Weile nicht mehr zu mir nach Hause gekommen und...«

»Heute abend treffe ich mich mit den Mädchen vom Shop, wir müssen uns darüber abstimmen, wie wir weiterverfahren sollen, Streiks, interne Demonstrationen und so weiter. Man versucht, einen Keil zwischen uns zu treiben, einigen hat man einen kleinen Sondergeldbetrag angeboten, damit sie verschwinden, ohne jemandem auf die Eier zu gehen. Aber wir halten durch.«

»Die Mädchen vom Shop«, brummelte Ulysses. »Aber was glaubt ihr denn zu erreichen? Seht ihr denn nicht, daß sie dabei sind, alles zuzumachen?«

»Hier machen sie zu, aber auf der anderen Seite der Stadt eröffnen sie wieder, mit halbem Gehalt und ohne Arbeitsvertrag«, sagte Pilar, »na los, cabezón, wir werden uns in der nächsten Woche sehen, und zieh nicht so ein Gesicht.«

»Du hättest mich eben nicht küssen dürfen«, sagte er mit Schmollmiene, »jetzt bin ich erregt, was soll ich machen?«

Am Eingang von Mac Pork steckte ein großes Stoffschwein seinen Hintern in die Luft. Pilar dachte, Ulysses könnte damit doch etwas Sinnvolles anstellen. Aber ihr war nicht nach Scherzen zumute und stand seufzend auf.

»Weißt du, Ulysses, manchmal denke ich, daß der einzige Weg, den wir beide miteinander gehen können, der ist, uns nicht zu kennen. Ganz von vorne anzufangen. Von dem Tag in der Buchhandlung. Verstehst du, was ich meine?«

»Nein«, sagte Ulysses.

»Na ja, ›dann tut's mir leid‹, wie du immer sagst«, sagte Pilar abschließend und verschwand zum soundsovielten Mal, mit ihren schönen Beinen in den Pantinen, mit ihrem über dem Hintern wiegenden Haar und ihrer unbezähmbaren Seele und ihrem Scheißcharakter, mit dem sie ihm auch eine zu bezahlende Mac-Rechnung zurückließ, kein großer Betrag zwar, aber immerhin, cazzo.

Er nahm zwei vollgestopfte Lindwürmer ohne brünette Frauen, an die er sich pressen konnte. Er kehrte nach Hause zurück, grub das kleine Korn eines jamaikanischen Pharmakons aus, über das die öffentliche Meinung auseinanderging, und versuchte zu arbeiten. Er machte sich daran, etwas über Pilar zu schreiben, sicher auch etwas Gemeines und Wütendes, etwas gegen sie, gegen ihrer beider Liebes- und Entfernungsaufwallungen, aber es kamen nur wenige leidenschaftslose Sätze heraus. Er wollte versuchen, ihre erste Begegnung in einer Buchhandlung zu beschreiben. Es gelang nicht. Unversehens fühlte er sich leer und faßte den Entschluß, Achilles nicht mehr zu besuchen. Ja, Achilles war ein armseliger Held, den das Schicksal geschlagen hatte, aber auch Ulysses war dem Schicksal verhaßt, und wenn einer traurig ist, sind Klassifizierungen völlig sinnlos, es gibt kein Tristometer, es ist sinnlos zu sagen, es geht mir durchschnittlich schlechter oder eindeutig besser als dir, alle werden stumpf und egoistisch, und die eigene Traurigkeit wird zu einer großen Glasglocke, unter der man sich verschließt, um nicht die Traurigkeit der anderen anhören zu müssen.

Ich kann unter einigen Alternativen auswählen, dachte er. Ich bleibe zu Hause und lese Goethe, oder ich onaniere übers Internet auf der Website www.germanhard.de, oder ich rufe Circe an, oder ich gehe in die Cafébar und quatsche über den Meniskus von Mironi, meinem Lieblingsfußballer. Er entschied sich für die letzte Alternative. Er nahm den Schirm und wollte gerade den Computer ausschalten, als ihm einfiel, nach der Post zu sehen. Es war nur eine Nachricht da, die ihm vom Büro nachgeschickt worden war. Sie kam von Achilles. Darin stand lies bitte, und es war eine Datei angefügt.

Die angefügte Datei war folgende.

Ich betrat die Buchhandlung unten in meinem Haus voller Mühe. Zwei Wochen zuvor war ich mit dem Moped gestürzt und hatte mir das Schienbein gebrochen. Daher mußte ich mich in einem Rollstuhl bewegen, mit dem eingegipsten, nach vorne wie das Kanonenrohr eines Panzers ausgerichteten Bein. Ich hatte einen Rollstuhl vom Modell Xanthos gemietet, der mit zwei kreisenden Reifen, einem Zehn-PS-Schaukelpferdmotor und einem Joystickkommando ausgestattet war. Er konnte tanzen wie eine Ballettänzerin, sich aufbäumen wie ein Schlachtroß und sogar rückwärts fahren. Aber er fuhr keine Treppenstufen hinauf, und am Eingang der Buchhandlung befanden sich drei. Daher war ich unentschlossen, ob ich um

Hilfe bitten oder umkehren sollte. Da fragte eine Stimme hinter mir: Willst du hinein? Und ich sah zwei wunderschöne, olivenfarbene Hände auf meinen Schultern. Sie hoben den Rollstuhl kräftig an, wobei sie ihn auf die Hinterräder kippten, und schoben mich in das ersehnte Reich der Bücher. Ich sah, wie eine Flut schwarzer Haare über mich niedersank, die nach Carnauba dufteten. Und es folgte die zauberhafte Vision des Profils einer jungen Frau, schwarze Augen, Jochbögen wie bei den Inkas. Es gelang mir lediglich, ein Danke! zu hauchen, während sie sich mit einem Lächeln in Richtung Taschenbuchabteilung entfernte. Mein Herz pochte gewaltig, und für eine volle Minute hielt ich mich in der Abteilung Tierbücher auf, wo ich mich durch die Unternehmungen der Seehunde und Waschbären blätterte, ohne eigentlich zu bemerken, was ich da machte. Dann faßte ich Mut und trieb meine Räder in Richtung der Abteilung der Buchhandlung, in die ich meine Retterin gehen gesehen hatte. Ich fand sie nicht, unterdessen manövrierte ich meinen Rollstuhl etwas ungelenk durch die Stapel von Büchern und ließ auch ein paar Dichter zu Boden fallen, von denen einige vom Schicksal bereits schwer gebeutelt waren. Während ich mich vorbeugte, um Sylvia Plath aufzuheben, atmete ich wieder den Duft dieser Haare ein, und sie sank vor mir herab, auf ihre Knie, und hob das Buch auf. Wir sahen uns verweilend an, verjüngt und schüchtern, in Kindeshöhe, ich in meinem Rollstuhl, sie auf Knien, Kinder, die sich beschnupperten und nicht wußten, welcher Zauber die Landschaft rings um sie herum weggewischt hatte, so wie man in der Schule rasch eine Zeichnung wegwischt, um eine noch schönere zu machen, die einzige, die unserer würdig wäre und vorgezeigt werden könnte. Ich dachte auf der Stelle daran, sie in die Arme zu nehmen, auf den Rollstuhl zu setzen und zu rauben, ich, sie und Xanthos, der geflügelte Pegasus, bis hin zu einem fernen Paradies. Ein ungeschlachter Mann, der in Eile war, unterbrach unseren Traum, er ging rasch an mir vorbei und rempelte mich an. Sie blickte ihm mit stolzer Wut nach und wollte etwas sagen, aber ich hielt sie zurück.

»Vergiß es«, sagte ich, »eines Tages trifft es vielleicht ja auch ihn einmal.«

»Mußt du noch lange so bleiben?«

»Weiß nicht«, sagte ich.

»Auch mich hat's als Kind getroffen. Ein falscher Sprung ins Meer, ich wurde bis zum Hals eingegipst und wußte nicht, ob ich noch in der Lage sein würde zu gehen. Ein ganzes Jahr lang.«

»Dann ist alles vorbei gewesen«, sagte ich, »und jetzt kannst du wieder gehen und göttlich tanzen.«

»Ja, ich tanze gerne, aber woher weißt du das?«

»Ich weiß es, weil du auch jetzt tanzt. Als du dich gebückt hast, um das Buch aufzuheben, und jetzt, wo du vor mir stehst, mit leicht erhobener Zehenspitze, als würdest du auf den Einsatz des Orchesters warten, um mit mir zu tanzen.«

»Heh, heh, du legst aber ganz schön vor ...«

»Das passiert, wenn du in einem Rollstuhl sitzt.«

Sie verweilten einen Augenblick still, aber ohne jede Verlegenheit, zwischen dem Klingeln der Kasse und dem Blättern der Bücherfreunde. Dann sagte ich:

»Darf ich dir dieses Buch schenken?«

»Sylvia Plath? Beleidigt es dich, wenn ich nein sage, denn ich hab' es schon?«

»Dann eben Apollinaire.«

»Danke. Angenommen.«

»Und könntest du deine Telefonnummer in dieses Buch hier schreiben?«

»*Meine Freundin die Ohrenrobbe?*«

»Es kam mir so in die Hände. Ich bin ganz durcheinander, rate mal, warum.«

»Wenn ich dir meine Telefonnummer gebe, versprichst du mir dann, mich nicht vor Ablauf eines Jahres anzurufen?«

»Wieso?«

»Weil ich dann beruhigt bin, ich wüßte dann, daß du nicht jemand bist, der vergißt. Ein berufsmäßiger Olvidador.«

»Ich rufe dich an, sobald ich aus dieser Kiste aufstehen kann, und dann gehen wir meine wiedergewonnene Vertikalität feiern.«

»Abgemacht«, sagte sie. Und schrieb sieben Zahlen.

Zahlen sind überall auf der Welt gleich, sie ordnen, sie begrenzen, und sie beschreiben. Und doch trennte diese Zahlenfolge, diese einzigartige seltene Folge für mich eine Welt von der anderen und ein Leben vom anderen, mit diesen sieben Ziffern war ich der einzige und glückliche Gewinner einer möglichen Liebesgeschichte, ohne diese Ziffern hätte sich jedes Gleichgewicht und jede Theorie, jedes physikalische Gesetz, jede Umlaufbahn und jede Schwerkraft in nichts aufgelöst, und der Kosmos wäre in eine Handvoll Staub und in das Urdunkel meiner Einsamkeit zerstoben. Doch ich hatte diese Ziffern. Sie mußte etwas von meinen Gedanken erahnt haben.

»Kann auch ich deine magischen Zahlen haben?« sagte sie.

Pilar mi vida, Pilar, mein Leben. Alle Zahlen vom Anbeginn der Welt, von der Null an, die uns zeugte.

10. Kapitel

Ulysses kam pünktlich. Die Mutter öffnete ihm wortlos, allerdings mit einem leisen Lächeln. Sie begleitete ihn nicht. Ulysses ging alleine zu Achilles' Tür und klopfte. Als er zweimal das Glöckchen hörte, trat er ein. Achilles kam ihm im Rollstuhl mit surrendem Motor entgegen, er kreiste um ihn herum, führte dabei eine Art Acht aus und deutete auf den bewußten kleinen Sessel. Dann nahm er vor dem Computer Platz und zog die Tastatur zu sich herüber … Er war in den schon bekannten Morgenmantel gehüllt, doch diesmal hatte er Babuschen an, aus gelbem Samt, wie aus *Tausendundeine Nacht*. Und ein leichter Eukalyptusduft dämpfte die schweren Gerüche im Zimmer. Achilles' Hände fingen an zu tanzen.

Meine Nachricht erhalten? Ich komme mit dem Computer zurecht, meine prähistorische Phantasie darf sich einer speziellen Tastatur mit Abdeckung erfreuen und einer Trackball Mouse, das hier, was aussieht wie eine rote Clownsnase. Ich kann im Pelagus des Netzes surfen, aber ich schicke nur ganz wenige Nachrichten. Und ich antworte nicht auf E-Mails. Genauer gesagt, keiner schreibt mir.

»Ich wollte mit dir über die Seiten reden, die du mir geschickt hast«, sagte Ulysses erregt. »Sie sind … sehr schön, ja, ich kann nichts Besseres sagen. In ihnen ist etwas, das ich immer versucht habe, aber es ist mir nicht gelungen, es …«

Achilles' Finger hob sich.

Über das Buch reden wir am Ende. Jetzt erzähl mir über sie.

»Und das De-Curtis-Syndrom?«

Wie alle bösartigen Syndrome kommt es, wenn du es am wenigsten erwartest. Erzähl mir doch von Pilar, verdammt.

»Ja, aber vorher will ich auch zwei, drei Dinge wissen. Wie hast du die E-Mail-Adresse des Verlages gefunden?«

Wenn du etwas aufmerksamer wärst, wüßtest du, daß sie in allen Büchern steht, die ihr veröffentlicht.

»Dann ... kommunizierst du also irgendwie mit der Welt.«

Ich hab's dir doch gesagt. Manchmal benutze ich das Netz, um seltene Texte aufzuspüren. Ich lese keine Zeitungen, und das vaterländische Fernsehen habe ich für kurze Zeit gesehen, als ich im Krankenhaus lag. Das ist ein kranker Ort, wo alle durcheinanderreden und einer den anderen überlagert, oder sie reden und tun so, als würden sie sich nicht erinnern, was sie gesagt haben. Genau wie in den Irrenhäusern. Aber da riskierst du keinen Elektroschock, und sie bezahlen dich sogar. Locus miser! Luxusklinik, wo der Konformismus seine Straflosigkeit feiert, sich als Übertretung zu definieren. Kaserne der Drückeberger, kameradschaftlich mit den Vorgesetzten, sadistisch mit den Schwachen. Ort der kröpfigen Ungeheuer, verurteilt, bis in alle Ewigkeit untereinander zu kopulieren. Todesgeruch mehr als in meinem Zimmer ... Siehst du es?

»Manchmal schon. Zuweilen ist es nützlich.«

Stimmt. Sublime Rache der Worte, es ist nützlich, aber nicht für dich. Doch wie soll man auf ihre Bequemlichkeit verzichten? Ein Tümpel, der den ganzen Schmerz der Welt reflektiert und den du im Handumdrehen trockenlegen kannst. Das Sprachgitter eines Beichtstuhls in deiner Wohnung, und drinnen ein Priester in Flitter.

Ulysses hob die Schultern. Der Blick des anderen zielte ironisch und grausam auf ihn. Einen Augenblick lang verabscheute er ihn.

»Und wenn du surfst«, sagte er mit unbekümmerter Stimme, »gehst du dann nie ... ich meine, da gibt es doch Seiten mit schönen Mädchen, mit interessanten Höllen.«

Einmal hab' ich's gemacht. Aber das war trauriges Futter für meinen maßlosen Hunger, kleine Träume gegen Bezahlung, Männer und Frauen in immer gleichen Stellungen erstarrt, regungsloses Fleisch. Mir genügt schon die Abbildung einer Odaliske in einem alten Buch, der Blick eines Fotos, der Netzstrumpf in einem Comic, die Worte einer Erzählung. Den Rest besorgen die Träume. Bist du ein Internetwichser? Tut mir leid für dich.

»Nein«, log Ulysses, »derartige Dinge mag ich nicht. Und sag mir, wo hast du gewohnt, als du noch nicht hier gewohnt hast?«

Als Kind lebte ich in einer Stadt am Meer, aber ich habe daran nur wenige Erinnerungen. Viel Wind, Fenster, die schlugen, und dämliche Spaziergänge im Kinderwagen an der Uferpromenade. Ein sympathischer, humaner Arzt mit einem Pferdegesicht. Damals bewegte ich meine Arme etwas mehr, und vor allem brauchte ich nicht so viele Medikamente. Dann kamen wir hierher in die Stadt. Die Hände und der Kopf wurden immer schwerer. Keiner war in der Lage, wirklich zu verstehen, was da vor sich ging, sogar in meiner Monstrosität war ich monströs. Drei Schädeloperationen, die letzte verheerend, ein Fehler, eine Infektion oder eine Rache von Zeus. Ich lag sechs Monate in einem Wachkoma. Gegen jede Ansicht der Leuchten der Medizin erholte ich mich, sofern das irgendeinen Sinn ergibt. Meine Eltern waren vom Schmerz verzehrt. Mein Vater ließ dann eines Morgens sein letztes Bild halbfertig stehen, stieg zur Terrasse hinauf und stürzte sich hinunter. Seitdem schützt mich nur meine Mutter vor Phoebus, vor den Ärzten, vor allen. Früher oder später werden sie die Wohnung verkaufen und mich in eine Klinik sperren, wo man meine letzten Krämpfe erforscht. Doch ich fliege davon, ich, der schnellfüßige Achilles. Und jetzt Schluß. Erzähl mir von Pilar.

»Einverstanden. Also, sie ist eine typische Latinoschönheit und heißt Pilar María Penelope. Kosename Patinha, Entlein. Chilenischer Vater, kolumbianische Mutter. Der Vater war Lehrer, desaparecido während des Putsches, sie ging nach Kolumbien und Kanada, danach kam sie nach Italien. Sie studiert an der Kunstakademie, sie malt und entwirft Stoffe. Sie ist sechsundzwanzig und steht vor ihrem Staatsexamen mit einer Arbeit über die Murales. Drei Jahre sind es jetzt, die sie daran schreibt und es wieder verwirft. Um ihre Studiengebühren bezahlen zu können, arbeitet sie im Shop Eden, dem großen Einkaufszentrum in der Nähe des Flughafens. Aber man hat ihr gekündigt, und vom nächsten Monat an wird sie arbeitslos sein ...«

Sehr interessant. Ich kann nicht gähnen, ich würde mich der Gefahr aussetzen, daß mein Mund nicht mehr zugeht. Der Hintern. Wie ist ihr Hintern?

»Sie hat einen wunderschönen Hintern. Hoch und stolz.«

Schwarz in der Nähe des Lochs?

»Ja, fast violett. Und wenn sie tanzt, werden die Männer verrückt und die Frauen noch mehr, aus Neid und Eifersucht.

Sie schließt die Augen und beginnt, die Hüften zu bewegen.«

Welche Musik liebt sie?

»Alles, Samba und Salsa und Tango und Jazz, aber auch Musik der Gringos. Dylan, Jeff Buckley, Dave Matthews. Und die Klassik. Klavier: Chopin, Satie.«

Und wenn du dir vorstellst, du würdest sie ficken, was für eine Musik fällt dir dann ein?

»Laß mich nachdenken«, sagte Ulysses, »ich weiß nicht, manchmal Caetano Veloso oder *Creuza de mä* von Fabrizio De André oder auch Rock in voller Lautstärke. In diesem Augenblick fällt mir ein altes Stück ein, bei dem wir das erste Mal Liebe gemacht haben. Ich glaube nicht, daß du es kennst, es ist keine Musik für dich.«

Versuch trotzdem, mir den Titel zu nennen.

»*I'm Only Human* von Human League.«

I'm only human, of flesh and blood I'm made.

»Du kennst sogar die Worte auswendig?«

Achilles' Mund lächelte in dem blauen Licht, das seltene Lächeln einer Katze.

Ich habe Stunden damit verbracht, Musik »runterzuladen«, was für ein schreckliches Verb, Musik ist das einzige, worauf meine Bücher eifersüchtig sind.

»Und welche Musik magst du?«

Die bekannten. Aber lenke nicht ab, wir reden über Pilar. Was ist ihr Lieblingskleid? Laß mich raten. Ein blaues Kleid.

»Na ja, sie hat eins mit blauen Blumen, duftig leicht, sommerlich. Sie mag auch sehr die Kappen aus peruanischer Wolle. Aber sie macht sich nicht viel aus Kleidern.«

Dann ist sie nichts für einen so Supereleganten wie mich. Magst du geschminkte Frauen, auch vulgäre, mit Unterwäsche, Strapsen und schwarzen Strümpfen?

»Ja, ziemlich.«

Ich dagegen glaube, sie gefallen dir sogar sehr. Ich würde mich gerne irgendwann einmal als Frau anziehen. Mit Unterrock, Strümpfen und einer schönen Perücke. Ich stelle mir vor, ich würde irre aussehen, aber beachtlich. Ich würde mir fast schön vorkommen. Bist du jemals in den Arsch gefickt worden?

»Nein«, sagte Ulysses und war irritiert, »es macht dir Spaß, nicht? den Ton unseres Gesprächs zu wechseln. Bist du der Meinung, daß deine Vulgarität irgendein Ziel hat, irgendeinen Sinn?«

Derartige Dinge brauchen keinen Sinn, so wie viele andere. Aber ich bin niemals Kind gewesen, ich habe keine unanständigen Wörter mit meinen gleichaltrigen Freunden sagen können, so wie du. Oder durchs Schlüsselloch die Kusine beim Pinkeln beobachten oder Freunden die Hose runterziehen können. Ich hab' mich immer alleine im Dreck meiner Gedanken wälzen müssen. Ich sollte mein Hundegesicht hinnehmen und in aller Stille onanieren, im Dunkeln, ganz heimlich. Wohingegen du Pilar liebst, aber vielleicht geiferst du ja auch irgendeiner geilen Tussi nach, während mein Bruder zu Nutten geht und sie klammheimlich mit in die Wohnung bringt und Dottor

Paris Kinder in Bangkok heilen geht. Ja, ich bin vulgär. Wenn ich könnte, ginge ich mit einer Frau, einem Mann, mit jedem, der oder das nicht ich selbst bin oder dieser Rollstuhl. Ich würde mir einen von diesen Dildos in den Arsch knallen und durch die Stadt fahren und sagen: Heh, Jungs, das war das einzige, was mir noch gefehlt hat, ein Schwanz. Ich denke schreckliche Dinge und kann sie nicht tun. Du kannst es. Das macht mich ein bißchen morbid.

»Entschuldige, Achilles, aber ich kann dir nicht ganz folgen. Die Langsamkeit deiner Zeit ist in Wirklichkeit ein Wirbel. Man fühlt sich immer am Punkt, an dem man abstürzt, dann stürzt man und steht wieder auf.«

Achilles warf den Kopf nach hinten und reckte den Hals.

Das muß schön sein, zu stürzen. Nicht aus einem Rollstuhl oder aus dem Bett, sondern auf eine Wiese zu rollen oder ins Meer zu tauchen. Oder aus einem Fenster zu fliegen wie mein Vater. Ich bin noch nie gestürzt.

Es klopfte, die Tür ging auf. Die Mutter kam herein mit einem Tablett. Darauf standen zwei große Gläser, Salzgebackenes, Süßigkeiten. Keine Muscheln, zum Glück.

Mein Glas ist das mit dem Strohhalm.

Achilles lachte. Er sah die Mutter an, und sein Gesicht heiterte sich auf. Mit kleinen Bewegungen der Augen und des Mundes schien er nach weiteren Gesichtszügen zu suchen, nach der Erinnerung an ein anderes Gesicht vor der großen Pein, nach einem irgendwo verborgenen Abdruck. Ulysses begann, das Gesicht seines eigentümlichen Gastgebers zu begreifen. Die Veränderungen des Blicks unter der unförmigen Stirn. Das Runzeln der kleinen Augenbrauen, das Blähen der

Nasenflügel aufgrund einer Gefühlsregung, die seinen Atem veränderte. Die Versteifung und Entspannung des Mundes, das Fletschen, das überaus angestrengte und doch ansteckende Lachen. Das war kein Antlitz einer klassischen Statue, sondern ein von allen anderen verschiedenes Antlitz. Und so mußte es seit langem sein, für die Mutter, die ihm ein Kissen hinten unter den Hals steckte und das Glas in seiner Hand richtete. Beim dritten Versuch gelang es Achilles, den Strohhalm hineinzubugsieren, und er fing an, geräuschvoll zu saugen. Mit einer Hand versuchte er, etwas in den Computer zu schreiben, das Glas, das er mit der anderen Hand hielt, neigte sich, Ulysses hielt es mit einer schnellen Geste auf.

Alle Achtung, Pistolero.

»Achilles, jetzt iß und rede nicht«, sagte die Mutter mit besorgter Strenge. Dann wandte sie sich an Ulysses, als wäre der Sohn noch dort, in dem fernen Zimmer, eingeschlossen im Dunkeln.

»Ich habe ihm ein Frappé aus Obst und Gemüse gebracht, das einzige, was er noch herunterbekommt. Für Sie, Ulysses, habe ich Orangensaft gebracht und, sofern Sie mögen, etwas zu essen. Wenn ihr fertig seid, ruft mich.«

Ulysses hörte diesen Plural »ihr seid, ruft mich« wie den Glanz von etwas, wie das Funkeln von Freude. Nicht, wenn *du* fertig bist, mein Sohn, sondern wenn *ihr* fertig seid: du, mein Sohn, und dieser sonderbare Eindringling, wer weiß schon, Freund.

Grazie, Mamma. Aber jetzt raus aus ...

»Achilles, ich bitte doch sehr«, sagte die Mutter. »Wenigstens vor Signor Ulysses.«

Raus jetzt aus unseren Männergesprächen ...

Die Mutter lächelte still, still verschwand sie. Thetis auf dem Kamm einer Welle.

Hast du Eltern?

»Nein«, sagte Ulysses, »meine Eltern sind seit vielen Jahren tot. Sie waren glorreiche Brotbäcker: Meine Mutter hat so viel Teig gemacht, daß man damit den Erdball dreimal einpacken konnte. Mein Vater hat mehr das Feuer des Backofens gesehen als das Licht der Sonne. Sie haben mich studieren lassen, ich sollte Intellektueller werden, sie wollten ein besseres Leben für mich, am Tag. Ich habe einen Bruder, der ist Pizzabäcker im Ausland, er ist ein toller Typ, aber wir sehen uns nie.«

Auch Phoebus ist ein toller Typ. Er ist ein klasse Musterbeispiel für Zuhälterei, kriminelle Gier, Verachtung des Schmerzes, ein Held dieser Zeit.

Die Türklingel ertönte. Achilles fuhr zusammen, das Glas landete auf dem Boden. Er verharrte still und wartete ab, die Halsmuskeln zitterten, als würde ein elektrischer Schlag durch ihn fahren. Dann wurde er ruhiger.

»Soll ich deine Mutter rufen?« fragte Ulysses. Das Frappé war auf den Morgenmantel geflossen und auf den Boden.

Nein, nicht so wichtig. Ich bin daran gewöhnt. Ich kann einfach keine plötzlichen Geräusche ertragen, auch keinen Lichtschein. Ich hatte Angst, es wäre der Arzt. Vielleicht war es der Briefträger, fast immer erkenne ich seine Art zu klingeln, aber heute nicht.

»Hast du jemals versucht, mit deinem Bruder zu reden?«

Jetzt lege ich eine Platte auf, um mich zu beruhigen. Es ist *The Protecting Veil* von Taverner. Ich kopier' es dir auf Diskette, wenn's dir gefällt.

Sie hörten es gemeinsam an. Dann begann Ulysses zu erzählen. Über Vulcanus und die schönlockige Circe, über Stanzani und Olivetti, über seine ungeduldigen Skriptmanuse. Achilles hörte mit geschlossenen Augen zu, dann fing er an den Kopf zu schütteln, als wollte er ihn entleeren. Er war sehr blaß.

Mir geht es nicht gut. Die Klingel hat mich gestört. Und dann deine Worte, zu viele Geschichten, zu viele Gesichter auf einmal. Du mußt gehen. Ich würde dich gerne morgen wiedersehen, aber telefoniere mit meiner Mutter, es könnte sein, daß ich noch nicht wieder auf dem Damm bin. Und du mußt mir etwas mitbringen.

»Ein Foto von Pilar?«

Daran hatte ich eigentlich nicht gedacht, aber ja, das ist eine tolle, perverse Idee. Aber ich möchte von dir eine Liste mit dummem Zeug, das dich krank macht. Das Zeug, über das man sich nicht ärgern sollte, sich dann aber trotzdem schwarz ärgert und Tragödien daraus macht. Große Schmerzen um nichts.

»In der Art von: sich auf die Zunge beißen?«

Für einen Zweibeiner, der nicht auf Rädern rollt, begreifst du rasch. Ciao.

»Ciao. Darf ich dir die Hand geben?«

Nein. Ciao.

Ulysses ging die große Treppe hinunter und fand sich vor einem blauen Auto wieder, das im Hof geparkt war. Ihm entstieg ein eleganter, leicht übergewichtiger Mann mit kurzem Haar und hellen Augen.

Ulysses hatte keine Zweifel: Das war Phoebus. Und auch Phoebus erkannte in Ulysses den »hochgewachsenen und ungekämmten Herrn«, von dem ihm der Krankenpfleger Ajax erzählt hatte. Kein Unbekannter stieg jemals diese Treppe herunter. Sie gingen aufeinander zu, und Ulysses stolperte eine Sekunde auf dem Kies. Phoebus stellte sich vor ihn und lächelte mit diplomatischer Freundlichkeit.

»Ich bin Achilles' Bruder«, sagte er.

»Angenehm. Ulysses Isolani.«

»Sie müssen der Buchhändler sein, über den mir meine Mutter erzählt hat. Es freut mich, daß mein Bruder hin und wieder jemanden sieht. In Maßen, versteht sich. Die Ärzte haben uns den Rat gegeben, ihn soweit in Frieden zu lassen wie möglich.«

»Verstehe.«

»Es freut mich, daß Sie verstehen.«

Ulysses entfernte sich, doch spürte er den Blick des anderen im Rücken. Er bestieg sein Moped, und beim Wegfahren machte er so viel Lärm, wie es nur ging.

11. Kapitel

Früh am Morgen ging Ulysses in die Quästur, um sich nach Pilars Aufenthaltserlaubnis zu erkundigen. Dort fand eine Demonstration von Immigranten statt, die Gefahr liefen, abgeschoben zu werden; einige hatten die ganze Nacht über im Regen angestanden. Ein Defilee von maghrebinischen Kaftanen, polnischen Lederjacken und schwarzen Boxern in Trainingsanzügen spiegelte sich in den eleganten Glasscheiben des plutopolitischen Zentrums und entweihte es. Abstruse Sprachen vermischten sich mit dem vaterländischen Idiom wie Stammesinstrumente in einem Orchester ausgewählter Violinen. Die Beamten hatten ihre liebe Mühe, wurden zum Arschficken in zwölf verschiedenen Dialekten verwünscht, und auch in der Schlange blühte es nur so von Beleidigungen und Schubsereien. Über diesem Sprachengewirr forderte ein lautes Megaphon auf, man solle geordnet dastehen, weil in Kürze die Nummern vergeben würden.

»Was soll das? Sind wir hier etwa bei der Ziehung der Lottozahlen?« rief eine unverwechselbar italische Stimme.

»Schämt euch, Polizisten, mein Großvater war ein Emigrant und eurer vielleicht auch.«

Das waren Stanzani und Olivetti, Blauhemden inmitten einer bunten Kasba. Um sich vor dem Regen zu schützen, hatten sie zwei Kappen von gleicher Größe, obwohl ihre Köpfe völlig ungleich waren. Stanzanis Kappe war bis zur Nase heruntergerutscht, und die von Olivetti war wie das Barett eines Kardinals.

»Heh da, Genossen«, sagte Ulysses.

»Was machst du denn in der Quästur?« fragte Olivetti gleich voller Argwohn.

»Es ist wegen Pilars Aufenthaltserlaubnis.«

»Hör auf, überall gleich Spitzel zu sehen, Olivetti«, ermahnte ihn Stanzani.

»Besser, man hält die Augen offen«, sagte Olivetti und verteilte weiter Flugblätter.

Die Arbeiter der Sipel solidarisch mit den Kollegen von außerhalb der EU, denen Abschiebung droht.

Die korrekte Lesart hätte lauten müssen: Zwei Arbeiter der Sipel sind solidarisch mit zwei polnischen Arbeitern. Doch die Sipel war klein und die politische Vision dieses Paares groß.

Zwei Beamte sahen, wie der glatzköpfige Hüne Flugblätter verteilte, und kamen auf ihn zu, um genauere Auskünfte zu erhalten.

»Entschuldigung, aber was haben Sie mit der Sache hier zu tun? Kommen Sie von außerhalb der EU?«

»Et nafàza klaper al tafanéri dun ninén.«

»Marokkaner? Algerier? Was nun?« beharrte der Beamte.

»Dla cirenaica almibèl ismè, duvlanòt labàt clavàca d'tumuier.«

»Der ist aus der Cyrenaika«, sagte der Beamte Nummer eins.

»Überzeugt mich nicht«, sagte der Beamte Nummer zwei.

In genau diesem Augenblick kam es zu Tumulten in der Reihe, eine Absperrung wurde niedergetreten, und die beiden Beamten mußten dazwischentreten und die Ermittlung Olivetti unterbrechen.

»Was hat er zu ihm gesagt?« fragte Ulysses.

»Übersetzt würde das in etwa folgendes bedeuten«, sagte Stanzani. »Erster Satz: O Mensch, dein Antlitz erinnert mich an die Arschbacken eines Schweins. Zweiter Satz: O mein Schöner von so geringer Intelligenz, ich lebe in der Cyrenaika (ein wohlbekanntes Viertel der Stadt), da, wo des Nachts herumstricht, will heißen: sich als Ware verkauft, deine Frau, diese Kuh.«

»Sieh an«, kommentierte Ulysses.

»Was glaubst denn du, auch ich bin ein Dichter«, sagte Olivetti und rückte sich die Kappe zurecht.

Der Tumult war einen Augenblick lang beigelegt und die Flugblätter ausgegangen. Stanzani und Olivetti blieben dort, um Ulysses zu eskortieren und nach Ukrainerinnen zu schielen. Bis der gewerkschaftlich organisierte Schriftstellerbeamte Barbieri mit forschem Schritt aus dem Paßbüro trat. Er nahm Ulysses beiseite und teilte ihm mit:

»Ich habe den Vorgang gefunden. Tatsächlich gibt es da ein Dokument von der Universität, das offenkundig gefälscht ist, das Mädchen wollte als eingeschrieben gelten, als sie es noch nicht war. Wenn keiner drauf stößt, passiert nichts. Aber wenn einer das große Arschloch spielen will, in dieser Zeit...«

»Kannst du es denn nicht einfach verschwinden lassen?« sprach Ulysses.

»Das nun wirklich nicht«, sagte Barbieri. Und er öffnete weit seine Arme, als wollte er sagen: Ich bin nur ein Skriptmanuser, aber nicht der Großmeister!

So ging Ulysses, kein bißchen beruhigt, in die Redaktion. Der Aufzugssarkophag war kaputt, wie ein eigens angebrachtes Schild mitteilte. Er ging zu Fuß hoch. Die schönlockige Circe empfing ihn mit einem noch heimtückischeren Minirock als dem vorhergehenden und einem Nochmehr an Lippenstift. Ulysses deutete das alles als ein Zeichen von Wohlgefallen dieses weiblichen Wesens und inszenierte einen Werbungstanz um den Schreibtisch, und weil er keine aufstellbaren Federn oder einen gefärbten Kropf hatte, stieß er einen Ruf aus, der typisch war für ein brünftiges Männchen.

»Ciiiiirce...«

»Ja?«

»Immer, wenn ich dich sehe, läßt du mich an etwas ganz Bestimmtes denken...«

»An was denn?« fragte Circe.

»Das weißt du genau, du kleine Schlaumeierin«, sprach Ulysses und streckte sich auf dem Schreibtisch aus.

»Ich bin doch keine Zauberin«, wich die schönlockige Circe aus.

»Na ja... ungefähr so wie... erinnerst du dich an den Film *Gefährliche Verführung*?«

»Oh ja«, sagte sie, »da, wo sie auf dem Fotokopiergerät vögeln?«

Ulysses rötete seinen Koller, sprang auf einem Fuß herum und hüpfte um den Schreibtisch, entschlossen, sich eines oder mehrerer Schenkel der Circe zu bemächtigen.

Doch das Fatum wollte das nicht: Die Eigentümerin des Palazzo kam herein, mit zerzaustem Haar, giftig und unbeugsam in ihrer absurden Forderung nach der rückständigen Miete.

»Ist Signor Valerio da?«

»Nein, ist er nicht«, sagte Circe, »das habe ich Ihnen schon am Telefon gesagt.«

»Also, das ist doch reine Fopperei«, schrie die Hauseigentümerin. Ulysses machte sich aus dem Staub und ließ Circe in den Fängen der gierigen Vermieterin zurück.

Er wollte nicht nur keine Scherereien, sondern mußte auch ein paar wichtige Anrufe machen.

Beim ersten sprach er mit Achills Mutter und bestätigte das Treffen.

Beim zweiten suchte er Pilar, doch ihr Handy war ausgeschaltet.

Beim dritten informierte er sich bei einem skriptmanusischen Sportsfreund über Mironis Meniskus.

Das vierte Telefonat, oimeh! o weh!, das mußte er mit Decius Bellone führen.

Decius Bellone, genannt Decibel wegen seiner Fähigkeit, seine Rivalen an Lautstärke weit zu übertreffen, weshalb er bei den Tolkschos im Fernsehen äußerst begehrt war, wo er ziemlich gewagte Skripts herunterleierte, die von Aufhetzermoderatoren gelenkt wurden, so daß man lediglich Persönlichkeiten beleidigte, die nicht zur Regierung gehörten, während der Entourage des Duce eine freundliche Ironie vorbehalten blieb. Angesichts der Tatsache, daß er in der Welt der Bücher nicht zum Durchbruch kam und Heerscharen niederträchtiger Rivalen ihn überholten, hatte er zwischen den gastlichen Fernsehkameras neue Ehren und Einnahmequellen gefunden, und zwar in einem hohen Maß, so daß er als Sexualexperte oder Fan oder literarisch gebildetes Maskottchen oder mondäner Kommentator allgegenwärtig war. Doch Vulcanus sagte: Man muß den benutzen, der dich benutzen will. Es gelang ihm dann zwar nicht zu erklären, was er damit sagen wollte, aber er wollte, kurzum, Decibels Signatur.

»Ich bin Lello vom Verlag Forge, spreche ich mit Bellone?«

»Wer hat Ihnen diese Nummer gegeben?«

»Der Direktor des Senders Unica Giacobbe.«

»Was gibt es?«

»Wir bereiten eine Anthologie junger, weit über die Grenzen des Üblichen hinausschießender Schriftsteller vor, und wir haben uns gedacht, daß Sie der Richtige wären, der das Vorwort zu dieser Anthologie schreiben könnte.«

»Ich bin sehr beschäftigt, und außerdem bin ich sicher, daß ihr schlecht bezahlt.«

»Aber wir werden sehr viel Werbung machen.«

»Habt ihr irgendwas in Aussicht mit dem Fernsehen?«

»Mit dem Fernsehen? Nein.«

»Warum rufen Sie mich dann an? Ich bin Schriftsteller.«

»Vierzig Millionen.«

»Was haben Sie da gesagt?«

»Ich habe gesagt: sicher, Bellone.«

»Mann, du Schweinenuttensau von Schwanzlutscher, laß mich jetzt weiterschlafen.«

»Arrivederci.«

»Von wegen arrivederci. Cazzo!«

Klick.

»Ich gehe«, sagte Circe, die mit einem über dem Minirock geöffneten Puma-Jäckchen und spitzbübischen Absätzen in der Tür erschien, »morgen ist Vulcanus nicht da, ich werde allein sein und alles erledigen …«

Ulysses entflammte und erhob sich. War das nun eine deutliche Einladung oder nicht?

»Morgen früh komme ich ganz sicher vorbei«, sagte Ulysses, »dann können wir über den Film reden.«

»Wer weiß«, sagte die Zauberin, und mit einem Schlag ihres Zauberabsatzes war sie weg.

Da fragte sich Ulysses: Ist es richtig, die Frau, die ich liebe, anzurufen, wenn ich eine Erektion habe, die durch eine andere Frau hervorgerufen wurde? Na ja, das eben ist die Natur eines Polygamen und Polytropen. Daher rufe ich Pilar Penelope Patinha an.

Er redete über das, was er über ihre Aufenthaltserlaubnis in Erfahrung gebracht hatte, betonte, wie sehr er sich eingesetzt habe und wie gerne er sie zärtlich in unterschiedlichen Stellungen in seinen Armen halten würde, sie antwortete, daß am nächsten Vormittag ein Treffen zwischen Shop Eden und Gewerkschaftsgruppen stattfinden würde und beide, er und sie, abends dann gemeinsam ausgehen könnten. Die Erektion wechselte die Verantwortliche.

»Was wirst du für mich tanzen, mein Entlein?« fragte er lüstern.

»Karibische Salsa. Damit koche ich dich weich.«

»Pilar, erinnerst du dich an das erste Mal, wo wir uns in der Buchhandlung begegnet sind? Na ja, mir ist eingefallen, daß ... wir wie zwei kleine Kinder waren. Zwei Kinder an einem Strand.«

»Du hast mir vom ersten Augenblick an gefallen. Du hast geschlenkert und alles umgekippt. Warst du auch von deinen Gefühlen überrannt?«

»Ja, und als du das Buch aufgehoben hast ...«

»Welches Buch?«

»Ach nein, ich vertue mich, mir ist vor lauter Aufregung ein Buch aus der Hand gefallen, als ich dich gesehen habe. Das habe ich dir nie gestanden, aber jetzt sage ich's dir.«

»Na ... bis morgen abend dann.«

»Was machst du gerade, Pilar, und wie bist du angezogen?« fragte Ulysses.

»Ich stehe draußen vor dem Eingang zwei, in Kittel und Pantinen. Es ist neblig, und ich füttere die Enten in diesem künstlichen Dreckstümpel.«

»Ich sehe dagegen ...«, sprach Ulysses und schob einen Vorhang zur Seite.

Er sah unten auf dem Parkplatz, wie Circe in den Microbo stieg und dabei ihre rauchfarbenen Netzstrümpfe zeigte.

»Ich sehe die tristen Bewohner einer tristen Stadt eines tristen Landes, doch ich bin gut gelaunt, weil ich morgen dich sehen werde.«

»Was für eine Ungerechtigkeit«, sagte die Ente Dido, als sie Penelope ansah, die das Handy ausschaltete und sich kämmte, »so eine herrliche Kreatur und dieser polygame Puter, der sie auf die Schippe nimmt.«

»Nun laß schon«, sagte die Ente Omphale, »sie ist eine Latina, intelligent und volljährig. Sie schafft das schon.«

»Hoffen wir, daß er sie nicht verkocht«, sagte Dido und schnappte nach Brötchen aus Penelopes Händen, »diese Geschichte macht mich wütend, und wenn ich wütend bin, überfresse ich mich und meine Leber schwillt an. Für Enten bedeutet eine geschwollene Leber nur eines, und weißt du was?«

»Paté?« meinte Omphale.

»C'est ça«, sagte Dido traurig, schlug mit den Flügeln und betrachtete Penelope, um ihr mitzuteilen: »Mädchen, Vorsicht vor den Freiern, aber auch vor den Helden.«

»Ich hab' keine Brötchen mehr«, sagte das Mädchen, »du gemeiner Vielfraß!«

Ulysses kam zum Palazzo der Crepa und des Laokoon nicht nur pünktlich, sondern sogar verfrüht. Er streifte ein bißchen um den Block, zählte dabei sechzehn Bankautomaten und zwölf Schuhgeschäfte. Auch sah er wieder die versteinerten Aperitifisten vor der Cafébar. Dann bemerkte er in einem Schaukasten die Zeitschrift »l'Organo« der historischen Linken. Einmal schaute dieser Titel von verschiedenen Portiken der Stadt herunter, jetzt war es das einzige verbliebene Exemplar, die anderen waren in die Stadtrandbezirke verbannt. Die üblichen Nachrichten. Exakt ungleiche Bombardierungen und Kriege, asymmetrisch und militärisch feige. Kleine Viren, die die menschliche Allwissenheit verlachten. Im zweiten italischen Jahrzwanzig waren der Duce und seine Akrobatenpatrouille von Advokaten damit beschäftigt, weitere Prozesse zu vermeiden, Arbeiterdemonstrationen überall, wirtschaftlicher Zusammenbruch.

Die Abrechnung, dachte er und suchte nach der einzigen Nachricht, die ihm wirklich angst machte, nämlich der Zustand von Mironis Meniskus, aber der Sportteil fehlte, oder genauer gesagt: Er war gegen die Wand gekehrt und hatte dem Lokalteil die Ehre gegeben, in welchem unerwartet das Foto von Phoebus mit der folgenden Bildlegende hervorstach:

Ein neuer Präsident für die Jungen Unternehmer Celesti. Phoebus Pelagi fügt seinem raschen politischen Aufstieg einen weiteren Erfolg hinzu. Der nächste Schritt könnte nach Ansicht von Beobachtern die Bewerbung um einen Sitz im

Parlament sein sowie des Vorstands der Crepa, einer der größten vaterländischen Banken, an der Seite des umstrittenen Cavaliere Phorkys, dessen Augapfel er ist.

Da sieh einer an, der junge Logenmann, dachte Ulysses.

»Bitte, keine Blicke zurück«, sagte Professor Colantuono.

»Was denn für Blicke zurück. Es liegt doch alles schamlos, gesetzlos und arrogant vor aller Augen. Das hier ist nicht die Zeit für einen Zurückblick, sondern für einen Nachvorneblick.«

»Geben Sie acht, Sie müssen zu Ihrer Verabredung.«

12. Kapitel

Er fand Ajax mit einem Rasiermesser an Achilles' Hals vor. Der hatte ihm gerade den Bart rasiert, säuberte Achilles' Gesicht, nahm die Instrumente und verabschiedete sich mit einem hastigen Lächeln.

»Der sieht gar nicht so bösartig aus«, sagte Ulysses.

Ist er aber. Nicht so wie ich, aber er ist es. Hast du mir die Liste mitgebracht?

»Auch das Foto.«

Das Foto später, ich freue mich schon. Ich will die Liste der großen Schmerzen.

»Ich habe sie mir aufgeschrieben«, sagte Ulysses, »willst du sie lesen? Aber sie sind schlecht geschrieben, mit der Hand.«

Achilles fuhr in seinem Rollstuhl zusammen, und sein Hals reckte sich vor Wut nach hinten.

Du Korinthenkacker! Was heißt denn hier schlecht? Etwa, daß die Buchstaben nicht alle gleich sind, nicht in Reih und Glied dastehen, nicht gehorsam sind? Hast du Vokale, die überquellen, Striche, die abheben, eine Schrift, die sich neigt oder sich aufbäumt, gebauchte Ränder, herrliches Geschmiere und großmannssüchtige Arabesken? Hast du die wunderbare Andersartigkeit eines jeden Buchstabens und Wortes? Ist das schlecht, deiner Meinung nach?

»Ich verstehe nicht«, sagte Ulysses.

Begreifst du denn nicht, du Dummkopf? Ich gäbe was auch immer, wenn ich nur ein Wort mit meinen Händen schreiben und ohne Computer auskommen könnte. Aber wenn ich's versuche, weiß ich nicht, was mit mir passiert, ich rege mich auf, ich sperre mich, ich zittere, mach' Löcher ins Blatt und verletze mich mit der Feder.

»Tut mir leid ...«

Laß dich in den Arsch ficken. Lies jetzt.

»In Ordnung«, sagte Ulysses, »ich lese sie dir vor. Also:

Sich in die Zunge beißen.

Sich beim Rasieren schneiden.

Den Namen eines Schauspielers oder einer Schauspielerin vergessen und jemanden mit dieser Angst anstecken.

Das Handy, das kein Netz bekommt.

Einen Witz in der Öffentlichkeit schlecht erzählen und mitleidvoll-angestrengt belächelt werden.

Espresso, Weintrauben und so weiter in die falsche Röhre bekommen.

Sich auf eine triumphale Scheißerei auf einem Klo mit Wasserspülung vorbereiten und dann ein glitschiges Stehklo mit Zielloch vorfinden.

Einen langweiligen Redner sehen, der, beim letzten Blatt angekommen, weitere zehn herauszieht.

Ein Bus, der vor deiner Nase abgefahren ist.

Die Sonne, die von dort verschwindet, wo du gerade sitzt.

Ein alter Mann vor dir in der Reihe, der nicht versteht, was der Kassierer zu ihm sagt.

Deine Mannschaft, die im Nachspiel verliert.
Die Cellophan- oder Plastikverpackung, die nicht aufgeht und Crackers, Zigaretten, CDs und vor allem Kondomschachteln hartnäckig versiegelt.
Ein Waschbecken voller ausgefallener Haare.
Die Erinnerung an eine Liebe, die aus einer Schublade zurückkommt.
Ein Autoalarm mitten in der Nacht.«

Die letzten beiden sind nichts. Einige dieser Schmerzen kenne ich nicht. Aber sich auf die Zunge beißen oder Essen in der falschen Röhre, das schon, bei mir geht fast alles in die falsche Röhre. Übers Scheißen könnte ich dir stundenlang erzählen, einen ganzen Vortrag. Ich interessiere mich zwar nicht für Fußball, aber ich kann dich verstehen. Mein Vater war fußballbegeistert; als er aufgehört hat, die Spiele im Radio mitzuverfolgen, habe ich begriffen, daß es ihm wirklich schlechtging.

»Denkst du oft an ihn?«

Manchmal. Fügen wir der Liste einen meiner großen Schmerzen um nichts hinzu. Siehst du meinen Rollstuhl? Xanthos ist ein hochmodernes Modell, deutsch, 60-Ampère-Batterie, zehn Kilometer pro Stunde. Siehst du den Kommando-Joystick? Manchmal berühre ich ihn wegen einer unbeabsichtigten Bewegung, und Xanthos wird verrückt. Dann wirbelt er mich herum. Er schleudert mich gegen den Schreibtisch, nagelt mich an die Wand, sabotiert meine Lektüre. Benimmt sich respektlos.

»Wieso interessieren dich die großen Schmerzen?«

Weißt du, was ich über den Eingang zu einer Klinik oder eines Krankenhauses oder einer Arztpraxis schreiben würde? »Nur der Schmerz lehrt, was das Leben ohne Schmerz ist.« Ich finde die Menge an Energie erstaunlich, die die Menschen aufwenden, um kleinen, vorübergehenden Malaisen zu begegnen. Und die Leichtigkeit, mit der alle die Augen vor den großen, unbeherrschbaren Schmerzen verschließen. Ich verurteile das nicht. Eher verwundere ich mich wohl. Als würdet ihr auf einem flammenden Meer des Kummers wandeln, über kleine, schwankende Brücken, und euch darum sorgen, wer als erster geht, wer euch überholt, wer euch nicht mit der gebührenden Hochachtung oder Hierarchie grüßt. Sicher, würdet ihr immer nur den Abgrund zu euren Füßen betrachten, würdet ihr keinen Schritt mehr machen. Aber werdet euch doch wenigstens darüber klar, wo ihr seid, seid Seeleute. Seid euch im klaren über eure provisorische, eure bedrohte Freiheit, die für jemanden wie mich Glück bedeuten würde. Aber vielleicht wäre ich, wenn ich gesund werden könnte, nach einem Monat genau wie ihr. Ich würde einem von hundert Almosen geben. Ich würde das Blut der Welt mit meiner Kreditkarte trocknen. Oder ich würde aus ernsten Gründen leiden wie Phoebus. Einmal hatte man ihm das Auto zerkratzt, und das war, als hätte man ihm eine Niere weggenommen.

»Siebzehnter Schmerz: Ohne Benzin auf dem Moped im Regen stehenbleiben.«

Achtzehnter Schmerz: Nie mit einem Moped gefahren.

»Ich glaube nicht, Achilles, daß du, wenn du gesund werden könntest, wie alle anderen würdest.«

Wer kann das wissen? Ich habe sämtlich die miesesten Versatzstücke, aus denen der Mensch zusammengebaut ist. Mir fehlen ein paar von den besseren. Jetzt zeig mir das Foto.

Ulysses legte es ihm in den Schoß. Achilles nahm es in die rechte Hand und führte es mit Mühe dicht an seine Augen, aber nicht dicht genug. Daher streckte er den Hals so weit vor, wie er konnte. Das Foto zeigte Pilar mit dem blauen Kleid, am

Meer, die Haare vom Wind zerzaust, die Hände hielten den Rock unten. Achilles sagte:

»Schön.«

Er hatte gesprochen. Eine rauhe, rauchige Stimme, ein bißchen hohl. Seine Stimme.

»Du hast geredet«, sagte Ulysses.

Du wirst es nicht glauben, aber ich hab's gemerkt. Estaba en honor de Pilar, Pilar zu Ehren.

»Du kannst sagen, was du willst.«

Danke, du bist ein echter Mann, reif und nicht eifersüchtig. Es ist edelmütig von dir zu erlauben, daß ein Wahnsinniger wie ich unverblümt über dein Mädchen reden darf. Es ist kennzeichnend für die höherentwickelten Rassen, daß man unter Männern ganz kameradschaftlich über die eigenen Frauen oder einzelne Bereiche von ihnen reden kann ...

»Jetzt reicht's aber mit der Fopperei ...«, lachte Ulysses und hob einen Finger.

Wie schade, daß sie ihren Rock unten hält. Blast nur, ihr Stürme, blast mit Macht! Sie muß schöne Beine haben. Ihre Küsse müssen glühend sein. Und natürlich auch, wenn sie dir einen bläst, auch wenn ich kein Experte bin, die einzig annähernde Erfahrung habe ich mit einem Apfel gehabt. Da gab es kein großes Vorspiel. Danach habe ich ihn gleich einer Gottesanbeterin verspeist. Erzähl mir, was passiert, wenn du sie umdrehen willst? Verstehst du?

»Bist du schüchtern geworden?«

Wenn du sie von hinten vögelst oder in den Arsch fickst oder wenn es eine dritte Möglichkeit gibt, sag's mir, drehst du sie dann um, oder ist sie es, die versteht, oder führst du die Situation herbei?

»Sie ist nicht wie Xanthos«, räumte Ulysses ein, »sie dreht sich nicht auf Kommando, aber wenn sie es spontan tut, verliere ich den Verstand. Sie hat einen bestimmten Blick, in diesen Fällen ...«

Achilles muhte. Ulysses sah, daß er seine Hand auf den Schwanz gelegt hatte, ein beachtliches Ding, nach der Schwellung unter dem Morgenmantel zu urteilen.

»Erzähl' ich weiter?«

Würde mir sehr gefallen.

»Also, an einem Abend waren wir vom Meer zurückgekommen, wir hatten ein kleines Haus in Griechenland. Unser erster Urlaub allein. Wir waren müde und von der Sonne mürbe gekocht, sie zog sich nackt aus und cremte sich ein, sie hat eine olivenfarbene Haut, die manchmal aussieht wie Gold, aber die Sonne verbrennt auch sie. Ich war ungeheuer geil, küßte ihren Hals, ihren Rücken, und sie sagte: Bitte, nein, ich bin völlig verbrannt.«

Achilles keuchte.

»Da ließ ich sie in Ruhe, und wir legten uns aufs Bett, sie drehte sich um. Sie war nur mit einem Handtuch bedeckt, ich sah ihren Rücken und ihre Hüfte, ich erahnte ihren Hintern, der der einer Tänzerin war ... Ich dachte, sie würde schlafen. Doch dann plötzlich.«

Schluß. Jetzt ist es an mir zu erzählen.

»Du hörst auf? Bist du richtig scharf aufgegeilt?«

Nie zu scharf. Ich will nicht bis zum Äußersten gehen. Nicht, weil ich mich schämen würde. Es ist nur, daß ich selbst mit meiner pervers reinen Phantasie weitergehen muß. Wie ist es möglich, daß du das nicht begreifst?

»Vielleicht. Kann ich dich was fragen?... Etwas sehr Privates?«

Ja, ich habe einen großen Schwanz. Ich hab' ihn nie messen können, aber ich denke, er ist überdurchschnittlich. Ein weiteres Giftgeschenk des Demiurgen. Bist du neidisch? Wir Männer machen uns lustig über Silikontitten, aber stell dir vor, jemand würde einen Schwanzverdoppler erfinden, einen Schwanz wie ein Fernrohr. Wer würde da nicht ein bißchen an sich rumschnibbeln lassen? Wenn ich zum Beispiel einen längeren hätte, könnte ich ihn zum Fenster runterlassen, mit einer angebundenen kleinen Telekamera die Wände entlangstreifen und die Beute aussuchen, und auf die Eichel würde ich einen Zettel stecken, auf dem steht: »Mein Herr ist schüchtern, ich aber nicht. Machen Sie mit mir, was Sie wollen.«

Ulysses fing so laut an zu lachen, daß er Angst hatte, er könnte Achilles stören. Doch der lachte auch, mit seinem asthmatischen Muhen.

»Oder«, sagte Ulysses, »du könntest dich vor einer Kasse in die Schlange anstellen, und zack!, einen erotischen Grillspieß veranstalten.«

Richtig. Oder wie wär's damit. Ich gehe ins Restaurant, hol' ihn raus, schieb' ihn unter der Serviette durch und rufe dann den

Kellner und sage: »Mein Herr, das ist ein Skandal, da ist ein Schwanz in meiner Bouillon!«

»Oder«, sprach Ulysses, unterbrochen von Lachattacken, »du gehst ins Kino, und wenn vor dir eine Walküre mit aufgemotzter Frisur sitzt, holst du ihn raus, legst ihn ihr auf den Kopf und sagst ...«

Tut mir leid, Signora, ich muß ihr Haar ein bißchen plätten, ich seh' ja sonst keinen Schwanz.

»Ja, genau ... huh! Wir sind wie zwei blödelnde Kinder.«

Aber wir sind doch zwei blödelnde Kinder. Hör zu: Wenn mich eine schöne Ärztin besuchen würde ...

Er unterbrach sich. Er hatte, lange vor Ulysses, ein Geräusch vor der Tür gehört. Die Mutter kam herein. Sie brachte Achilles' Morgenmantel in Ordnung und streichelte ihm über den Kopf.

»Ich habe euch lachen gehört«, sagte sie, »habt ihr euch amüsiert?«

»Sehr, Signora«, sagte Ulysses, »auch wenn wir nicht gerade über Philosophie geredet haben.«

Er sah, daß Achilles' Mutter nicht fähig war zu lachen und die Hände im Schoß gefaltet hielt, genauso wie ihr Sohn.

»Der Arzt ist da«, sagte sie.

»Nein, Mamma«, sagte Achilles mit rauher, zorniger Stimme, die anders war als die, die Ulysses kannte, »er sollte heute doch gar nicht kommen, er sollte übermorgen kommen.«

»Er kann nur heute.«

»Nein«, sagte Achilles und verkrampfte die Finger, so, als müßte er etwas zerdrücken. Sein Herz oder das eines Feindes.

»Ich bitte dich, Achilles«, sagte die Mutter, »ich bitte dich wirklich.«

»Einverstanden«, antwortete Achilles, »aber er bleibt.«

Die Mutter ging hinaus. Gleich darauf kehrte sie mit einem eleganten, sonnengebräunten, durch und durch instandgesetzten Herrn zurück. Seine Haare waren dobermannfarben getönt. Ein nicht gelungenes Lifting hatte sein Lächeln zu einer Parese gefroren. Ein Chefarzt auf den ersten Blick. Er stellte sich vor.

»Dottor Paris Dardani, angenehm. Also dann, Achilles, heute müssen wir eine ernste Untersuchung vornehmen. Bist du ruhig, oder willst du vorher eine Spritze?«

Achilles deutete mit dem Kopf ein Nein an. Es war, als hätte er sich um zwanzig Jahre zurückentwickelt, er hatte sich in seinen Rollstuhl gekrümmt, sein Blick war starr. Als der Arzt sich ihm näherte, wirkte er wie ein Tier, das in seiner Höhle überrascht wurde. Aber er knurrte nicht, er wehrte sich auch nicht. Er wartete ab. Der Arzt kontrollierte seinen Blutdruck, die Haut am Arm war voller Flecken. Der Arzt kontrollierte dreimal und sah die Mutter an, so, als wollte er sagen: Das ist nicht gut. Dann sagte er:

»Sei jetzt so gut, Achilles.«

Er richtete einen Lichtstrahl in Achills Augen und untersuchte sie. Achilles atmete beschwerlicher, auch ängstlicher.

»Du nimmst deine Medikamente nicht«, sagte der Arzt streng.

»Die bringen mich um«, sagte Achilles, »sie nehmen mir alle Kraft.«

»Aber sie sind notwendig«, sagte Doktor Paris mit priesterhafter Stimme, »glaubst du, es macht mir Spaß, sie dir geben zu müssen?«

»Vielleicht«, sagte Achilles.

»Sei nicht kindisch«, platzte Dardani heraus. »Die Medikamente sind notwendig, mehr als dieser Computer, der deine Augen ermüdet, weil du ihn zuviel benützt, und wenn es nach mir ginge, würde ich ihn sowieso aus dem Fenster werfen.«

Wenn es nach mir ginge, würde ich Sie aus dem Fenster werfen.

Die Mutter schaltete den Computer aus, nahm die Hand ihres Sohnes und sah Ulysses an. Eine Aufforderung, sich zu entfernen.

»Ich gehe«, sagte Ulysses.

»Nein«, schrie Achilles, und die Krise begann. Als Ulysses an der Türschwelle war, kam Ajax herein. Ulysses sah, daß er dem Arzt half, Achilles für die Spritze festzuhalten. Verwirrt verließ er das Zimmer und vertat sich in der Richtung. Er gelangte in eine geräumige Küche. Er ging zurück, in den kleinen Muschelsalon. Die Mutter kam zu ihm.

»Dottor Dardani ist ein tüchtiger Arzt ...«, sagte sie, als würde sie eine Anweisung wiederholen.

»Aber Achilles hat Angst vor ihm.«

»Aber was kann ich tun?« sagte sie und fing still an zu weinen, ohne eine Klage oder einen Schluchzer, die eine Hälfte von ihr starb, und die andere unterhielt höflich den Gast, darin hatte sie eine große Erfahrung. Sie trocknete ihre Augen und sagte:

»Man muß doch jemandem vertrauen. Wir haben so viele ausprobiert, er ist derjenige, der ihm am wenigsten Medikamente gibt. Er ist ein persönlicher Freund von Phoebus.«

»Ich bin nicht der Geeignete, dazu etwas zu sagen, Signora«, sagte Ulysses, »aber auch das Verhältnis zum Kranken ist wichtig. Und mir scheint ...«

Dottor Dardani kam herein, sein Lächeln war eisig. Eine Hand war blutverschmiert.

»Hat er Sie gebissen?« fragte die Mutter.

»Das bin ich gewohnt.«

»Ich hole gleich den Spiritus.«

Der Arzt setzte sich vor Ulysses hin und sah ihn an. Eine sonnengebräunte Anakonda, dachte Ulysses und hielt diesen Blick aus. Zwischen ihnen floß ein heißer Voodoostrom.

»Worüber haben Sie geredet, als er die Krise bekam?« fragte Dardani.

»Als wir miteinander geredet haben, hatte er keine Krise.«

»Also dann, als die Krise im Anmarsch war.«

»Die Krise hat er während Ihrer Untersuchung bekommen«, sagte Ulysses ruhig, »jedenfalls haben wir über Frauen geredet.«

Dottor Dardani seufzte.

»Ich werde in aller Offenheit und Klarheit mit Ihnen reden, Signor Ulysses. Wir beide, glaube ich, mögen Frauen sehr, und irgendwie gefällt auch Achilles die Vorstellung vom weiblichen Geschlecht. Mit dem Unterschied, daß es ihm nicht guttut, über bestimmte Dinge zu reden oder an sie zu denken. Er ist mit einem Wasserkopf geboren und mit großer Verspätung operiert worden, mit Komplikationen jeglicher Art. Der jüngste Eingriff hat sein klinisches Bild verschlechtert. Ein unter vielen Aspekten mysteriöses Bild, wenn man die Schwere seiner Symptome und seine partielle Gedankenklarheit in Betracht zieht. Doch sein Gleichgewicht ist empfindlich. Wenn er sich erregt und die Medikamente nicht nimmt, bekommt er Herzkrisen, epileptische Anfälle, die ihn von einem Augenblick zum anderen umbringen können. Habe ich mich verständlich ausgedrückt?«

»Und was sollte er tun? Den ganzen Tag schlafen?«

»Ehrlich gesagt, in dieser Endphase der Krankheit sollte er gar nicht hier sein, sondern in einer Klinik, wo er besser behandelt und versorgt würde.«

»Wenn er in die Klinik geht, stirbt er.«

Ulysses hörte hinter sich das Rascheln von sich aufrollendem Cashmere.

»Sie kennen Achilles bereits so gut, daß Sie eine so schwerwiegende Behauptung aufstellen können?« rief wütend eine Stimme.

Es war Phoebus, der sich neben Dardani stellte. Jetzt waren die Schlangen zwei, ein Caduceum, ein Merkurstab aus Feinden, da mußte man auf der Hut sein und schlau, Laokoon zeigte ja, wie es ging.

»Achilles hat's mir gesagt«, erwiderte Ulysses.

»Sie sollten doch so intelligent sein und begreifen«, sagte Phoebus, »daß mein Bruder nicht verantwortlich ist für das, was er sagt. Ich habe überhaupt nichts dagegen, daß er Leute sieht. Doch wenn das Ergebnis das ist ...«

»Nicht ich habe die Krise hervorgerufen«, wandte Ulysses ein, »die Krise ist gekommen, als der Arzt ihn auf diese Weise untersucht hat.«

»Auf welche Weise?« rief der Arzt. »Und geben Sie acht auf das, was Sie sagen!«

»Ich glaube, Achilles mag es nicht, daß er wie ein Stück Schrott behandelt wird, und außerdem ...«

»Sind Sie Arzt?« unterbrach ihn Dardani beinahe schreiend.

Ulysses überlegte sich, daß er die Strategie ändern sollte. In einem Dokumentarfilm hatte er gesehen, daß man Schlangen nicht frontal angreift. Man geht um sie herum und packt sie dann beim Kopf.

»Dottor Dadani hat Ihnen eine Frage gestellt, Signor Ulysses«, drängte Phoebus auf ihn ein. »Sind Sie Arzt?«

»Nein, ich bin Journalist«, sagte Ulysses, der Polytrope. Eine kurze Stille trat ein.

»Für welche Zeitung?«

»Für viele Zeitungen.«

Phoebus und der Arzt sahen sich an.

»Ich glaube, es ist nicht angebracht, sich zu streiten«, sagte Phoebus und seufzte, »Sie haben offensichtlich Mitleid mit meinem Bruder.«

»Keinerlei Mitleid. Ihr Bruder ist ein intelligenter Mensch, mit dem man gerne zusammen ist.«

»Sie sind gerne mit Achilles zusammen, und das ehrt Sie. Aber auch wir sind mit Achilles zusammen, seit dreißig Jahren, mein Vater ist darüber gestorben, und meine Mutter hat sich verzehrt. Von mir will ich nicht reden. Daher bitten wir Sie, das zu respektieren, was wir getan haben. Wir haben ihn gepflegt. Doch sein Zustand verschlimmert sich, und wie Sie verstanden haben werden, hat er nicht mehr lange zu leben.«

»Sein Verfall ist irreversibel«, sagte der Arzt, »und es handelt sich dabei nicht um Zahnschmerzen.«

Ein großer Schmerz um nichts, dachte Ulysses. Er sah die Mutter im Türrahmen mit Spiritus und Watte.

»Was also sollte ich tun?« fragte Ulysses demutsvoll.

»Sie dürfen nicht mehr kommen«, sagte Phoebus knapp.

»Der Herr wird jedesmal kommen, wenn Achilles es so wünscht, und er wird in der Lage sein, ihn zu sehen«, sagte die Mutter. Ulysses kam es vor, als hätte sie sich aufgerichtet wie ein Schwert.

»Aber, Mama ...«

»Ihr kennt ihn gut, aber nicht so gut wie ich. Nicht Ulysses ist die Ursache für die Krise.«

»Einverstanden, Mama«, sagte Phoebus mit kindischem Grimm, »aber du kannst die Augen nicht vor der Wirklichkeit verschließen, Achilles' Zustand verschlimmert sich, und er muß in die Klinik gebracht werden.«

»Dein Bruder weiß, was er braucht. Entschuldigt mich, ich gehe zu ihm zurück.«

Die Anakondas sahen sich an, um telepathisch eine gemeinsame Strategie zu entwickeln. Doch der schlangengleiche Ulysses entwickelte seinerseits eine.

»Meiner Mutter zuliebe beende ich diese Auseinandersetzung«, seufzte Phoebus, »aber ich wiederhole Ihnen gegenüber, daß mein Bruder in einer Klinik besser aufgehoben wäre.«

»Das schließe ich nicht aus«, sagte Ulysses honigsüß, »ich denke nur, daß man ihn schrittweise davon überzeugen sollte.«

Die Anakondas wanden sich, um sich anzusehen, danach starrten sie ihn an.

»Ich sehe, daß Sie vernünftig sind«, sagte Dottor Dardani und gewann seine Überheblichkeit und sogar seine Bräune zurück.

»Sie kennen die Situation besser als ich«, fügte Ulysses hinzu.

»So ist es«, sagte Phoebus, »und wenngleich auch meine Mutter der beste Mensch der Welt ist, so ist sie doch ein Hindernis. Paradoxerweise würde sie ihn umbringen, nur um ihn hierzubehalten. Er ist ihr Lebensinhalt.«

»In meiner Klinik«, sagte der Arzt, »würde er ad hoc sedativ behandelt.«

»Bitte, Sie sprechen mit einem Laien.«

»Ruhiggestellt, mit angemessenen Dosen, Tag für Tag beobachtet. Er könnte den Computer zwar nicht bei sich haben, aber er könnte fernsehen. Er könnte ein paar Bücher haben und selbstverständlich ein Einzelzimmer und einen Krankenpfleger zu seiner Verfügung, eventuell Ajax, den er gut kennt.«

»Und welche Klinik ist das?« fragte Ulysses.

»Villa Padana.«

»Über die hat man mir viel Vorteilhaftes erzählt.«

»Nun also, wo wir diese unerfreuliche Situation geklärt haben«, sagte Dardani und kräuselte die Parese zu einem Lächeln, »und weil uns die Zuneigung zu Achilles verbindet, bitte ich Sie um Ihre Mitarbeit. Helfen Sie uns, ihn davon zu überzeugen, daß es ihm in der Klinik besser gehen würde.«

»Sie können ihn dann besuchen, wann immer Sie wollen«, fügte Phoebus hinzu.

Ulysses blickte ins Leere.

»Woran denken Sie? Sind Sie nicht überzeugt?«

Ulysses dachte an die folgenden acht Wechselsätze des Gesprächs:

Phoebus: »Wenn Sie uns helfen, wird es mir eine Freude sein, Sie den Brüdern der Loge vorzustellen und um Ihre Aufnahme als Freimaurerlehrling zu bitten.«

Der Arzt: »Wenn Sie in meine Klinik kommen, transplantieren wir echte Haare, ich könnte Ihnen Ihre alte Haarpracht wiedergeben.«

Phoebus: »Und wenn wir die Wohnung an die Bank verkaufen, könnte ich Ihnen zweitausend Euro Schmiergeld geben.«

Der Arzt: »Wir erneuern Nasen, Hintern, Hodensäcke.«

Phoebus: »Dreitausend Euro und eine Anstellung in der Bank für eine typische Latinoschönheit.«

Der Arzt: »Computertomographie noch am gleichen Tag, Zahnimplantate aus parischem Marmor, Lifting, Peeling.«

Phoebus: »Und wenn Sie dann vom Maurerlehrling zum Polier aufsteigen wollen oder zum Meister vom Stuhl des vierten Grades ...«

Der Arzt: »Und wenn Professor Colantuono Viagra brauchen sollte ...«

Die acht virtuellen Wechselsätze wurden durch die folgenden ersetzt:

Ulysses (seufzend): »Ich dachte daran, daß das Schicksal weniges auf viele und vieles auf wenige verteilt.«

Phoebus: »Heilige Worte. Für welche Zeitung schreiben Sie?«

Ulysses: »Für viele, wie ich schon sagte.«

Der Arzt (seinerseits seufzend): »Kürzlich bin ich in Bangkok auf einem neuroinfantilen Kongreß gewesen, und Sie können sich das Elend nicht vorstellen, das ich dort gesehen habe. Kleine Mädchen, zu allem bereit, für wenig Geld, schrecklich! Damit will ich nicht sagen, daß Achilles Glück hat, aber wenigstens wird er gut betreut.«

Ulysses: »Man muß immer achthaben, was hinter einem passiert.«

Phoebus: »Richtig. Auf diese Weise rettet man auch seinen Arsch (Gelächter).«

Der Arzt: »Apropos Arsch. Wenn Sie in meine Klinik kommen, da habe ich eine neue Krankenschwester aus Venetien mit einem sprechenden Arsch.«

Ulysses: »Und der spricht venezisch?«

Phoebus und der Arzt (schütteln sich vor Lachen) »Hahahahaha, das ist großartig.«

Von der Tragödie zur Farce, wie unvermittelt wechselt doch das Drehbuch der Welt! Die Mutter kam herein.

»Ich sehe, daß sich alles geklärt hat«, sagte sie kein bißchen verwundert.

»Ja, Mama«, sagte Phoebus und hob die Schlangensegmente vom Sofa hoch, »warte nicht auf mich, ich komme erst spät zurück. Und ich erinnere dich noch einmal ans Abendessen am Donnerstag.«

»Das wird eine große Gelegenheit sein, ein großer Sprung für Phoebus, er verdient das auch«, sagte Dottor Dardani, »und ich werde dasein.«

»Dottor Ulysses«, sagte Phoebus und reichte ihm die Hand, was für eine Schlange anormal war, »vielleicht können Sie einmal abends mit uns essen. Ich meine mit mir und Dottor Dardani.«

»Und dann werden wir venezisch miteinander reden«, sagte Dottor Dardani und zwinkerte ihm zu.

Und umeinandergewunden entschwanden sie.

»Wie geht es Achilles?« fragte Ulysses.

»Besser«, sagte die Mutter und blickte Ulysses forschend an. Dann brach sie in schallendes Gelächter aus und schlug ihm mit einer Hand auf die Schulter.

»Ich habe heimlich Ihre Unterhaltung mit angehört. Sie sind eine Schlange«, sagte sie, »wirklich eine ganz listige Schlange.«

»Was sagen Sie denn da, Signora?!«

»Aber täuschen Sie sich nicht. Sie werden sehr bald schon entdecken, daß Sie ein Hindernis sind. Phoebus ist ein tüchtiger Junge, aber zu ehrgeizig, und er glaubt, Achilles würde seine Karriere bremsen. Er wird bis zum Äußersten gehen. Ich weiß nicht, was wir tun können.«

»Irgend etwas tun wir. Sagen Sie Achilles, daß ich wiederkomme, wann immer er will.«

»Er hat mir gesagt, er erwartet Sie morgen um eins, zum Mittagessen. Pünktlich. Denn er hat gesagt, das Leben eines pünktlichen Menschen ist ... eine Qual ungerechter Einsamkeiten. So hat er es gesagt, der Arme.«

»Sagen Sie ihm, ich werde dasein.«

Ulysses sprang jeweils zwei Stufen auf einmal nehmend die Treppe hinunter, stolz darauf, daß er für den Augenblick die Schlacht mit den Anakondas gewonnen hatte. Andere Prüfungen erwarteten ihn, doch er fühlte sich merkwürdig stark. Ja, Achilles gab ihm Kraft. Die Kraft, sich gegen etwas Dunkles, etwas Todbringendes zu stellen, wie er es seit langem nicht mehr so klar gesehen hatte. Er hatte weniger Gewißheiten, weniger Antworten, aber Achilles ... der hatte ihm neue Fragen geschenkt. Wichtige Fragen.

»Was ist Viagra?« fragte Professor Colantuono.

13. Kapitel

Von: musomania@liber.it
An: forgedit.lello@liber.it

Lello hatte in jener Nacht einen Traum. Er war in Griechenland, der erste Urlaub mit Pilar. Eine kleine Insel. Vielleicht die, auf der er, in einem anderen Leben, die schönzopfige Kalypso am Webstuhl singen gesehen hatte. In diesem Haus lag er reglos auf dem Bett: Wegen des Sonnenbrands konnte er nur die Hände und den Kopf bewegen. Alles andere tat ihm weh. Neben ihm, auf dem Bett sitzend, war Pilar. Die goldschultrige Pilar, bedeckt mit einem orangefarbenen Peplos. Wilde Blüte, widerspenstige Venus, die ihm den Rücken zugekehrt hatte, doch deren schlummerndes Antlitz noch schöner war, weil er es sich vorstellte. Der Wind schlug gegen die Fensterläden und ließ das Tosen eines wütenden Meers hereindringen. Nach einem Tag mit Mistral hatte sich ein warmer Schirokko erhoben, und sein glühender Blasebalg raubte einem Kräfte und Schlaf. Lello hielt seine Augen geschlossen und spürte, wie ihm der Schweiß über die Stirn, den Hals und die Leisten lief. Er tat nichts, um sich abzutrocknen. Doch er hörte ein Rascheln von Bettüchern, und plötzlich wagte sich Pilars Mund neugierig über seinen Körper und fing an, die kleinen Schweißtropfen aufzulecken, einen nach dem anderen. Die Lippen folgten der feuchten Spur eines Tropfens, vom Hals bis zur Brust und dann bis zur Leiste, versenkten sich in den Wald der Schamhaare, legten sich auf seine Eichel und begannen, sie mit langsamer, qualvoller Gier einzuhüllen.

»Du bist salzig«, sagte Pilar.

»Du bist süß«, sagte Lello mit vom Nachmittagswind angerauhter Stimme.

Sie stieg auf ihn mit einer tänzerischen Bewegung und spiegelte sich in ihm. Dann legte sie sich mit ihrer Wange an seine Wange, so wie wenn beim Tango die Tanzenden die Hände ausstrecken und sie vereinigen, keine Herausforderung mehr von Profilen, sondern Verschmelzung von Blicken auf denselben Punkt, der sie anzieht und sie erschreckt, der höchste Punkt aller Liebe, die vollkommene Verschmelzung, die bereits Kampf und Ergebung in sich birgt und von der wieder der Tanz des einen gegen den anderen ausgeht, die Herausforderung des Labyrinths und der Geometrie des Tangos.

Pilar hielt an dem bewußten magischen und provisorischen Punkt an, dann drehte sie sich langsam um und wölbte ihren Rücken über seiner Brust, goß ihr Haar über sein Gesicht aus, heftete ihre Pobacken an seine Leiste, mit ihren warmen Schenkeln an seinen regungslosen Beinen. Und sie führte sein Geschlechtsteil so, daß Lello in sie eindringen konnte, ohne selbst auch nur eine Bewegung zu machen, ohne ihn zu betrachten, ohne zu sprechen. Und während sie mit ihren Bewegungen einsetzte, stellte Lello sich vor, wie sich ihr Mund leicht öffnete und den Geruch des Meers und ihres Schweißes atmete oder sie im Halbdunkel vom unsichtbaren Liebhaber träumte, vielleicht einem heimlichen Gott, einem Meeresungeheuer, das sie von hinten besaß, mit Bewegungen, die zuerst langsam und dann immer schneller wurden, wie eine Meeresalge in einer jähen Strömung, eine goldene Alge, die jedes Auffahren einer Woge durcheinanderbringt, verlangsamend und wieder losschnellend, wie das geheimnisvolle Fieber, das einen Fischschwarm vereint und plötzlich wieder teilt, in ihn eindringend, ihn dann verlassend und weiter unten wieder aufnehmend, bis sie zu stöhnen anfingen, er und sie, mit den so lächerlichen, tierischen und immer gleichen Geräuschen, wenn sie einsam erlebt werden oder im Dunkel eines Kinos oder in einer hastigen Begegnung. Doch jetzt, im Zischen des Schirokkos, wurden sie zu einem unvergeßlichen Lied, sie schrie und krümmte sich wieder, als wäre sie tödlich verwundet, er bewegte seine Hände, um ihre Hüften zu pressen und zu kratzen. Und so verharrten sie schweißgebadet, sonnenverbrannt, völlig erschöpft. Sie stand im Dunkel auf, trank ein Glas Wasser in langen Zügen und sagte: »Habe ich dich überrascht?«

»Ja«, sagte er, »aber ich bin nicht in der Lage, dir irgend etwas zu sagen.«

Ich bin nicht in der Lage, dir irgend etwas zu sagen. Oder irgend etwas zu schreiben. Und ich bin auch nicht in der Lage zu schlafen, hatte Ulysses gedacht, als er ins Dunkel hinaustrat. An diesem Morgen war er sogar schon um fünf Uhr aufgewacht und war durch eine graue Stadt in Friedhofsstille gegangen. Er hatte sich auf eine kleine Bank gesetzt und die Augen geschlossen, er hatte sich von den Geräuschen, dem Vorbeifahren und Dröhnen der Autos einfangen lassen, von Rolläden und Stimmen, einer klagenden Sirene, den Flüchen eines Besoffenen, dem Schluchzen einer niedergeschlagenen Taube. Als er die Augen öffnete, zeigte die Digitaluhr der ihm gegenüberliegenden Bank 8 Uhr 03 an. Er war zu Fuß in die Redaktion hinaufgestiegen, hatte die E-Mails geöffnet und zwei Nachrichten gefunden. Die erste war das Prosastück von Achilles, die Liebesszene mit Pilar, die er gerade atemlos gelesen hatte. Die zweite war von Vulcanus:

Von: gastroclub@titan.it
An: forgedit.lello@liber.it

Lieber Lello. Ich schreibe Dir vom Kongreß der Gastronomieverleger und habe gute Mär für das Land und für Dich. Mir hat ein in diesen Dingen gut informierter Journalist gesagt, daß der Duce schon ein Flugzeug bereitstehen habe, um zu fliehen, für den Fall, daß die Situation sich überstürzt. Außerdem habe ich bei einer Weinverkostung den Chef eines großen Verlagshauses kennengelernt, das ich mag und Du ebenso. Als wir mitten auf dem Höhepunkt der Verkostung waren, hat er mir gesagt, er habe Dein erstes Buch gelesen, das er ironisch und nett gefunden habe (ich weiß, daß Dich dieses Adjektiv auf die Palme treibt, aber ich berichte nur), und er sei interessiert, ein mögliches zweites Werk von Dir anzuschauen. So wirst Du mich also auch verlassen, wie Arturo ... Aber ich habe auch ein weiteres Angebot. Ein gigantisch großer Verleger, der Geschenkbücher für Banken veröffentlicht, Auflagen von dreißigtausend Exemplaren, jetzt verzieh nicht gleich Deine ideologischen Nüstern! Heute abend reden wir bei einem Arbeitsessen. Hier tut man nichts anderes als reden und essen oder beides zusammen. Gestern sind wir zu einem Abendessen des Sagittarius gewesen, des Verlags, der New-Age-Bücher herausbringt. Es gab biologische Tortellini alla Santoreggia, ein Pasticcio aus Kamutweizen, Schweinerücken Guru und Obst aus dem Garten der Hesperiden. Ich mache Witze. Jedenfalls bin ich mit denen von Aragosta weggegangen, und wir haben uns auf Bohnen in einer charakteristischen Taverne am Ort in die niedersten Niederungen gestürzt. Morgen komme ich wieder zurück. Hast Du mit Bellone telefoniert. Wenn nicht, versuch's mit Malaora. Einen Gruß von Deinem Valeriuccio.

Große Verleger, Essen und Trinkgelage, Handel und Schacher mit Büchern. Doch das alles hatte für Ulysses schon keine Bedeutung mehr. Er dachte nicht mehr an das zweite Buch und vernachlässigte seine Skriptmanuse. Was ihn interessierte, war, Achilles' Geheimnis zu verstehen, das Tempo seines Schreibens, den dunklen, verborgenen Ort, den er suchte. Das heiße Brot einer jeden Idee, einer jeden Erzählung und eines jeden Traums. Den Ort, an dem die Liebesszene zwischen Lello und Pilar entstanden war. Eine Insel, die es zu entdecken, wohin es zurückzukehren und der es treu zu bleiben galt.

»Schon hier um diese Zeit?« sagte Circe, die in der Tür auftauchte. Sie hatte einen enganliegenden Minirock, schöne Locken und einen konfektrosafarbenen Lippenstift. Pilar war etwas anderes. Aber Ulysses, verdammt, bekam einen Ständer.

»Ich kann seit einiger Zeit nicht mehr lange schlafen.«

»Meinetwegen?«

»Ein bißchen.«

»Ich gehe einen Brief schreiben. Und hilfst du mir dann, im Lager nach etwas zu suchen, Lello?«

Nein, nein und nochmals nein, dachte Ulysses. Ich werde dir widerstehen, verfluchte Zauberin. Heute abend werde ich die goldschultrige Pilar in meinen Armen halten. Ich schwöre dir, ich widerstehe deinen Künsten und deinen Kosmetika. Ich muß auf der Stelle Penelope anrufen.

»Amore, ich bin's«, posaunte er.

»Entschuldige, Ulysses, wenn ich nicht angerufen habe, aber wir warten gerade auf den Ausgang des Gesprächs zwischen Gewerkschaften und Shop. Wie auch immer, ich hab' beschlossen, heute abend im Daedalus zu tanzen. Helena hat dem Eigentümer ein Foto von mir gezeigt, und er hat mich sofort genommen. Sie geben mir dreihundert Euro, das ist das Gehalt eines halben Monats, darauf kann ich nicht verzichten. Wenn auch du kommst, machst du mich glücklich. Ich weiß, daß dich das stinkwütend macht. Aber hinterher tanze ich für dich.«

»Was für ein Scheißlokal ist das Daedalus?«

»Komm, schau's dir an.«

»Weiß nicht«, sagte Ulysses, »ich bin ... stinksauer, das verstehst du wohl sehr gut.«

»Ich kann nicht länger am Telefon reden, meine Schicht an der Kasse beginnt. Aber ich bitte dich, spiel jetzt nicht den Eifersüchtigen, cabrón, komm einfach.«

Ulysses, enttäuscht über das Telefongespräch, das so ganz anders war, als er es sich vorgestellt hatte, wurde von Wut gepackt und versetzte dem Stuhl einen Tritt, der nicht nur widerstand, sondern ihm auch einen Schlag gegen den Knöchel zurückgab. Der soundsovielte kleine große Schmerz. Pilar, mein Entlein, alte Sau, wie kannst du denken, daß ich zufrieden sein könnte, wenn Tausende wildgeifernder Freier um deinen typischen Latinohintern herumlungern? Wie ist es nur möglich, daß du nicht verstehst, was für ein Privileg es ist, in Not und Elend neben einem Mann wie mir zu leben? Doch ich werde der allem Überlegene sein, Penelope. Und ich werde mich nicht kleinlich verhalten. Ich werde kommen, leiden und an deiner Seite sein, unter deinem Kubus. Doch jetzt bin ich ungeheuer geil. Achilles' Nachricht, deine Stimme und Circes zebragestreifter Minirock. Du vertraust mir doch, oder? Du weißt, daß ich mich niemals rächen würde, wenn du ein bißchen zu sehr die Unabhängige heraushängen ließest, aber die Geduld hat eine Grenze, Penelope, und dann gib die Schuld nicht mir, denn du bist schuld, Penelope, wenn jetzt die schönlockige Circe eingetreten ist und mich anblickt und mir sagt, daß ich jetzt den alten Drucker im Lager suchen soll, weil der neue kaputt ist, manchmal gehen Dinge kaputt und werden ersetzt, dann wirst du dem alten Drucker vielleicht nachjammern oder der alten Geliebten, aber wenn einer polygam und polytrop ist und sich von Freiern umzingelt fühlt, was macht er dann? Weißt du, was ein Mann tut, wenn er Angst hat, daß seine Frau ihm nicht treu ist? Na, er wird untreu. Das ist ein Geheimnis, über das seit Jahrhunderten Philosophen, Zivilrechtler, Sexualwissenschaftler und Kriminologen Nachforschungen anstellen, ohne irgend etwas zu begreifen.

»Wie ist es, reichst du mir nun eine Hand oder nicht?« fragte Circe.

»Auch zwei«, sprach Ulysses.

Sie gingen ins Lager. Ein schwaches Licht fiel auf Stapel von Papier, Rückgabeexemplaren, unverkauften Büchern, vergeudeten Worten. Eine alte Zeitschrift, die nicht mehr gedruckt wurde. Ein altes Fotokopiergerät, das nicht mehr fotokopierte. Und Skriptmanuse, Stapel vergessener Blätter, aus denen ein Kreischen verzweifelter Stimmen drang, ein Chor von Bitten. Sagt uns, daß ihr uns nicht verurteilt habt, daß ihr uns wieder lest, lesen Sie mich, nein, lesen Sie mich, ich bitte Sie, holen Sie uns aus diesem Dunkel und aus diesem Staub.

»Seid still«, sagte Professor Colantuono. »Signor Ulysses hat Besseres zu tun.«

»Ausgerechnet du redest so?« murmelte ein Stimmchen aus einem Regal.

»Wer sind Sie denn?«

»Ich bin Colantuono eins, dein erster Entwurf. *Tagebuch eines ehrlichen Lehrers,* den du dann als neue Version ausgegeben hast. Es wäre schön, wenn du Ulysses sagen würdest, daß jemand dich bereits gelesen und vor zehn Jahren abgelehnt hat.«

»Nein«, sagte Colantuono zwei, »falle mir nicht in den Rücken. Und außerdem habe ich es völlig neu geschrieben.«

»Der Drucker steht da oben«, sagte Circe, »ich steige auf die Leiter, hältst du sie mir?«

»Ich halte sie dir, ich halte sie dir«, sprach Ulysses.

Circe stieg auf die erste Sprosse. Waden, ein bißchen kräftig, aber gut proportioniert. Zweite Sprosse: Strümpfe mit selbsthaltendem Netzgewirke. Dritte Sprosse: winziger Schlüpfer, schwarz, mörderisch. Ulysses steckte die Hand hinein und begann zu streicheln.

»Was machst du denn da, bist du verrückt?« sagte Circe natürlich.

»*Gefährliche Verführung*, erster Teil.«

»Eigentlich war er es, der die Leiter hochgestiegen ist, und sie hat ihn berührt.«

»Das Leben ist kein Film«, sagte Ulysses. Er zog sie unter Mühe herunter und küßte sie gewaltsam auf den Mund. Er stieß sie zur Fotokopiermaschine, wobei er einen Stapel unschuldiger Zeitschriften umstieß. Sie leistete keinen Widerstand. Er, ganz mit Lippenstift verschmiert, geil wie ein Affenmännchen, packte ihren Schlüpfer und versuchte, ihn ihr auszuziehen, verfing sich aber in ihm.

»Ich zieh' ihn mir schon aus«, sagte Circe, »was für eine Hast!«

»Für dich könnte ich den Kopf verlieren«, warf Ulysses ein, dann nahm er ihren Kopf und lenkte ihn gegen seine Hose, aber sie wand sich heraus und streckte sich mit geöffneten Beinen auf der Fotokopiermaschine aus. Sie sagte nichts von der Art wie: Nimm mich, fotokopier mich, fick mich, doch Ulysses, der vielgewandt war, begriff. Er zog aus der Jackentasche eine Aspirin hervor und ein Kondom. Im Augenblick war das zweite nützlicher, und er zog es sich unkonzentriert über.

»Aber wenn Sie die Absicht hatten zu widerstehen, warum haben Sie dann das Kondom von zu Hause mitgebracht?« fragte Colantuono.

»Das war für heute abend«, sagte Ulysses. Dann nahm er Circe, hob ihre Beine hoch und stieß in sie hinein.

»Ja«, sagte Circe mit synthetischer Leidenschaftlichkeit.

Ulysses fing an, sie mit Eifer zu vögeln, und betrachtete ihre weitgeöffneten konfektrosa gefärbten Lippen, doch etwas von der erotischen Blendung des Anfangs begann zu schwinden und überließ den Platz den Einzelheiten ringsum. Ein Spinnengewebe in einem Karteikasten, ein Foto von Conrad, eine Zeitschrift, die einen alten Artikel gegen Literaturpreise von ihm enthielt.

»Ja, weiter«, sagte Circe.

Damit meinte sie nicht, daß Ulysses *weiter* Artikel gegen Literaturpreise schreiben solle, sondern einfach *weiter*machen und sich ins Zeug legen sollte.

Da schoß eine Phantasievorstellung durch ihn: Bei jedem Stoß mit dem Schwanz wurde Circe wie auf Knopfdruck fotokopiert, was bedeutet, daß damit eine neue, nicht zu sättigende Circe entstand und das Lager eine Versammlung von Circen wurde, ein Bus voller Circen, die ihn kitzelten, sich rieben und ihn um seine Dienste baten. Ulysses erhöhte die Umdrehungen.

»Nein«, sagte Circe, »warte.«

Neue Phantasievorstellung: Sie steht auf, geht ins Büro zurück, antwortet am Telefon ohne Schlüpfer, erledigt schnell die Korrespondenz, spricht mit der Vermieterin, und er, unterdessen im Lager eingeschlossen, aufrecht stehend, mit gewaltigem Ständer, *wartet*. Doch Circe fing an, sich wie eine von Dämonen Besessene zu bewegen, und Ulysses kam auf der Stelle. Er täuschte eine Fortdauer seiner Erektion vor, doch sein Penis fiel zusammen.

»Oh«, sagte sie. Was vieles bedeuten konnte.

Doch der vielgewandte Ulysses kannte viele mit den Zeiten überlieferte Tricks. Daher bückte er sich in eine äußerst unbequeme, die Halswirbeln brechende Stellung, die aber für seinen Plan nötig war, dann fing er an, die Maus der Zauberin kraftvoll zu lecken.

»Du bist ein Schwein«, sagte sie und genoß es.

Eine weitere Phantasievorstellung: Vulcanus kommt zurück, er findet drei fotokopierte, zerzauste Circen ohne Schlüpfer vor. Eine, das Original, zeigt ihm ein auf dem Boden liegendes Schwein, das grunzt. Ich weiß nicht, was mit ihm passiert ist, sagt Circe, wir haben gefickt, und dann ist es schreiend stehengeblieben, blockiert, vielleicht ein Hexenschuß. Es kann nicht mehr aufstehen. Dann ist es besser, wir schlachten es, sagt Vulcanus. Rufen wir die Veterinärpolizei, und da ertönte auch schon die Polizeisirene.

Es war nicht die Polizeisirene. Es war Circe, die heulend und jaulend endlich da ankam, wo auch Ulysses angekommen war oder auch hingekommen und wieder gegangen.

Was, zum Teufel, sage ich ihr jetzt bloß, dachte Ulysses, irgend ein paar Floskeln ? Vielleicht sollte ich sie küssen ...

»Gar nicht schlecht«, sagte Circe, zog den Slip wieder an, gab ihm einen brüderlichen Kuß auf eine Wange und kehrte zu ihren Aufgaben zurück.

War das alles? dachte Ulysses. Ja, scheint so, als wäre das alles. Ein Pornovideo, das mit einem Satz aus dem Videorekorder schoß. Der König des Hardcore, Ulysses, nahm das Kondom ab, zog die Hose hoch, wurde traurig wie immer und dachte: Ich hätte es auch nicht zu tun brauchen, aber nun hab' ich's getan und aus. Was soll's? Er warf das Kondom in die Toilette, doch das widerliche Gummidings widerstand dreimal den Spülungen, und jedesmal kehrte es zurück und sagte:

»Es ist sinnlos. Ich bin dein schlechtes Gewissen.«

Ulysses packte es in Papier und ließ es im Strudel verschwinden. Dann kam er ins Büro zurück. Circe schickte ihm ein Gelegenheitslächeln hinüber. Sie kam ihm weniger schön vor, aber er stellte sich keine Sekunde vor, wie weniger schön er ihr vorkam. Nie wieder, dachte er, nie wieder, sie hat mich benutzt, wir haben uns benutzt. Kommt vor.

Er sank ausgelaugt in Vulcanus' Sessel, und die Bäckerkrankheit schlug ihre Zähne in seinen Hypothalamus. Er schlief ein. Er träumte von Foxfirst Fantomas, der eine Tapirin in einer Mehlwolke durchwalkte.

Als er aufwachte, war das Büro leer, Circe war verschwunden, ohne sich von ihm verabschiedet zu haben. Sein Mund war belegt, und seine Prostata signalisierte undeutlich ein Unwohlsein. Er sah auf die Uhr: Es war Viertel vor zwei.

»Sau«, sagte er und zog sich die Jacke über, denn bei jemandem mußte er Luft ablassen, »sie hat mich meine Verabredung verschlafen lassen, die Sau, und auch Penelope mit ihrem Anruf, das ist eine Pornoverschwörung gegen mich gewesen. Und schuld an alldem ... bin ich, ich, ich«, wiederholte er und ließ den kleinen Drachen Tanaka im Zickzack durch den Stadtverkehr fahren und brüllen.

14. Kapitel

Er kam keuchend an, nachdem er die große Treppe eilig hinaufgerannt war. Die Mutter empfing ihn mit besorgtem Blick.

»Er ist ein bißchen in Sorge gewesen«, sagte sie, »aber jetzt wird er sich beruhigen.«

Sie klopften an die Tür. Keine Antwort. Sie klopften noch einmal, und jetzt hörte man das zweifache Läuten des Glöckchens.

Als Ulysses eintrat, saß Achilles schon vor dem Computer, im Rauch einer roten Kerze. Er war ungekämmt, mit einem Schulterschal über den Beinen und dem Morgenmantel an den hervorstakenden Schlüsselbeinen geöffnet. Die magere Brust war von Flecken und Kratzern gezeichnet. Im Zimmer war ein übler Geruch.

»Entschuldige, Achilles«, sagte Ulysses und setzte sich mit zerknirschter Stimme in den kleinen Sessel, »mir ist das Benzin ausgegangen.«

Ein großer Schmerz.

»Und dann, heute morgen ... wir sollen uns doch alles sagen oder? Na ja, du erinnerst dich, als ich dir von diesem Mädchen im Büro erzählt habe ...«

Wir müssen uns nicht alles sagen. Du hast dich verspätet, das ist alles, kein Problem. Nur ein bißchen unverdiente Einsamkeit.

»Ich habe die Seite über die Liebe zwischen Lello und Pilar gelesen.«

Ich will darüber nicht reden. Über meine Meisterwerke reden wir am Ende.

»Achilles, ich verstehe, daß du wütend bist. Aber dann ist es sinnlos, daß ich hierbleibe.«

Du weißt nichts über mich. Weder wie ich mich ärgere, noch wie meine Krankheit als Pünktlicher jede Verabredung vergiften kann. Und du weißt auch nicht, daß ich in der Lage bin, darüber zu lachen und die Sache zu vergessen. Glaubst du, daß ich nur aus Wut bestehe, aus Krämpfen und aus Epilepsie? Glaubst du, ich könnte keine kleinen und großen Sünden verzeihen? Ich, der ich aus einer Rache der Götter geboren wurde, sollte rachsüchtig sein wie sie? Sei mutig, o mein Gefährte. Trinken wir gemeinsam.

Ulysses sah die beiden großen Gläser auf dem Tisch.

»Meins ist das ohne Strohhalm«, sagte er lächelnd.

Achilles erwiderte zwar sein Lächeln, aber Ulysses war beunruhigt. Das Gesicht des anderen war anders als sonst, es war, als würde Ulysses wieder die Gesichtszüge nicht verstehen können. Die Augen waren halb geschlossen und verschwanden beinahe unter dem Schatten der vorspringenden Stirn. Der Mund hatte eine ungewöhnliche, eine bittere Falte, und der magere Hals, unbedeckt vom Morgenmantel, wirkte wie der einer Schildkröte oder der eines prähistorischen Sauriers. Achilles nahm langsam das ganze Frappé auf, wobei ein bißchen an den Seiten des Mundes herunterfloß und von dort weiter am Ärmel. Ulysses trank seinen Saft, der stark gesüßt war. Achilles hatte einen Hustenanfall, spuckte einen Schluck Frappé aus, und Ulysses schaute ihn nicht mehr an.

Findest du mich weniger schön als sonst?

»Nach dem ersten Mal bist du es und basta.«

Dein Gesicht dagegen hat sich verdüstert. Etwas von meiner Zeit war da hineingeraten und hatte es nobel gemacht. Jetzt läuft die Hast deiner Zeit und deiner Lügen darüber, sie stampft darauf herum, hinterläßt Spuren auf ihm, Falten, Infektionen. Du bist krank, Ulysses, du alterst vorschnell. Wie viele Atemzüge verbleiben dir noch?

Ulysses sah ihn an. Achilles schaltete die Lampe auf dem Schreibtisch aus und wurde nur von der roten Kerze beschienen. Jetzt hatte sein Gesicht wirklich etwas Diabolisches. Ulysses hatte Angst. Und er spürte auch einen Krampf im Magen und kalten Schweiß. Das war es also, wovor Achills Mutter ihn bewahren wollte. Mit den Augen suchte er nach dem Glöckchen, sah es aber nicht.

Du hast mich enttäuscht, mein Freund. Natürlich, dieser Satz wird jeden Tag von Millionen Menschen gebraucht, und wir wissen, daß er keine Folgen hat. In deiner Welt sind alle es gewohnt, enttäuscht zu werden, und vergessen schnell die Enttäuschung. In meiner unbarmherzigen Zeit nicht. Erinnerst du dich, was ich dir über das Pharmakon gesagt habe?

»Occidit qui non servet.«

Qui non servat, du ungebildeter Haufen. Na gut, in den Fruchtsaft, den du so gierig ausgetrunken hast, habe ich sechs Ampullen Medèn gekippt. Es ist ein sehr starkes Pharmakon, eine Ampulle reicht, um meine Raserei zu stoppen, den Sturm meines Körpers, die Rebellion meiner Nerven. Ich hasse dieses Medikament, ich hasse jedes Mal, wo ich es genommen habe und es mich ausgelöscht hat. Aber heute ist dieses Pharmakon ein Freund und Komplize. Diese Dosis würde einen normalen Menschen niederstrecken. Auf dich hat es eine Wirkung, die du dir nicht einmal vorstellen kannst. Vor allem wird es deine Atmung lähmen, nach und nach. Dein melodiöser Atem wird seinen Klang verändern, er wird zu einem Röcheln. Du wirst dann verstehen, wie wertvoll er für dich war.

»Warum willst du mich terrorisieren?« fragte Ulysses, und er merkte, daß er Schwierigkeiten beim Sprechen hatte. »Das ist nicht spaßig.«

Achilles setzte Xanthos in Bewegung und kam ganz dicht zu dem sitzenden Ulysses heran. Mit einer Hand umklammerte er seinen Schenkel. Sein Gesicht neigte sich, bis es das Gesicht des anderen berührte, und er sprach in sein Ohr. Eine leise, schreckenerregende Stimme, die Ulysses noch nie vorher gehört hatte. Die Stimme einer mechanischen Puppe.

»Ich will dich weder terrorisieren, noch will ich einen Spaß machen. Ich will dich töten, wie ich es dir beim ersten Mal versprochen habe. In Kürze wirst du dich nicht mehr bewegen können. Dann wirst du sein wie ich. Du wirst erleben, was es bedeutet, die Hände nicht vors Gesicht heben zu können, um einen Schlag abzuwehren, nicht fliehen, nicht reagieren zu können. Und wenn du ganz wehrlos bist, töte ich dich damit.«

In der anderen Hand von Achilles erschien unter dem Schal auf seinen Beinen ein langer Brieföffner aus Elfenbein.

»Das wirst du nicht tun, Achilles«, sagte Ulysses schleppend mit langsamer, belegter Stimme, »vielleicht bist du dir nicht im klaren darüber, was du sagst. Wir sind ... fast Freunde ... geworden, man bringt doch keinen Freund wegen so einer Bagatelle um.«

Achilles löste sich von ihm, mit seinem Gefährt stieß er einen Stuhl um, er prallte gegen die Wand, um eine Drehung zu machen, er kam mit einem vor Wut verzerrtem Gesicht auf ihn zu.

»Wir waren Freunde, das stimmt. Wir waren verbunden. Ich, du und Pilar auf diesem Bett. Ich liebte sie, und sie liebte dich, und du liebtest mich, und wir waren zusammen, du hast erzählt, und ich habe geschrieben, es gab einen Pakt zwischen uns, und sie wollte jede Stunde des Tages mit uns leben. Und jetzt hast du alles zerstört. Für einen Augenblick von miserablem Eros hast du den Eros verloren, der auflodert, der ganze Reiche zerstört und die Schwerter aus den Scheiden zieht. Wegen deiner erbärmlichen Rache als erwachsener, allmächtiger Mann gegenüber allem, was sich verändern und nun entstehen kann. Ulysses, dein Name bedeutet ›verhaßt‹. Jetzt, da du dein Gesicht gezeigt hast, das Gesicht eines Ungeheuers, sollst du auch meines kennenlernen.«

Ulysses fühlte, daß er ohnmächtig wurde, er versuchte aufzustehen, hatte aber nicht mehr die Kraft dazu.

»So schlug ich das Haupt des Troilus ab«, rief Achilles und verstieg sich immer tiefer in ein Delirium, »so versuchte ich Apoll zu besänftigen. So werde ich dir die Kehle durchschneiden, und aus deinem Blute wird nichts entstehen, weder Schlangen noch Bücher. Und es wird nur ein kleines Verbrechen sein gegenüber dem, das du begangen hast, indem du mich, Penelope und dich selbst verrietest.«

»Du kannst es nicht ... tun«, sagte Ulysses, während sich Achilles' Gesicht ihm wieder näherte, vergrößert durch die Wirkung des Medikaments, und es schien das ganze Zimmer auszufüllen, wie ein angsteinjagendes Idol.

Achilles wollte noch weiterreden, doch der Schrei hatte seine Kehle zerstört, und wieder sprach er über den Bildschirm.

Ich habe dir gesagt, du sollst mit niemandem über deine Besuche in dieser Wohnung reden. Hast du das getan?

»Nein, ich schwör's.«

Gut. Du wie die anderen. Keiner weiß, daß du hier bist. Jetzt werde ich dich umbringen, meine Mutter wird hereinkommen und das Blut wegwischen. Phoebus und Ajax bringen deinen Körper weg. Wie schon andere Male. Vier Menschen, die sich als Freunde bezeichnet hatten, mich dann aber doch verrieten. Und mein Vater, der alles entdeckt hatte. Peleus, armer Peleus, hinuntergeworfen von der Terrasse, wie ein Sack Knochen, von meinem Bruder.

»Das stimmt nicht.«

Der Schmerz vereint die Familien. Erinnerst du dich, vor Jahren, als der alte Philosoph Graziani verschwand? Es hieß, er sei verschwunden, er wäre ein Berber geworden. Das stimmte nicht. Er hatte einen Frakturbrief erhalten, ähnlich dem deinen. Er kam oft hierher, dann sagte er, er wolle in eine andere Stadt ziehen und sich in die Berge zurückziehen, um Forschungen zu betreiben. Man verläßt keinen Freund. Und er hat mich nicht verlassen. Er liegt im Garten begraben, bei den anderen.

»Das ist ein Alptraum«, sagte Ulysses. Ein Krampf zerdrückte seinen Magen, sein Herz hämmerte. Im Dunkel des Zimmers sah er ein Ballett leuchtender Punkte.

Aus diesem Alptraum wachst du nicht mehr auf, nichts kann dich retten. Bitte weder um Verzeihung, noch stehe auf, die Tür ist abgeschlossen. Du kannst nur eines tun.

»Was ...«, fragte Ulysses beinahe weinend und schloß die Augen.

»Scheißen geh'n«, sagte Achilles laut.

Ulysses öffnete seine Augen wieder. Achilles lenkte Xanthos in einer merkwürdigen Sarabande zwischen Stühlen und Regalen durch. Er kam zu ihm zurück, mit einem Lachen im Gesicht saß er wieder vor dem Computer.

»Achilles, was willst du sagen?« stammelte Ulysses schweißgebadet.

Ich will sagen, daß ich dir sechs Dosen Abführmittel und zwanzig Tropfen Valium verabreicht habe. Die Wirkung ist, wie du siehst, verheerend. Entweder findest du auf der Stelle eine Toilette, oder du bist verloren.

»Und die Ampulle mit dem Medèn? Der Brieföffner? Die anderen Verbrechen?«

Lügen in deinem Stil. Ich habe ein großes kleines Verbrechen begangen, ich habe dich bis zum Tod geläutert. Ich bin doch ein hervorragender Schauspieler, oder? Ich hätte ein großer Caliban werden können, ein Quasimodo ohne jede Maske. Statt dessen muß ich mich mit diesen häuslichen Darbietungen zufriedengeben.

»Du hast dich über mich lustig gemacht«, sagte Ulysses, noch nicht wieder ganz gefaßt, »aber mir geht es schlecht.«

Ein bißchen Bauchweh, ein bißchen Benommenheit, und die Suggestion besorgt den Rest. Tricks nach Art des Vorprogramms der Revuetheater und Brieföffner aus Plastik, doch wenn man sich schuldig fühlt...

»Wo ist die Toilette?«

Achilles schrieb mit sadistischer Langsamkeit.

Jetzt sind wir wieder quitt. In weniger als einer Minute fordert die Natur ihren Tribut. Wenn du die Toilette nicht findest, was machst du dann? Verdreckst du dann etwa meine Bücher? Du könntest die Treppe hinunterflüchten und Phoebus' Auto mit Scheiße einfärben. Oder du scheißt dir in die Hose, so wie ich seit Jahren. Willst du eine Windel für Erwachsene, eine Pornogroßwindel? Wie geht es dir? Ist das nicht ein außergewöhnlicher kleiner großer Schmerz?

»Hilfe«, sagte Ulysses, als er aufstand und sich den Bauch hielt wie nach einem Harakiri.

Die Toilette ist da hinten, hinter dem Regal mit den Enzyklopädien ist eine Tür. Gott sei mit dir.

Ulysses fand seine Kräfte wieder, und mit einem Satz schleuderte er sich in das Dunkel des Zimmers. Da war keine Tür. Achilles deutete mit einem Lächeln auf den Bildschirm.

Jetzt, wo ich darüber nachdenke, fällt mir ein, sie ist genau auf der anderen Seite, da drüben.

Ulysses durchquerte das Zimmer im Laufschritt, wobei er furzte wie ein Pferd. Er öffnete die Tür: Dort war ein großes Scheißklo mit Handgriffen und Gerätschaften, er kam gerade noch rechtzeitig. Er hatte sieben aufeinanderfolgende Entladungen, während Achilles ihm als musikalische Begleitkulisse die Ouvertüre zu Wilhelm Tell aufgelegt hatte. Als er wieder herauskam, war er leichenblaß.

Bei meiner Treu, Cavaliere. Ihr stinkt wie ein Misthaufen und habt ein ungesundes Antlitz. Eine gute Diät würde Ihnen nicht schlecht steh'n.

»Bastard«, sagte Ulysses.

Hättest du die Schmollmiene lieber den ganzen Tag lang beibehalten? Jetzt geht es mir besser, ich fühle mich befreit. Du doch auch, oder täusch' ich mich?

Ulysses stellte sich vor ihn hin und hob drohend eine Faust. Dann umarmte er Achilles' Großkopf und drückte ihn ein bißchen.

»Du bist wirklich verrückt«, sagte er.

Wenn du mir ein paar Stücke herausgebrochen oder die Sonde beschädigt hast, verklage ich dich auf Schadensersatz.

»Und jetzt, wo ich auf wunderbare Weise lebendig bin, was machen wir da?«

Du wirst weiter auf die Toilette gehen. Mit den Pharmakondosen, die ich dir verpaßt habe, müßtest du noch mindestens zehn Solonummern hinlegen. Unterdessen könntest du mir erzählen, was du heute abend mit Pilar machst.

»Wir werden uns sehen, doch leider nicht alleine. Sie wird in einer Diskothek tanzen, sie braucht Geld. Weißt du, was eine Kubistin ist?«

Eine Malerin oder ein schönes Mädchen, das tanzt, und alle schauen ihr zu.

»Sie ist in der Tat beides, aber heute abend wird sie vor allem eine spärlich bekleidete Tänzerin inmitten einer Horde von Freiern sein. Bist du nicht eifersüchtig?«

Nein, es macht mich geil, weil ich weiß, daß sie nur mir und dir gehört. Bring die Freier mit einem ins Gift deiner Eifersucht getauchten Pfeil um. Liebe sie noch mehr, betrachte sie als Reflektion in den Augen der anderen.

»Nicht einfach.«

Stellen wir uns vor, was heute abend geschehen wird. Ich besuche keine Diskotheken, ich weiß nicht, wie die Szene aussieht. Beschreib sie mir.

»Kann ich einen Augenblick darüber nachdenken?« fragte Ulysses und schoß zur Toilette. Als er zurückkam, hatte Achilles eine Samba aufgelegt, um ihn zu inspirieren.

»Also«, sagte Ulysses. »Das Daedalus befindet sich knapp außerhalb der Stadt, im Ozean des Nebels, nach der Piazzola dei Peccati und dem Markt der Massaia Mannara. Es sieht aus wie eine Riesenschildkröte, mit dem Kopf unter dem Rückenpanzer verborgen, mitten in einer Wüste aus Beton und Neon. Von weitem kannst du das Geräusch ihrer Aorta hören. Ein schwerfälliges, kontinuierliches Schlagen eines elektronischen Basses. Wir sind zu viert. Ich, du, Pilar und Helena, eine Bohnenstange ohne jegliche ethischen Grundsätze, sie ist seit Jahren Kubistin, und dieweil sie so vor sich hinkubierte, hat sie sich eine Wohnung und ein Auto gekauft. Ein bequemer Kleinstwagen und wir alle da drin. Helena fährt, ich habe Bauchschmerzen, du duselst vor dich hin, Pilar ist nervös. Unter ihrer Jacke aus peruanischer Wolle trägt sie ein kurzes schwarzes Kleid und Stiefel, als wäre sie die Königin der Piraten. Helena hat sie ihr geliehen. Du kannst nicht auf dem Kubus tanzen, wenn du wie Madame Bovary angezogen bist, obwohl das eine Idee sein könnte. Wir parken vor dem Daedalus. Ich kontrolliere, wo die Toiletten sind, für den Fall, daß die Flamme wiederkehrt. Alles ringsherum ist voller Grünschnäbel und junger Tussen, arroganter Jungmachos und toupierter Mädchen. Einer ist dabei, der aussieht wie dein Bruder Phoebus, im Sadomasostil gekleidet. Und da kommt auch schon Antinoos, das heißt Antonio, der Eigentümer des Lokals, auf uns zu. Als er Pilar sieht, hebt er die Arme und sagt: Ich ergebe mich vor dieser Schönheit ... dann ...«

Mach die Bewegung noch einmal.

»Welche?«

Als du die Arme hochgenommen hast.

»So?«

Das gefällt mir. Ich würde gerne die Arme so hochnehmen. Ich würde meinen Namen gerne mit einem Kugelschreiber schreiben und ungedeckte Schecks über Milliarden unterschreiben können. Und vor allem würde ich gerne springen können. Mich von der Erde lösen. Das muß irre schön sein. Als ich klein war, ließ ich mich über den Boden rollen, das war lustig. Aber springen! Hic Rhodos, hic salta. Wenn ich in dir wäre, würde ich mich den ganzen Tag hüpfend fortbewegen. Ein Känguruh muß das glücklichste Geschöpf der Welt sein. Ein verliebtes Philosophenkänguruh.

»Sicher. Also, da kommen ein paar junge Philosophenrowdys herein, die springen wie Känguruhs. Antinoos sagt ...«

Ich erzähl' weiter.

15. Kapitel

Von: musomania@liber.it
An: lellulisse@liber.it

Endlich saßen sie auf den bequemen, verdreckten Sofas im Daedalus. Aber es war nicht leicht. Am Eingang fand eine Demonstration des Kollektivs Fledermaus statt, das heißt des Personals der Nachtdiscos, die gegen die Entlassungen in einigen Lokalen protestierten. Die Demonstration schien von einem Hünen von Mann mit blauer Mütze angeführt zu werden, offenbar einem Rausschmeißer, der ein schnauzbärtiges Männchen und eine riesige, Flugblätter verteilende Blondine an seiner Seite hatte.

Auf dem Flugblatt stand:

Die Arbeiter der Sipel solidarisch mit den Entlassenen des Daedalus, des Toccami, des Evoè und der Disco Inferno.

Hulk, ein Rausschmeißer des Daedalus, hatte sich dem Hünen entgegengestellt und gesagt, was hast du denn mit uns zu tun? Der Hüne hatte irgend etwas vom vereinigten internationalen Nachtproletariat erwidert, und der Rausschmeißer hatte geschrien, ich schmeiß' dich raus, und der Hüne und ich schmeiß dich wieder rein, dann folgte ein kurzes Wrestlingmatch, und der große Hulk wurde von Olivetti, dem Roten Rächer, in die Luft gestemmt und auf die Erde geklatscht.

Danach hatte sich ein weiterer Zwischenfall ereignet, der auch Achilles, genannt Icchio, einen gutaussehenden, sympathischen blonden Jungen, Helenas festen Freund, mit einbezog. Der Junge hatte sich gleich dem Tanzen hingegeben, war aber beim Herumzappeln gestürzt, war mit dem Rücken aufgeschlagen und lag jetzt halb ausgestreckt auf dem Sofa. Wegen des Schmerzes konnte er nur seinen Kopf und die Hände bewegen.

Lello hatte sich aus dem Gedränge an der Bar befreit und war zurückgekehrt, mit einem kräftigenden Pharmakon für ihn, einem Hahnenschwanz, aus sowjetischen Cerealien herausdestilliert, aber beide waren niedergeschlagen und still. Die Eifersucht hatte sie in der Zange. Ihre Mädchen waren in die Umkleideräume verschwunden, wo sie warteten, bis sie mit dem Tanzen an der Reihe waren, was um Mitternacht sein sollte. Jetzt standen sechs Tänzer auf den Kuben, drei Tarzans und drei Janes. Eigentlich waren die Kuben keine Kuben, sondern beleuchtete Parallelepipeden ... weshalb Lello und Icchio auch darüber diskutierten, daß die Mädchen genaugenommen Parallelepipedistinnen oder einfach Pipedistinnen genannt werden müßten. Sie versuchten, ihr männliches Drama in diesem linguistischen Dilemma zu ertränken. Denn überall gab es Freier in Erwartung der mitternächtlichen Pipedistinnen, die bekanntermaßen die schönsten und provozierendsten waren. Und in dieser Nacht sollte auch die Wahl zur Miss Daedalus stattfinden. Die schönste Kubistin würde zu Probeaufnahmen ins Fernsehen eingeladen werden, für eine mögliche Zukunft als, wer weiß, Nummerngirl, Wanderrättin oder dummes Gänschen. Eine Jury, deren Vorsitz Antinoos, genauer gesagt Toni Bodi, innehatte, der Animateur und Eigentümer des Daedalus, sollte die Mädchen beurteilen. Daher war die Freierhorde auf Hochtouren, und eine große Anzahl von Lenden, Hintern und Pheromonen fibrillierte auf der Tanzfläche. Als die alte Runde der Kubisten abtrat und die neue sich ankündigte, hörten die Freier alle auf zu tanzen und überließen ihre Freundinnen ihren Selbstgesprächen und Monotänzen. Begleitet von der Melodie *Shake My Body,* traten sechs neue Nymphen auf.

Das waren:

Cristina, genannt Cris Pferdeschwanz, blond und schlank, die mit ihrer rotierenden langen Haarpeitsche in der Lage war, die wild gewordenste Horde von Werbern zu zähmen.

Brigida, genannt Bri Katzenauge, deren grüne Blicke so intensiv waren, daß sie auch noch den freiesten aller Freier zwang, nur sie anzuschauen.

Odetta Omphalótropa, eine schwarze Schönheit, Spezialistin in Bauchtanz, deren Nabel dermaßen schnell herumwirbelte, daß einige, die ihn zu intensiv ansahen, Dioptrien und Verstand verloren.

Saturnia Hochbusen, deren riesige Titten durch einen Zauber des Gottes Silikon hoch und parallel kreisten, ohne jemals herunterzufallen, wie Wolken im Wind.

Helena die Elektrische, eine Akrobatin, die Schlägereien und Zank wegen ihrer Schönheit auslöste und deren Darbietungen auf dem Kubus an die Grenzen der Anatomie gingen.

Pilar Penelope Gänslein, typische Latinoschönheit, deren Schüchternheit zusammen mit einem angeborenen Sinn für Rhythmus sie mehr als jede andere hinternschaukelnde Circe hypnotisch und gefährlich machten.

Und als sie zur Melodie *Move Your Body* anfingen zu tanzen, stieg der Schrei der Freier zum Himmel auf, und sie begannen, noch mehr anzufeuern und Bemerkungen zu machen, während ganze Scharen stinkwütender Freundinnen und Verlobten an die Bar drängten und dem Barkeeper, einem Apoll in Sadomasolatzhosen, mit ihrem Leid die Ohren volldröhnten.

»Diese Bande von Typen ohne Eier«, sagte Icchio und löste eine Aspirin in Wodka auf, »kommt einem vor, als hätten sie noch nie eine Frau gesehen.«

»Verdammte Freier«, sagte Lello, »kapieren die denn nicht, daß sich unter diesen schönen Formen eine Seele verbergen kann und auch finanzielle Probleme und Aufenthaltsgenehmigungen?«

»Und vor allem treue Verlobte, die sie lieben«, sagte Icchio.

»Vor allem. Und welche gefällt dir am besten?«

»Abgesehen von unseren?«

»Klar.«

»Na ja, die mit den Katzenaugen ist nicht übel«, sagte Icchio.

»Ich habe nichts gegen die mit dem Pferdeschwanz«, sagte Lello.

»Ausgezeichneter Geschmack«, sagte Antinoos Toni Bodi, der hinter ihnen zuhörte, »Sie, Mister Lello, sind Journalist, stimmt's?«

»Bin ich, woher wissen Sie das?«

»Helena hat's mir gesagt.«

»Und ich bin Helenas Freund«, sagte Icchio, der versuchte aufzustehen, aber gleich wieder zurückfiel.

»Bleiben Sie nur, bleiben Sie nur«, sagte Toni Bodi, »na ja, Ihre Helena ist wirklich ein Märchen, aber meiner Meinung nach hat die Latina noch einen Gang mehr drauf, die mit den langen Haaren und dem sprechenden Hintern. Sehen Sie, sie bewegt sich wenig, sie ist schüchtern, aber gleich legt sie den Turbo ein und wird zur Sau, und dann zerfetzt sie alle. Sie bleibt nicht zu Hause und strickt Strümpfe und wartet auf ihren Mann, das sag' ich euch, und ich versteh' was davon. Die reiht sich die Schwänze auf wie auf einen Spieß.«

Lello suchte rings herum nach irgendeinem Gegenstand. Einen Fehdehandschuh, einen Säbel, eine Pistole.

»Signore«, sagte er schließlich, »ich kenne dieses Mädchen, und ich kann Ihnen schwören, daß sie seriös ist.«

»Sicher, sicher«, lächelte Toni Bodi, »und die anderen? Gefallen sie euch?«

»Welche anderen?« log Lello.

»Uns gefallen die beiden, die da rechts tanzen«, gestand Icchio.

»Chryseis und Briseis«, sagte Antinoos, »sie stammen aus der Gegend des Boreas, ich meine aus einem Land mit Namen

Litauen, sie tanzen und studieren im Athenaeum, sie wollen Psychologinnen werden, Seelenklempnerinnen, und damit sie ihren Lerntrieb bezahlen können, wedeln sie gegen Geld in diesem Gomorrha herum. Aber Sie, der Sie doch Gazettier und ein Mann von Bildung sind, schreiben Sie vorteilhaft über mein Lokal, dann mache ich Sie auch mit ihnen bekannt.«

»Wirklich?« sagte Lello.

»Er schreibt für viele Zeitungen«, sagte Icchio.

»Gut, jetzt muß ich gehen«, sagte Toni Bodi, »die Jury ruft nach mir.«

Die beiden Freunde tranken eine Menge Wodkas, den Icchio mit einem Strohhalm aufsog, und hörten Musikstücken zu wie *Move The Body, Shake The Party, Everybody Moves The Body, Shake and Move, Come on Move, Come on Shake, Party Your Body, Shake My Body* und *Yesterday* von den Beatles, das der Mama des Barkeepers gewidmet war, die sechsundneunzig Jahre alt wurde. Danach nahm die Jury ihre Plätze ein, und die sechs Nymphen gaben ihr Bestes.

Chryseis ließ ihren Pferdeschwanz kreisen, und er sauste und zischte wie ein Lasso.

Briseis schoß Laserblicke ab.

Odetta war bei vierhundert Nabelschwingungen pro Minute angekommen und brachte den Kubus zum Qualmen.

Saturnia schüttelte ihre Titten und erzeugte einen Mistral von der Windstärke acht.

Helena bot Spagate der russischen Kunstturnschule.

Pilar Patinha Gänslein, die zuerst schüchtern war, erlangte nach und nach den für die karibischen Rituale typischen Trancezustand, das Haar fiel ihr übers Gesicht, und sie ließ sich mit wilder Anmut von einem Dämon besitzen.

Lello bemerkte mit Schrecken, daß das Publikum der Freier, das sich zuerst fächerartig vor den Nymphen aufgebaut hatte, nun dazu neigte, sich nach rechts zu verlagern und vor dem

Kubus zu sammeln, auf dem Pilar tanzte, und das entging der Jury nicht.

Lello lief hinüber, und unter dem Kubus rief er, fast wie über einen Altar geneigt:

»Pilar, ich bitte dich, übertreib es nicht.«

Doch die Latinoschönheit, aufgegangen in der Melodie von *Move Your Body at the Party,* hörte ihn nicht.

»Pilar, ich bitte dich, mach langsam, oder du gewinnst«, rief Lello.

»Was zum Teufel will der da«, sagte ein Freier, nicht wie ein rauher Bär, sondern mehr wie ein Palästroide mit Cobraweste.

»Heh, Bella, meine Schöne«, sagte Agelaos, ein tätowierter, dreckiger Freier, »ich klettere jetzt hoch zu dir und stecke dir einen Geldschein in deinen Slip.«

»Geben Sie ihn mir, ich gebe ihn dann an sie weiter«, sagte Lello.

Zum Glück wurde er nicht verstanden.

»Bella, ich klettere jetzt zu dir rauf und stecke dir einen Geldschein und noch was anderes rein«, sagte der Freier Agelaos.

»Laß dich doch in den Arsch ficken«, sagte Pilar, die aus ihrer Trance wieder zu sich kam.

Der Freier war nämlich von einigen Jungs in Lamé-Bermudas umgeben, die den Rat der Signorina auf der Stelle in die Tat hätten umsetzen können, daher blieb er regungslos mitten auf der Tanzfläche stehen, unentschlossen, ob er nun stinkwütend werden sollte oder nicht, als das Licht wieder anging und Toni Bodi rief:

»Und jetzt macht die Tanzfläche frei, denn wir kommen zur Proklamation der Miss Daedalus. Der erste Preis, ich erinnere daran, ist ein Ticket für Capradimare Terme, wo die Siegerin am Halbfinale für die Miss Kubus Region teilnehmen darf und von dort aus weiter an der Endausscheidung für die Paperina, das Gänslein 2006.«

Ein Schaudern ging durchs Publikum. Ein Platz als Paperina, die höchste Ehrung, die einem Mädchen in diesem Land zuteil werden konnte. Und jeder der Anwesenden könnte eines Tages von sich sagen: Ich habe sie gekannt, als sie noch nicht berühmt war…

»Ich stelle euch die Jury vor. Der Journalist Giò Gymnico, Musikspezialist bei ›Groove Your Body‹, einer Zeitschrift, die ihr alle kennt. Der Schriftsteller Bellone, ein berühmtes Gesicht aus dem Fernsehen. Sandra Beauvisage, Kosmetikerin und Gesichtsstylistin von hohem Ansehen, sie ist, um es kurz zu sagen, die, die bei den Moderatoren die Pickel zum Verschwinden bringt.«

(Das Publikum stimmte zu, was nicht wenig war.)

Lello war zu seinem verdreckten, bequemen Sofa zurückgekehrt und sah Pilar an. Sie stand auf dem Kubus, mit über den Schultern verschränkten Armen. Vielleicht war ihr kalt, der armen.

Ein Rausschmeißer berührte ihn an der Schulter und sagte: »Mister Lello? Toni Bodi hat gesagt, Sie sollten der Vize sein.«

»Was?«

»Er sagt, daß Sie jetzt der Vize sein müssen. Ich begleite Sie.«

»Ich verstehe gar nichts.«

»Und dann«, sagte Toni Bodi, »hätte Raoul Balzak noch da sein sollen, der Star der Soap *Die menschliche Komödie*, doch leider hatte er einen Unfall, das Auto, mit dem er fuhr, ist von der Fahrbahn abgekommen, ihm ist zwar nichts passiert, aber er kann nicht mehr rechtzeitig hiersein.«

(Das Publikum teilte sich in Besorgte und in Argwöhnische, die hier einen vorprogrammierten Reinfall vermuteten.)

»An seine Stelle kommt ein bekannter Journalist, der viele Sparten abdeckt und für viele Zeitungen schreibt, Mister Lello D'Ulysses.«

(Das gesamte Publikum war sich über den Reinfall einig.)

Auf diese Weise fand sich Lello im Olymp wieder, genauer gesagt auf der Tribüne der Juroren. Er sah die müden Nymphen auf den marmornen Piedestalen in Erwartung des letzten Urteils. Pilars Haare hingen verschwitzt und offen über ihrer Brust, sie war schön wie die Madonna vom Tau. Es kam zu einer heimlichen Beratschlagung der Juroren, von der Lello ausgeschlossen war. Dann sagte Toni Bodi:

»Wir haben ein Patt. Die Finalteilnehmerinnen sind die Signorine mit den Nummern drei und sechs.«

Das Publikum stimmte der Entscheidung zu. Chryseis und Pilar. Beide Siegerinnen, dachte Lello.

»Und weil beide so entzückend angezogen sind, machen wir einen Entscheidungsstrip. Wer sich am besten auszieht, gewinnt.«

Das Publikum teilte sich unter Ohrfeigen, Kratzen der Verlobten, Tritten in die Nüsse, Rempeleien und Prügeleien.

»Pilar wird sich niemals ausziehen«, sagte Lello zu der Visagistin.

Aber Pilar stand schon auf dem Kubus, diese Latinoschlampe, und sah Chryseis bereits herausfordernd an.

Das ist ein Alptraum, dachte Lello.

»Du kannst nur eins tun«, sagte Icchio, der sich auf dem Arm von einem schwulen Rausschmeißer, der hellauf begeistert war, bis zur Bühne hatte tragen lassen.

»Was soll ich tun?«

»Bogen und Pfeile.«

Stimmt, dachte Lello, und ich springe in den Saal und schreie:

»Keiner rührt sich!«

»Was ist los«, fuhr Antinoos dazwischen, »Sie können das Urteil nicht anfechten, Sie sind ein Vize.«

Lello spannte den großen Bogen der hurtigen, todbringenden Ideen, den nur er in der Lage war zu gebrauchen, legte den Pfeil ein und ließ ihn losschnellen.

»Mir wurde gesagt, daß vor der Disco eine Bande von Rowdys alle Autos zerkratzt.«

Es war wie das Abfeuern einer Tränengasbombe. Die Menge wogte, teilte sich, bildete eine Reihe und schrie vor Haß und Entsetzen. Alle starrten auf den Ausgang, auch wer kein Auto besaß, einige mit Messern bewaffnet, andere mit Stuhlbeinen, wieder andere schleiften ihre widerspenstigen Freundinnen an den Haaren mit sich. Selbst Antinoos wurde hineingezogen und getreten und seine Perücke skalpiert.

Nur Icchio blieb auf dem Sofa zurück, außerdem der schwule Rausschmeißer, der sich mit ihm ein Frappé teilte, und Lello und Pilar, die sich einander gegenüberstanden wie Kinder.

»Hättest du dich ausgezogen?« fragte Lello.

»Du wirst es nie erfahren«, sagte Pilar und küßte ihn schweißgebadet.

Es war fast fünf Uhr morgens, und das Daedalus leerte sich, weil alle sich zu einem anderen Lokal aufmachten. Pilar und Ulysses spazierten über den Parkplatz, sie hatte ein Handtuch um ihre Haare gewickelt.

»Es freut mich, daß du gekommen bist«, sagte Pilar, »hast du furchtbar gelitten?«

»Anfangs ein bißchen. Dann habe ich gesehen, daß du die Schönste warst, und ich habe an nichts anderes mehr gedacht.«

»Ach komm ...«

»Ehrlich. Du hättest siegen können, nicht diese russische Bohnenstange.«

»Dann läßt du mich also weiter tanzen?«

»Wann immer du willst.«

»Nur einmal. Das reicht, um die Studiengebühren zu bezahlen und ein paar Farben.«

»Und wann wirst du für mich tanzen?«

»Wenn ich nicht stürze, heute nacht«, sagte Pilar.

Sie küßten sich lange, bis eine Hupe sie unterbrach. Es waren Helena und Giorgio, ihr Freund. Sie begleiteten sie bis zu seiner Wohnung. Dort, unter dem Flüstern und den pikanten Kommentaren der Skriptmanuse, liebten sie sich bis zum frühen Morgen, das heißt fünfundvierzig Minuten lang.

16. Kapitel

Nach dieser Nacht der starken Gefühle erschien Ulysses spät im Büro. Es herrschte ein gewisses Durcheinander. Der junge Techniker, der gerufen worden war, um den alten Drucker zu retten, nahm gerade Drähte und Kabel auseinander, offensichtlich von Circe verwirrt, die mit einigen schrägen Einblicken in ihren Minirock über ihm stand. Aus dem Büro von Vulcanus drangen Stimmen eines Streits. Die geldgierige Vermieterin brüllte wie eine Furie, und als Antwort kam der ständig wiederholte Satz: *Um Gottes willen, Signora, seien wir doch vernünftig.*

Ulysses grüßte Circe, und vor lauter Trägheit der Pheromone sagte er:

»Ciao bella. Wann sehen wir uns wieder einen Film an?«

»Ich mag lange Filme«, sagte die perfide Circe.

»Wie meinst du das?«

»Ich meine die, die nicht gleich zu Ende sind.«

Und sie würzte diesen Dolchstoß mit einem Blick auf die anmutigen Stellen des jungen Technikers.

Tiefgetroffen in seiner Männlichkeit und seiner Liebe zu Filmen, trat Ulysses ein, während die Erinnye herauskam, besänftigt durch einen Scheck. Vulcanus lag in seinem Sessel, er hielt ein offensichtlich zerfleddertes Scheckbuch in seinen Händen und zitterte noch immer von dem Schock.

»Ich kann nicht mehr, Lello«, sagte er, »Geld, Geld, alle wollen immer nur Geld. Wir müssen konkurrenzfähiger werden. Wir brauchen einen neuen Geschäftspartner. Und vor allem neue Energien, neue Ideen für die Zukunft.«

»Wie zum Beispiel ...?«

»Gestern habe ich ein neues Playstationspiel gekauft, ganz ungewöhnlich. Ich hab' die ganze Nacht damit gespielt. Es heißt *Alleen*. Du kannst dir gar nicht vorstellen, wie das begeistert. Du fährst mit einem Auto nachts herum, und du mußt insgesamt fünfzig Nutten, Viados, Dominas und so weiter finden. Du kannst entscheiden, ob du die Rolle des Zuhälters oder des Freiers übernehmen willst. Freier ist unterhaltsamer. Du mußt ein Nachtgeschöpf nach dem anderen im Nebel, unter Brücken, auf Parkplätzen aufstöbern. Je schneller du sie findest und je mehr du findest, um so größer wird dein Geldbonus. Mit diesem Geld machst du der Nutte ein Angebot, und sie kommt mit dir. Nach Hause, ins Auto oder ins Hotel. Du kannst wählen zwischen Ficken, Arsch, Blasen, Schlagen, Spritzen, sechzehn Alternativen insgesamt. Es gibt eine kurze erotische Szene, die ziemlich züchtig ist, und gleich darauf geht die Jagd weiter. Du mußt alle fünfzig Nachtgeschöpfe durchnudeln. Aber da gibt es auch Feinde: die Finanzpolizei, die Sitte, die albanesischen Zuhälter, die chinesische Triade, die Streife der Nonnen, der Nuttenserienkiller. Und du kannst dann Bonusgeschenke einstecken, etwa Viagra oder Zauberpräservativ oder Superfaszination, weshalb sie für weniger Kohle oder sogar gratis mit dir kommen. Wenn du sie alle vor Tagesanbruch durchnudeln kannst, stehst du dem finalen Boss gegenüber, das ist der Papst, und wenn du ihn schlägst, gewinnst du einen speziellen Pornofilm und fängst das Spiel wieder von vorne an, mit anderen Kostümen, in einer anderen Stadt. Ich schwör' dir, es ist supergeil. Das ist das Neue!«

»Mann, Valerio«, sagte Ulysses, »hier sind wir im innersten Kern des Virtuellen.«

»Du verstehst überhaupt nichts, Lello, der innerste Kern des Virtuellen ist real. Ruf Malaora an.«

»Nein, bitte nicht. Ich brauche keine weitere Niedertracht.«

»Wenn du ihn nicht anrufst, erzähle ich dir nichts über den neuen Geschäftspartner.«

»Tu du's doch.«

»Das letzte Mal, als ich's getan habe, mußte ich weinen.«

Und so rief Ulysses Malaora an, einen Schriftsteller, der in seinen Spleen so eingebunden war wie in ein Schweißtuch, gefoltert von der Mühseligkeit des Schreibens, über die er in sechzig Büchern erzählt hat.

»Hallo?«

»Ich bin bereits da. Man muß doch immer für alles da sein, auch für den letzten Schritt.«

»Ganz sicher. Spreche ich mit Professor Malaora?«

»Nennen Sie mich nicht Professor. Niemand lehrt, niemand lernt. Warum kratzen Ihre Fingernägel am Grabstein meiner Einsamkeit?«

(Das kann ja heiter werden, dachte Ulysses.)

»Ich kratze in meiner Eigenschaft als Vertreter des Verlags Forge, der eine Anthologie junger Schriftsteller vorbereitet.«

»Unheilbringende Tätigkeit. Warum den Jungen vortäuschen, daß Schreiben zu irgend etwas nütze sei?«

»Genau das könnte das Thema der Einführung sein. Wer denn sonst, wenn nicht Sie, ist geeignet, etwas über die Absurdität des Schreibens zu schreiben? Das könnte diesen Jungs doch helfen, sofort damit aufzuhören.«

»Schmeicheln Sie mir nicht, schon lange habe ich die Schmeichelei in die Liste meiner Krankheiten aufgenommen. Ich schreibe schon seit Tagen nicht mehr. Fast stehe ich nicht einmal mehr auf. Die Dummheit und Vulgarität der Welt versteinern mich. Außerdem habe ich einen Schmerz unter der Achselhöhle, den der Arzt als Zwischenrippenschmerz bezeichnet, doch ich weiß nur zu gut, daß es sich dabei um ein schweres Herzleiden handelt. Auch mein linkes Ohr...«

»Ich verstehe Ihren Zustand. Allerdings glaube ich, daß eine schmerzerfüllte, warnende Stimme wie die Ihre nicht schweigen darf...«

»Glauben Sie bloß nicht. Seit langem schon bin ich der Ansicht, daß der Glaube eine Metastase des Denkens ist. Ich bereite mich vor, den Fernet-d'amour-Preis entgegenzunehmen. Ich überlasse es Ihnen, sich vorzustellen, wie ich mich fühle.«

»Ich bin solidarisch, auch wenn ich weiß, daß jede Solidarität eine Feindschaft kaschiert. Aber zwei wirklich stimulierende Seiten, wie nur Sie sie schreiben können, würden ausreichen.«

»Wieviel zahlt ihr?«

»Nicht sehr viel. Aber wir könnten Sie mit Kräutertees und mit Zäpfchen bezahlen.«

»Was haben Sie da gesagt?«

»Ich sagte fünfhundert Euro. Ist das zu wenig?«

»Ich nehme mindestens zweitausend. Aber wieso präzisiere ich Ihnen das? Das Präzisieren, das Verwirren, das Nehmen, das Verlieren, das Leben, das Sterben ...«

»Jedenfalls danke ich Ihnen. Freilich kann ich Ihnen nicht sagen: Lassen Sie es sich gutgehen. Aber ich wünsche mir, daß Sie wenigstens einigermaßen erträglich leiden können.«

»Danke. Und wie wär's mit tausendfünfhundert? Geben Sie mir die?«

»Nein.«

Klick.

Ulysses legte den Hörer auf und trank in einem Zug ein kleines Fläschchen Grappa, das er in seiner Schublade für die schwierigen Augenblicke aufbewahrte. Innerhalb kürzester Zeit erholte er sich, doch eine neue Prüfung kam auf ihn zu.

»Wie ist es mit Malaora gelaufen?« fragte Vulcanus, der umhüllt von Nikotindunst auftauchte.

»Miserabel, natürlich«, sprach Ulysses.

»Cazzo, werden wir jemals einen finden, der dieses verdammte Vorwort schreibt? Wohin ist Circe verschwunden?

Und wo ist der Techniker? Also, willst du, daß ich dir etwas über den neuen Geschäftspartner erzähle?«

Die Blicke der beiden kreuzten sich wie Schwertklingen. Der Augenblick der Abrechnung war gekommen. Ein Donner brachte die Fensterscheiben zum Klirren, an denen der Regen herunterströmte. Sie standen wenige Meter voneinander entfernt, in stolzer gebeugter Haltung. An Ulysses' Seite scharten sich Kalosbezill, der Gott der Lauteren und der Toren, und Dasnunnicht, der Gott der Sektierer. Vulcanus stand unter dem Schutz von Kannmandochmachen, dem Gott der Ordinären und der Kompromisse, und von Pecunia, der Göttin der Rendite, deren Tempel eine riesengroße Wanne mit Hydromassage ist.

Vulcanus kam näher und lächelte hinterhältig und verfänglich. Seine Haare hatten sich ineinandergewunden wie die Schlangen der Medusa, und dieser Art redete er dann auch zynisch:

»Also, Lello. Ich will's kurz machen. Der Verlag, der mir eine Zusammenarbeit vorgeschlagen hat, ist der Grafocredit. Er hängt unmittelbar von der Crepa-Bank ab, und jedes Jahr verschenken sie Bücher an die Konteninhaber. An wichtige Kunden mit viel Geld verschenken sie Luxusbände, schöne Sarkophage aus sumerischem Papyrus und große Farbdrucke. Aber sie suchen nach Büchern für das medium und low target. Uns würden sie die Low-target-Produktion übertragen. Es wäre eine politische Geste, eine kulturelle Schlacht, verstehst du? Wir müßten uns um Bücher für die kleinen Sparer kümmern, Auflagen von zwanzigtausend aufwärts...«

»Aber...«, gelang es dem ehrlichen und polytropen Ulysses einzuwerfen.

»Laß mich ausreden«, sagte Vulcanus und paffte Qualm heraus, »ich habe ihm als Weihnachtsgeschenk bereits die Anthologie *Over 100* angeboten. Sie würden für den Anfang etwas Einfacheres bevorzugen, etwa wie ›Die 100 besten Witze über Dickleibige‹. Die Hälfte der Auflage geht an sie für Geschenke, die andere Hälfte gehört uns für die Buchhandlungen. Ist das nicht fabelhaft?«

»Valerio«, sagte Ulysses empört, »die Crepa ist die Logenbank par excellence, sie hat den Aufstieg des Duce finanziert, in über zehn Prozessen hat sie vor Gericht gestanden, und du nennst das alles eine fabelhafte Idee?«

»Begreifst du denn nicht?« zischte Vulcanus. »In diesem besonderen Fall agiert sie nicht als Bank, sondern als Verleger, die Vergangenheit hat damit nichts zu tun.«

»Wenn also die Goebbels-Ausgaben herauskommen, machen wir gleich gemeinsame Sache.«

»Lello«, schrie Vulcanus und spuckte Speichelbläschen aus, »ich hab' deine ideologischen Bretterzäune satt. Ich kann mein Leben nicht damit verbringen, zwischen sterilen Schreiberlingen und Barrikadenkämpfern für die Miete zu kämpfen. Wenn du drei gute Bücher machen willst, mußt du auch drei Scheißbücher machen. Das ist ein Gesetz in der Verlagswelt.«

Und oft sind unter den drei Büchern, die du für gut hältst, zwei, die scheiße sind, dachte Ulysses, schwieg aber.

»Das ist die Realität, Lello«, sagte Vulcanus mit einem tiefen Seufzer, »nehmen wir die Herausforderung eines Geschäftspartners an, der nichts mit uns zu tun hat, der eine offenkundige, schamlose Geldmaschine ist. Oder wie du das nennst: ein korruptes Fassadenverhalten. Besser als die vielen, die dir den Dolch in den Rücken stoßen. Wenn du mitmachst, gut, wenn nicht, such dir sonstwo Arbeit.«

Hier folgte eine Pause. Die Gottheiten setzten sich unparteiisch in die vier Ecken des Zimmers. Genauer gesagt, sie schliefen.

Ulysses sah Vulcanus an. Nein, dachte er, kein Ungeheuer mit dem blanken Schwert zu verfolgen. Ein normaler Vierzigjähriger in finanziellen Schwierigkeiten, gründlich durcheinander und voller Raucherschleim. Ungeheuerlich wäre es gewesen, ihn mit einem Urteil den Kopf abzuschlagen. Doch weggehen, ja, das wäre würdevoll.

»Danke, Valerio«, sagte Ulysses, »du bist knapp und deutlich gewesen. Addio.«

Er steckte zwei oder drei Skriptmanuse in die Aktentasche und verließ das Büro. Kaum war er auf der Straße, hörte er Valerio vom Fenster schreien.

»Warte doch ... wir haben doch noch gar nichts unterschrieben. Was soll das also, was für ein Mistkerl von Freund bist du eigentlich ...«

»Und ich habe daran gedacht, ihm zu zeigen, was Achilles schreibt!« seufzte Ulysses.

»Haben wir jetzt keinen Verleger mehr?« fragte Professor Colantuono besorgt.

»Vielleicht, Professor: Unsere Schicksale sind im Guten wie im Bösen miteinander vereint.«

Ulysses ging ein bißchen verschlafen unter dem Regen her, ohne die etwas geschützteren Bürgersteige zu suchen. Von den im Stau steckenden Autos und aus den Kaminen stieg ein giftiges Gebet zum Himmel empor. Der Smog schwärzte das Wasser in den Pfützen. Aromatisierte Kohlenwasserstoffe und Grippeviren verfolgten sich wie Amorputten durch Argonwölkchen. Professor Colantuono nieste. Die Skriptmanuse in der geöffneten Tasche wurden naß. Der Himmel war so dunkel, daß zur Mittagszeit bereits die Straßenlaternen brannten. Es war, als hätte ein unfreundliches Wetter sich der Tage und Jahreszeiten bemächtigt. Kein Vormittag mehr, kein Herbst mehr. Eine einzige Stunde, eine einzige Jahreszeit in diesem Land, das sich seiner Schönheit, seiner bastardisierten Unterschiedlichkeit aus Norden und Süden, aus arabischen und mitteleuropäischen, levantinischen und katalanischen, phönizischen und griechischen Chromosomen, aus Inseln und Vulkanen, Ebenen und Bergen zu schämen schien. Alles ausgelöscht zugunsten eines kastrierten, videobedienten, teleonanierenden Einheitslandes, vollgedröhnt mit den Spots eines vom Haß aufgeblähten Milliardärs, einer Zweigstelle des Imperiums, eines Jahrmarkts der Verbrecher, eines Unternehmens, das den Bankrott von Ideen und Hoffnungen erklärt hat. In Achilles' dunklem Zimmer gab es mehr Leben als in den Bunkern jener Macht, bei jener trübsinnigen Sekte des kollektiven Selbstmords. Ulysses aber wollte leben. Er hatte magische Zahlen, magischer als die Orakel, die über die Monitore der Banken liefen, und das machte ihn ungreifbar, sie konnten ihn nicht einfangen, und er konnte seine Hände und Arme erheben, schnellfüßig gehen und fliegen. Er sprang über eine Kette, die einen Parkplatz verschloß, er fing an zu laufen mit der Tasche, die an seine Beine schlug. Er machte ein paar Sprünge, als er die Straße überquerte und sich der Gefahr aussetzte, von einem Zentauren mit einer Großvespa überrollt zu werden. 'Tschuldigung, sagte er, von wegen 'tschuldigung, antwortete der andere, und Ulysses lief davon. Er lief, weil jemand auf ihn wartete. Er hatte Pilar, er hatte einen neuen Freund. Irgendwo in Lateinamerika hatte ein Indio die Wahlen gewonnen, und dem Meniskus von Mirone ging es auch besser.

Er rief den vergewerkschafteten Barbieri an. Der ließ lange auf sich warten, dann kam er ans Telefon, und seine Stimme verhieß nichts Gutes.

»Dottor Ulysses, wegen dieses Vorgangs ... ich meine, der Fahrerlaubnis für Ihr Auto.«

»Schon verstanden, Sie können nicht reden.«

»Genau. Also, irgend jemand hat sie aus dem Archiv genommen.«

»Was heißt das?«

»Mitgenommen, um sie zu kontrollieren.«

»Kein gutes Zeichen ...«

»Nein.«

»Verstanden.«

»Grüßen Sie mir Ihre Frau.«

»Werde ich ausrichten. Rührt euch, Barbieri ...«

Die Mutter öffnete ihm. Jeder von ihnen begriff, daß der andere Sorgen hatte. Sie setzten sich in den kleinen Muschelsalon.

»Auch für Sie ist das wohl kein schöner Tag, nicht wahr?« fragte sie, aufrecht in der Uniform ihres grauen Kleides.

»Nein. Meine Freundin lebt mit einer Aufenthaltserlaubnis in Italien. Aber man könnte sie ihr wegnehmen.«

Die Mutter wurde blaß, fast bekam sie keine Luft mehr. Diese Reaktion schien Ulysses dann doch ziemlich übertrieben. Ein Sohn und jetzt auch noch eine Tochter in Gefahr.

»Ich ... ich hoffe, daß sich alles regelt. Ja. Ich hoffe, ich kann etwas tun.«

»Sie können gar nichts tun. Wie geht es Achilles?«

»Schlecht«, sagte die Mutter. Sie nahm eine rosafarbene, befleckte Muschel in ihre Hand und ließ sie auf dem Tisch kreisen. »Als wir am Meer wohnten und sein Vater noch lebte, spielten er und Phoebus manchmal miteinander. Phoebus schob den Rollstuhl zum Strand. Sie fischten. Das heißt, Phoebus fischte, und Achilles schaute zu. Einmal sagte er: Wirf die Fische wieder zurück, das ist nicht gut, sie haben doch keine Arme. Achilles erinnert sich nicht daran, aber Phoebus war als Kind ganz anders. Ich weiß nicht, was später mit ihm passiert ist. Vielleicht ist es meine Schuld, ich habe mich zuviel um den benachteiligten Sohn gekümmert und den anderen vernachlässigt.«

Sie blieb aufrecht und gebrochen sitzen, wie beim letzten Mal, die eine Hälfte weinte, die andere war höflich und bot Ulysses ein kleines Tablett mit blassen Bonbons an.

»Morgen abend findet das Essen statt. Phoebus hat es hier machen wollen, weil er die Wohnung möglichen Käufern zeigen möchte, der Bank, die den Rest des Palazzos besitzt. Er hat ein paar wichtige Persönlichkeiten eingeladen, die an ihn glauben. Er ist ehrgeizig, er will eine politische Karriere machen. Er hat gesagt, dieses Abendessen ist von grundlegender Bedeutung für seine Zukunft und daß ich wenigstens dieses eine Mal ihm helfen müsse und nicht Achilles.«

»Na ja«, sagte Ulysses, »ist ja natürlich, daß ihm daran liegt. Bringt Achilles das durcheinander?«

»Phoebus will, daß Achilles während dieser Zeit in seinem Zimmer eingesperrt bleibt. Vor einem Jahr hat er nämlich ein Abendessen gestört, er hatte eine Krise bekommen, keiner reagierte auf das Glöckchen, und er fuhr auf den Korridor hinaus und fing an zu schreien. Phoebus hat mich schwören lassen, daß Achilles diesmal weggesperrt wird. Genau dieses häßliche Wort hat er gebraucht, ›weggesperrt‹. Ich habe ihn noch nie so wütend und schnaubend erlebt.«

»Vielleicht merkt Achilles ja nichts davon.«

»Er hat's schon gemerkt. Und vor allem hat er gemerkt, daß morgen über diese Wohnung geredet wird. Reden ist zwar noch nicht verkaufen, aber immerhin...«, sagte die Mutter, ihre beiden Hälften vereinigten sich, und sie weinte endlich, ohne sich länger zu kontrollieren, mit dem Taschentuch vor dem Mund. »Achilles will nicht mit mir reden, er ist mir böse, er glaubt, ich hätte ihn verlassen. Ich bitte Sie, sagen Sie ihm, daß das nicht stimmt...«

»Machen Sie sich keine Sorgen«, sagte Ulysses, »ich werde versuchen, ihn zu beruhigen.«

Aus dem Zimmer kam ein zweifaches Läuten, dann noch einmal.

»Er will Sie auf der Stelle sehen«, sagte die Mutter.

Ulysses trat ein. Achilles hatte über seiner Schulter einen großen schwarzen Schal, wie eine Schamanin des Südens. Sein Blick war gesenkt.

»Achilles, ich habe dir ein jamaikanisches Pharmakon mitgebracht. Nur wenig, aber wir könnten versuchen, es zu rauchen. Aber wie hast du dich denn zurechtgemacht? Siehst ja aus wie ein Vampir.«

Bring mich hoch auf die Terrasse.

»Einen Augenblick. Schön, deine Geschichte über die Diskothek. Mehr oder weniger so ist es auch gelaufen, weißt du…«

Ich habe gesagt, daß ich nicht über das reden will, was ich schreibe. Bring mich auf die Terrasse, du Arschloch, und tu dich nicht mit meiner Mutter zusammen. Willst du etwa auch Karriere in der Politik machen? Willst du der Partner von Phoebus werden? Willst du meine Wohnung? Welches Stück willst du, ein Buch? Hier, nimm's.

Er versuchte, einen Band auf Ulysses zu schleudern, aber alles, wozu er in der Lage war, war, ihn auf den Boden fallen zu lassen. Er begann, leise zu fluchen.

Ulysses setzte sich ruhig vor ihn hin.

»Achilles, spiel jetzt nicht den Idioten. Deine Mutter hat dich nicht verlassen, und das weißt du sehr genau. Wenn du Dampf ablassen willst, tu's, aber rede kein irres Zeug. Die ganze Welt ist schon irre genug.«

Achilles antwortete nicht. Er atmete schwer mit gesenktem Kopf. Sein Schweigen war unerträglich. Ulysses redete, seine Stimme klang schrill und falsch.

»Achilles, ich habe dich das nie gefragt. Was hältst du von diesen Kriegen.«

Lenk nicht ab. Ich kann nicht immer so sein, wie ihr mich haben wollt, verzweifelt, still und weise. Ich leide, ich werde stinkwütend, ich hasse. Man will mir meine Wohnung wegnehmen, meine Muschel. Ich kann nicht woanders wohnen und leben. Wie würdest du denn reagieren, wenn sie dir Pilar wegnehmen würden?

»Vielleicht tun sie es. Irgend jemand kontrolliert ihre Aufenthaltserlaubnis.«

Achilles kratzte mit einer Hand die andere, bis sie anfing zu bluten.

Gib mir zehn Tropfen aus dem Fläschchen da auf dem Computer.

»Was ist das?«

Das geht dich nichts an, ich brauch's. Gib sie mir auf die Zunge.

Ulysses gab sie ihm, ein paar gingen daneben.

»Sieht aus, als wenn ich dir die Kommunion erteilen würde«, sagte Ulysses.

Leib und Blut eines armen Verlagslektors und eines Kranken im Endstadium. Wie viele auf einen Stuhl oder auf ein Bett genagelte Christusse übersteigen die Menschen, um sich vor einem hölzernen Christus zu verneigen. Wie viele vergessene Opfer, um sich des einen zu erinnern. Wenn man mich in eine Kirche bringen würde, würde ich schreien: Hört auf, den leeren Altar anzustarren. Betet euch doch gegenseitig an. Komme ich dir blasphemisch vor?

»Nein«, sagte Ulysses, »vielleicht würdest du unserem Kardinal nicht gefallen, doch viele religiöse Menschen würden dich verstehen. Ist nicht leicht, so zu leben wie du... ich meine...«

Ein indianischer Krieger ist hundertmal mutiger als der Pilot eines Bombers, und sein Leben ist kürzer, würdiger und nobler.

»Ich verstehe nicht.«
Ich habe die Frage beantwortet, die du mir vorhin gestellt hast. Aber so ist es, du vergißt schnell, was du gefragt hast, das hat sowenig Bedeutung für dich. So wie man die in den Gebeten

gemachten Versprechen und die Schwüre vergißt. Auch ich habe gebetet, weißt du. Mit gefalteten Händen und aus tiefem Herzen, ich schäme mich nicht, das zu sagen. Einmal habe ich sogar daran gedacht, nach Lourdes zu fahren. Aber ich bin zu stolz. Frag mich bloß nicht, ob ich an irgendeinen Gott glaube. Ich kann dir sagen, daß ich ihn manchmal gesucht habe. Leider rennt er zu schnell für meinen Geschmack.

»Ich habe zwar keine Gottheit in meinem Verkaufsförderungsangebot. Aber ich kann dir versichern, daß du einen Freund hast, der dich besucht, der dich besuchen wird, wo immer du hingehst, auch außerhalb dieser Wohnung.«

»Willst du mich überzeugen?« schrie Achilles plötzlich mit schriller Stimme. »Schickt dich meine Mutter? Was soll das heißen ›außerhalb dieser Wohnung‹?«

»Beruhige dich doch, Achilles.«

»Nein, ich beruhige mich nicht, du Arschloch. Bring mich auf die Terrasse, habe ich dir gesagt.«

»Ich weiß nicht, wo die ist«, sagte Ulysses.

»Öffne die Tür und folge mir.«

Ulysses folgte Xanthos, der vor ihm durch einen langen Korridor surrte. Er sah weitere Bilder und alte Lüster, gläserne Medusen, beschädigt und verstaubt. Dann führte der Korridor in einen Salon mit einem ovalen Tisch und Möbeln voller Kristall, kleinen Schäferinnenstatuen und heraldischen Tellern. Auf Konsolen kleine Gläser, kleine Statuen und kleine Teller. Auf kleinen Tischen kleine Teller und kleine Statuen und kleine Gläser. Ein Museum der Zerbrechlichkeit.

»Das Eßzimmer«, sagte Achilles, »bereit für die Verschwörung. Jetzt nach rechts.«

Die Wohnung veränderte ihr Aussehen. Grüner Teppichboden, moderne Bilder, ein Kleiderhaken mit eleganten Anzügen, ein Fahrrad, ein Tisch mit Fitnessmagazinen. Das war

Phoebus' Reich. Hinten eine Fenstertür mit verbrauchten Samtvorhängen.

»Mach sie auf«, sagte Achilles.

»Es regnet aber.«

»Mach sie auf.«

Ulysses öffnete sie. Die Kälte grüßte sie, Achilles ließ sich den Schal um den Kopf wickeln, er sah aus wie eine teuflische Nonne. Da waren drei Stufen. Ulysses hob Xanthos hoch, die Räder glitten leicht. Es war eine große, verlassene Terrasse, ohne Pflanzen, nur leere Blumentöpfe mit Sprüngen. Einer, ein riesiger, sah aus, als wäre er seit Jahrhunderten vom Leben im Meer verkrustet worden. Auf der Brüstung war ein Gitter angebracht, an dem sich mühevoll ein spilleriger Efeu hochrankte. Von dort aus sah man einen großen Garten mit übermächtig hohen Bäumen, Zedern aus dem Libanon, Linden und Roßkastanien. Und im Hintergrund die Hauptstraße der Stadt, das Weiß und Rot der Autolichter und oben der vergiftete Himmel. Achilles blieb einen Meter von der Brüstungsmauer unter strömendem Regen stehen.

»Ich bin lange nicht mehr hierhergekommen«, sagte er.

»Es ist schön hier«, sagte Ulysses.

»Die Bäume«, sagte Achilles und deutete mit dem Blick auf sie, »die Bäume.«

»Magst du sie?«

»Ich hab' keinen Atem mehr«, flüsterte Achilles rauh. »Hör dir meine Gedanken an.«

Es gibt keine häßlichen und keine schönen Bäume, die gibt es nur für den einen oder anderen Gartenkritiker oder Poetaster. Die Zeit des Baums gleicht meiner eigenen, es ist meine Zeit, besorgt und erfüllt von Leben, die schönste Zeit, die es auf der Welt gibt. Schau dir den Baum an, auf den ich mit dem Finger zeige, er hat einen Stamm, der aussieht, als hätte die Hand eines Riesen ihn verdreht oder ein schweres Leiden. Er ist so schön wie diese hochgewachsene, stolze Pappel dort. Und diese

Pinie da? Sie hat sich geneigt und ist windschief geworden, auf der Suche nach Sonne. Und sieh, ich wende den Kopf zu dem alten, von Schimmel und Pilzen leprös gewordenen Baum. Schön, sie alle, zu jeder Jahreszeit. Ewig lebendig, gepeitscht vom Regen, gekrümmt vom Wind und dann erneut reglos. Sieh die Zeder da oben, sie hält eine Elster auf einem Zweig, der Zweig neigt sich. Sieht es nicht aus, als würde er sie sanft in der Hand halten?

»Sie ist gewaltig hoch, wird wohl wenigstens zweihundert Jahre alt sein.«

Eine Million Jahre. Folge meinen Augen. Ich mag auch diesen kahlen Baum da. Ein Apfelbaum, glaube ich. Im Frühling kauft er sich ein schönes neues Gewand. Eines Tages werde auch ich ein schönes, Gewand haben. Keins für die Totenbahre. Sondern ein Gewand wie die weißen Clowns, mit einem Spitzhut und hochgestreckten Schultern. Und du wirst den anderen Clown machen, den mit der roten Pappnase und den Riesenschuhen. Doch diesen Gedanken wirst du vielleicht nicht fühlen, mein Freund. Drehen wir eine Ehrenrunde.

Achilles setzte Xanthos in Bewegung. Zuerst fuhr er im Kreis, trällerte dabei ein bißchen mit dem Klang eines alten Grammophons einen Zirkusmarsch. Ulysses war etwas besorgt, weil der Freund völlig durchnäßt war und zwischen zwei Ritornellen hustete. Aber er sagte nichts.

Von der Spitze der Zeder sahen zwei Amseln diese Sarabande Achilles' und flogen zur Terrasse herunter. Sie hüpften, während sie diesem seltsamen Wesen zuschauten: Er war nicht aufrecht und schnell wie die gefährlichen Menschen, aber auch nicht reglos wie ein Baum. Ein tanzender Stein, ein Vogelmensch oder ein Baum auf Rädern? Langsam, ganz langsam begannen sie, ihm zu folgen, sie näherten sich und scheuten mit kurzem Auffliegen zurück, sobald er auf sie zuhielt. Achilles stieß einen rauhen Freudenschrei aus. Der Regen fiel rauschend, doch Xanthos und die kleinen schwarzen Gespenster fingen an, auf der Terrasse einander nachzulaufen. Bis ein stärkerer Donner die beiden Amseln davonfliegen ließ. Achilles' Blick folgte ihnen bis zur Spitze der Zeder und dann zu einem Dach, bis sie schließlich in einem Nebelschleier verschwanden. Xanthos ächzte erschöpft vom vielen Rennen, ein Reifen war halbplatt.

»Es regnet, Achilles, ich bitte dich, laß uns reingehen.«

»Ein echter Freund«, sagte Achilles und sah ihn unter dem komischen Schal hervor an, »muß verstehen zu trösten, aber muß auch verstehen, die Verzweiflung und die Ferne zu akzeptieren. Ich habe das Glöckchen bei mir, wenn ich Hilfe brauche, klingle ich. Und jetzt Schluß, ich bin nicht mehr in der Lage zu reden. Hör dir diese Verse an.«

Achilles hob den Kopf nach oben und machte die Augen zu.

Liegen ist für mich ganz natürlich
Dann sprechen der Himmel und ich wirklich miteinander
Und ich werde nützlich sein an dem Tag wenn ich für immer liege
Endlich berühren die Bäume mich dann
Haben die Blumen Zeit für mich

»Kehren wir zurück ins Haus«, sagte Ulysses, »ich bitte dich.«

Laß mich hier, ich fühle mich nicht einsam.

»Einverstanden, Achilles. Wann sehen wir uns wieder?«

Weiß nicht. Sieh mir in die Augen. Verschwinde.

17. Kapitel

Ulysses ging zwar die Treppe hinunter, sah sich aber nicht in der Lage, sich vom Palazzo zu entfernen, seine Beine waren schwer, und er hatte Atemnot, wie bei einem plötzlich auftretenden Fieber.

Du bist wie ich, reglos, ohne die Hand aufheben zu können, um den Schlag abzuwehren ...

Er spiegelte sich in den Scheiben der Bank, er sah sich deformiert, wie eingefroren in dunkles Eis. Homo scriptor polytropos, verstorben während der großen Pandemie 2006, keiner verwende seine DNA, diese Rasse war entsetzlich dumm und aggressiv. Er sah sein Bild verschwommen, zurückgeworfen zwischen Fernsehmonitoren, die die Börsendaten auf grauem Hintergrund übertrugen. In der Mitte war eine farbige Knospe, ein Monitor, der Kriegsbilder zeigte. *Live-Übertragung,* sagte das Schriftband, doch alles hatte sich in einem Traum ereignet, einige Monate zuvor. Man sah Feuer auflodern und Rauchwolken aus einer fernen Wüste aufsteigen.

Ein indianischer Krieger ist hundertmal mutiger als der Pilot eines Bombers ...

Eine Panzerkolonne bewegte sich in der Wüste vorwärts, ein Zielobjekt explodierte, zu Staub zermalmt wie in einem Videospiel. Das Gesicht des Korrespondenten vor Ort zeigte als Hintergrund eine brennende Stadt. Ulysses roch den scharfen Rauch und hustete. Er drehte sich um. Es gab ein

Feuer, da brannte wirklich etwas am Ende der Straße, der Feuerwehrwagen pustete blaue Blitze, der Verkehr hatte sich gestaut, und ein dichter, milchiger Qualm verwischte die Farben der Autos.

Ulysses zögerte, welches der beiden Infernos er sich anschauen sollte, das da hinten oder das nur einen Schritt entfernte. In diesem Augenblick packte ihn jemand durch den Qualm hindurch beim Arm. Es war Phoebus, mit vor Zorn bebender Stimme.

»Steigen Sie in mein Auto, ich muß mit Ihnen sprechen.«

»Können wir denn nicht hier reden?«

»Ich spreche lieber beim Fahren. Steigen Sie ein, es ist wichtiger für mich als für Sie.«

Sie kehrten in den Innenhof zurück, und Phoebus ließ ihn in das maledivenblaue Auto einsteigen, innen eine Pracht aus Edelhölzern, Leder und gefleckten Stoffen, das einzige, was ihn überraschte, war ein Wimpel der städtischen Fußballmannschaft. Phoebus fuhr im Rückwärtsgang hinaus, womit er ein paar Autos zu bremsen zwang, aber er kümmerte sich nicht um den Zorn der Wagenlenker, danach jagte er seinen geflügelten Wagen in einer machtvollen Beschleunigung über nur dreißig Meter auf hundertfünfzig. Kurz nur war der Flug, und gleich war er gezwungen, sich in den Stau einzuordnen. Qualm hüllte sie ein.

»Ein brennendes Auto«, sagte Phoebus, »da wird es wohl einen Zug von Scheißdemonstranten gegeben haben ...«

»Haben Sie sie gesehen?« fragte Ulysses.

»Autos brennen doch nicht von alleine.«

»Städte auch nicht«, antwortete Ulysses.

Phoebus grinste höhnisch und öffnete das Fenster. Eine stinkende Wolke quoll herein, ein Pesthauch. Ein Schutzmann machte Zeichen, weiterzufahren. Ein Kleinlaster brannte, der ein großes Werbeplakat in Brand gesetzt hatte, und nun bestand die Gefahr, daß die Flammen auf einen Palazzo übergriffen. Und von dort aus würde das Feuer die

Welt verschlingen, die Sterne, die Milchstraßen ... Ein mandarinenfarbener Feuerwehrmann richtete einen gigantischen Pinkelstrahl nach oben, und von dort oben regnete es Fledermäuse aus verbranntem Papier. Irgend jemand schoß Fotos.

»Sieht doch aus wie die Szene auf einem Kriegsschauplatz, oder?« lachte Phoebus. »Ach ja, Sie mögen den Krieg ja nicht. Ich dagegen schon, wenn er Probleme löst. Hätte nichts dagegen, wenn ein Hubschrauber käme und Raketen auf die Scheißautofahrer abfeuern würde.«

»Und auf Sie nicht?«

»Ich brauche das Auto, die anderen nicht«, sagte Phoebus sehr selbstsicher, »und außerdem wissen Sie sehr gut, daß in einem Krieg Männer wie ich immer in Sicherheit sind. Ich bringe Sie bereits auf hundertachtzig, was? Tut mir leid, aber jetzt kann ich nicht reden.«

»Wenn Sie nicht reden können, warum haben Sie mich dann einsteigen lassen?«

»Entschuldigen Sie mich, aber ich habe mit meiner Sekretärin über Handy gesprochen, ich habe einen Bluetooth, wissen Sie, was das ist?«

Ulysses sah, daß Phoebus einen silbrigen Knopf im Ohr hatte.

»Ja, jetzt weiß ich's.«

»Es ist ein bequemes, sogar unverzichtbares Zusatzgerät im Wagen, ich kann es mir leider nicht leisten, das Handy auszuschalten, mein Leben ist arbeitsreich, sehr arbeitsreich. Auch wenn ihr glaubt, wir würden nicht arbeiten, für euch arbeiten nur die Arbeiter, alle anderen beuten aus.«

»Wir wer und ihr wer?« fragte Ulysses.

Plötzlich ertönte eine Sirene, man hörte klirrende Scheiben. Phoebus überholte rechts einen Kastenwagen und beleidigte Fahrer und Sippe, dann bremste er jäh, schickte eine Radfahrerin zum Arschficken, sagte zu Mister Bluetooth, daß er in einer halben Stunde da wäre und wandte sich dann endlich Ulysses zu.

»Ihr, die Kommunisten. Sie haben mich mit Ihrer Bronzevisage nicht täuschen können, neulich, bei mir zu Hause. Ich habe Informationen über Sie eingeholt. Sie sind der emanzipierte Sohn zweier Maccheronihersteller. Sie arbeiten an einer sich als links ausgebenden Zeitschrift mit, ›Nie wieder‹. Sie haben ein Buch geschrieben, an dessen Titel ich mich nicht erinnern kann, ich glaube *Geschichten vom Krieg*, stimmt's? Sie haben auch ein paar Vorstrafen wegen Straßenblockaden und derartigem Zeug. Laß dich in den Arsch ficken, du Bastard, wenn du nicht fahren kannst. Kurzum, ich weiß, wer Sie sind. Schämen Sie sich nicht, meinen Bruder in Politik zu unterrichten?«

»Ihr Bruder braucht keinen Unterricht, er hat bereits klare Vorstellungen. Erklären Sie mir, wo sie diese Informationen herhaben?«

»Schatz, ich kann wirklich nicht, ich habe heute abend ein Abendessen, aber ich schwöre dir, das Weekend im Boot, das nimmt uns keiner.«

»Ich will mit Ihnen auf kein Boot.«

»Ich spreche über Handy, ciao, Schatz, bis später«, sagte Phoebus und fuhr bei Rot über die Ampel, wobei er fast einen Kleindrachen Tanaka, den Cousin des Originals, angefahren hätte. »Sie wollen wissen, wo ich mich erkundigt habe? In der Quästur, wo ich eine Menge Freunde habe. Es ist gut, wenn ich Ihnen erkläre, wer ich bin, Signor Ulysses. Ich bin einer von denen, die ihr als die bezeichnet, die auf ihren Hinterbeinen stehen, das heißt, ich reiße mir seit Jahren den Arsch auf. Ich bin Präsident der Jungen Unternehmer Celesti geworden, ich werde bei den Wahlen antreten, und ich bin dabei, Vorstandsvorsitzender der Crepa zu werden, einer der größten Banken im Land, die Hälfte des Kapitals ist amerikanisch, was dagegen?«

Er lachte mit dem Knurren eines Köters.

»Ich weiß, daß Sie dieser Bank Achilles' Wohnung verkaufen wollen«, sagte Ulysses ruhig.

Phoebus nickte zustimmend und fluchte, das Auto wurde von einem Schutzmann mit Kelle umgeleitet, noch etwas anderes brannte am Ende der Straße, eine schwarze Rauchsäule stieg am Glockenturm einer Kirche empor. Auf dem Bürgersteig lagen verkohlte Modepuppen. Eine dumpfe Explosion war zu hören. Eine alarmierte Frau stieg aus ihrem Wagen, um besser zu sehen, sie zitterte vor Angst.

»Steig wieder ins Auto, du Nutte, du blockierst die Straße«, rief ihr Phoebus zu.

Doch die Frau betrachtete hypnotisiert den rötlichen Schein, der auf Phoebus' blauem Auto wie ein Meer aus Blut reflektiert wurde. Er hustete wegen des Qualms und fragte Ulysses:

»Was ist denn da los?«

Weiß ich nicht, wollte Ulysses sagen, ich weiß weder, was da hinten noch was einen Schritt entfernt passiert, ich habe verlernt zu sehen, ich weiß nur, daß irgend jemand alles niederbrennen will und wir durchhalten müssen, aber er konnte nichts sagen, weil Phoebus mit quietschenden Reifen davonschoß, das stehende Auto überholte und mit den Reifen über den Bürgersteig fuhr und mit einem klagenden Bremsen in den Stau zurückkehrte. Er brüllte und versuchte, in der dritten Spur zu überholen, wurde aber von einem blockiert, der die gleiche Idee in der Gegenrichtung hatte. Sie blickten sich mit Urzorn an.

Jetzt stand alles still. Rauch und Smog hatten die Windschutzscheiben mit einer grauen Decke überzogen, die Autos hätten seit Jahrhunderten leer und verlassen sein können, Skelettschachteln, kein Überlebender. Nur Ulysses und Phoebus in diesem Metallsarg und rings umher das Knistern der letzten Glut, die Schritte der Leichenträger, der plötzliche Frieden einer gestraften, einer ausgelöschten Welt. Phoebus ließ die Scheibenwischer anspringen, die vor Anstrengung stöhnten.

So konnte man sehen, daß noch Leben auf dem Planeten

war. Im Auto nebenan öffnete eine kleine Hand einen Weg auf der beschlagenen Fensterscheibe, und das Gesicht eines kleinen Teufelchens von sechs Jahren tauchte auf. Es grüßte Ulysses mit ernster Miene. Dann kamen zwei hohe, dunkle Schatten auf sie zu, sie durchquerten den Styx aus Benzol und Qualm. Es waren zwei laveurs de pare-brise du Maroc.

»Das brauch' ich nicht, ihr Arschlöcher«, schrie Phoebus, »meine Windschutzscheibe ist blitzsauber.«

Einer der Scheibenputzer goß ein Gemisch aus Spülmittel, Schneckenschleim und Fremdensperma über die Windschutzscheibe. Dann lächelte er, so, als wolle er sagen: Jetzt ist sie nicht mehr blitzsauber.

Phoebus knurrte. Der Laveur fing an, den Brei zu verteilen.

»Verlieren Sie eigentlich nie die Geduld mit denen da?« brummte Phoebus.

»Nie«, log Ulysses.

Phoebus schwitzte, er hatte sich den Hemdkragen aufgeknöpft und fluchte machtlos, gefangen in seinem Auto, aufgehängt am Steuer. Sein blasses Gesicht glich einen Augenblick lang dem Achilles'. Phoebus, armseliger Gott ohne freie Himmelsräume, die er durchfurchen könnte.

»Ich habe gehört, was Sie gefragt haben. Ja, ich möchte unsere Wohnung verkaufen«, sagte Phoebus, als würde er aus einem Traum erwachen, »der Bank würden die dreihundert Quadratmeter nützlich sein, und für unsere Familie sind sie vergeudet. Die Hälfte der Zimmer steht leer. Kennen Sie den Cavaliere Phorkys? Ich ruf' dich später an, Schwuli. Cazzo, willst du wohl, Marokkaner, ich hab' dich doch nicht aufgefordert, mir die Scheibe zu waschen. Bleib rechts stehen, blöde Kuh, mit diesem Scheißmoped.«

Ulysse war fast voller Bewunderung. Phoebus konnte mit drei, vier Verärgerungen über unterschiedliche und ferne Ziele gleichzeitig umgehen. Er war ein parabolischer Hysteriker. Er überholte reifenquietschend und fuhr wieder bei Rot über die Ampel. Doch gleich darauf eine weitere Ampel und ein gebieterischer Schutzmann, bewaffnet mit einer bolschewistenroten Kelle.

»Scheißschutzmänner, Schmarotzer, Parasiten«, knurrte Phoebus, »in diesem Land gibt's noch viel zu säubern, und Cavaliere Phorkys wird das tun. Morgen abend findet bei mir zu Hause ein wichtiges Essen statt. Ich will nicht, daß mein Bruder da hereinplatzt und alle anwidert. Gnade Ihnen, wenn Sie ihn nicht vom Gegenteil überzeugen. Wenn nicht, können Sie Ihrer Pilar Lebewohl sagen.«

»Bastard«, sagte Ulysses, »lassen Sie mich aussteigen. Sie haben keine Informationen erhalten, Sie haben Listen über uns angelegt.«

»Ich hab's Ihnen schon gesagt, ich habe Freunde in der Quästur. Ich bin kein Rassist, mir gefallen Negerinnen von hinten. Sie lachen nicht? Ach, kommen Sie, solche Bemerkungen machen doch auch in Ihren Kreisen die Runde, vielleicht mit einem ironischen, überlegenen Lächeln. Na ja, Pilar ist von außerhalb der Europäischen Gemeinschaft, soviel steht fest. Und sie hat der Universität ein gefälschtes Immatrikulationspapier vorgelegt. Das reicht aus, um sie wieder nach Brasilien oder Chile zurückzuschicken oder wo zum Teufel Ihre kleine Olive sonst geboren wurde. Mann der EU, sehen Sie sich nur diese Schlange an, und warum löschen sie nicht das Feuer! Hubschrauber, cazzo, ich will Hubschrauber!«

Ulysses schäumte. Doch als Polygamer und Polytroper mußte er eine Strategie ausarbeiten. Ein Faustschlag ins Gesicht hätte nichts ausgerichtet. Er hätte das Auto innen verkratzen oder Phoebus den Hörknopf aus dem Ohr reißen und verschlucken und allen seinen Freunden ins Gesicht furzen können. Doch alles das wäre sinnlos gewesen. Das einzig Mögliche war, Pfeile aus mehreren Richtungen abzuschießen.

»Sie haben Ihre Freunde, ich die meinen«, warf Ulysses ein. »Pilar wird ihre Genehmigung erhalten, die Quästur ist voll von kommunistischen, gewerkschaftlich organisierten Polizisten. Warum haben Sie Angst vor einer Sechsundzwanzigjährigen, die nichts anderes will, als in Ihrem Land zu leben?«

»Ich habe keine Angst«, sagte Phoebus, »aber es gibt nicht genügend Platz für alle. Wir brauchen Luft. Ich bin kein Papierabhefter wie Sie, ich bin nicht auf einen Rollstuhl genagelt wie Achilles, ich bin ein freier Mann.«

Er sagte das versteinert im Stau, mit seinem Hundertmillionenxanthos, auf den Fahrersitz gekreuzigt, vergiftet durch Groll und Benzol. Er steckte sich eine Zigarette an, fügte Qualm zu Qualm und Husten zu Husten.

»Jetzt verstehe ich«, seufzte Ulysses, »Sie sind der unglückliche Bruder.«

Phoebus sah ihn mit weit aufgerissenem Mund an.

»Was reden Sie denn da für einen Scheiß, nein, ich meine nicht Sie, Herr Rechtsanwalt, ich sprach mit jemandem, der bei mir im Wagen sitzt. Uffa, zum Teufel dieses Zeug.«

Er riß den Hörknopf heraus, der zwischen die Pedale fiel, zerstampfte ihn mit den Füßen und fluchte.

»Das ist ein Alptraum«, seufzte er erschöpft, »das nennt man doch nicht Verkehr. Aber ich werde pünktlich da sein. Phoebus kommt immer pünktlich an, wenn er will.«

Fast riß er die Gangschaltung heraus, brüllte, versuchte ein Überholmanöver in der dritten Spur. Das Fatum lauerte im Hinterhalt. Vor ihm baute sich das drohende Gesicht eines Doppellindwurms auf, eine abnorme Mutation des Dreizehners. Der wich ihm zwar aus, schabte aber trotzdem an ihm entlang und zertrümmerte dabei einen Rückspiegel. Der Lindwurm fuhr hohnlachend weiter.

»Scheiße, scheiße«, schrie Phoebus, als er ausstieg, »diese Spiegel kosten ein Vermögen und es dauert einen Monat, bis man sie bekommt.«

»Aber wenn Sie doch gar nicht in ihn hineinsehen.«

»Ist eine Frage der Symmetrie, cazzo. Wieso begreifen Sie

nicht? Wo ist mein Handy hingekommen? Und wie spät ist es eigentlich? Und was ...«

Phoebus keuchte und wurde blaß. Er führte seine Hand an die Brust.

»Das ist nichts, es ist nur etwas Streß«, sagte er, »ich habe die Abschlußexamen im letzten Monat abgelegt. Ich habe das Herz eines Jungen ...«

Für die Transplantation? wollte Ulysses sagen. Doch so etwas wie Barmherzigkeit hielt ihn zurück, er blickte in das erdfahle Gesicht des Gottes Apoll, der die Wunde seines geflügelten Wagens, diese schreckliche Verletzung betrachtete.

»Vielleicht ist es besser, ich steige aus«, sagte Ulysses.

»Wir haben nicht zu Ende geredet«, sagte Phoebus mit hauchdünner Stimme, »nehmen wir etwas zu uns in der Bar.«

Er stieg aus und schlug die Tür des Wagens fest zu, der inzwischen zu seinem Feind geworden war. Ulysses folgte ihm und beobachtete sein grimmiges Torkeln, während er, verschwitzt und verwirrt, bei Rot die Straße überquerte und mit Radfahrern und Wagenlenkern herumstritt, in einem steten Duell mit dieser Welt, in der es Menschen gab, die nicht in einer Loge eingeschrieben waren.

Sie kamen zu einer modernen Cafébar mit äußerst unbequemen Metallstühlen und einem Kellner, der aussah wie ein Fallschirmjäger. An den Tischen nur ein Paar, das sich nicht ansah, den Blick starr in Richtung Seychellen gelenkt. Zu ihren Füßen knurrte ein Zerberus mit Pedigree und krummen Pfoten, um sich ein Stück Brot zu verdienen. Phoebus bestellte einen Kamillentee und einen Whisky.

»Sie urteilen über mich, meine Mutter urteilt über mich, mein Bruder haßt mich«, sagte er mit einem Seufzer. »Aber was wißt ihr schon über mich? Ihr sorgt euch nur um den unglücklichen kleinen Bruder, der auf sein Schmerzensbett genagelt ist. Laß mich dir einfach meine Geschichte erzählen, Ulysses, ich duze dich; wenn man sich auf die Eier geht, duzt man sich. Ulysses, hast du jemals mit dem Bewußtsein gelebt, daß du, jedesmal wenn du nach Hause kommst, täglich ein verschlossenes Zimmer vorfindest, mit einem verrückten Wichser drin, der schreit und nach Scheiße riecht, und jeden Tag Medikamente, die gekauft werden müssen, Krankenhausaufenthalte, Probleme? Als ich klein war, zwang mich meine Mutter, mit Achilles gemeinsam in einem Zimmer zu schlafen. Er wachte schreiend auf, sabberte und machte sich in die Hose. Ich fuhr ihn im Kinderwagen herum, und er beleidigte mich. Wenn ich meine Freundinnen nach Hause brachte, erschien er mit seinem Riesenkopf und erschreckte sie. Ja, wenn ich so bin, dann, weil auch ich gelitten habe, und ich habe mir mein Leben, mein normales Leben geschaffen. Ist das ein Verbrechen? Es stimmt, ich hab' was gegen die Schwachen, die Unnützen, gegen die, die nichts produzieren, die in unser Land kommen, um Drogen zu verkaufen und Städte auszurauben.«

»Und Scheiben zu putzen und Fußball zu spielen«, fügte Ulysses hinzu.

»Ein Neger, der Fußball spielt, ist kein Neger«, sagte Phoebus, womit er einen Gedankengang zusammenfaßte, der offenkundig länger und strukturierter war, »und außerdem halte mir keine Predigten, für mich, für dich, für die Welt gibt es nur eine Wahrheit. Wenn du mitten auf der Straße stehst und Scheiben putzt oder Scheißdreck für eine Zeitung schreibst oder eine Bank verwaltest, dann ist der Motor von alledem Geld. Und Geld ist nicht nur notwendig, um ignorante Ärzte zu bezahlen und Rollstühle für zehn Millionen zu kaufen, soviel kostet der Scheißxanthos nämlich. Leben besteht auch aus schönen Dingen, aus einem Paar sportlicher Schuhe, die auch du hast, teurer Ulysses. Ich habe das Recht, gut zu leben, ohne daß mir jemand auf den Eiern rumtrampelt. Bin ich deshalb ein Ungeheuer? Ich bin ein freier Mann.«

Er war den Tränen nahe.

»Keiner verweigert dir das Recht zu leben, Phoebus. Aber das ist ein Recht aller, auch für Achilles.«

»Also komm, die Wohnung gehört ihm, meine Mutter kümmert sich ausschließlich um ihn. Eine großartige Frau, meine Mutter, nicht? Aber warum haben sie Achilles, als er mit diesem faulen Riesenkopf geboren wurde, so spät operieren lassen? War es nicht, weil sie hofften, daß er sterben würde? Ist es nicht so, daß diese ganze Güte aus etwas wenig Gutem kommt? Mit einem Wort, ich will in dieser Wohnung nicht mehr wohnen«, wiederholte er mit gesenktem Blick.

»Und wieso bist du noch nicht gegangen?«

Phoebus sah ihn ausdruckslos an. Er kippte den Whisky hinunter und schlug mit der Faust auf den Tisch. Ulysses dachte schon, er wolle ihn angreifen. Aber statt dessen sprach er mit leiser Stimme und ruhig.

»Ich wollte es dir nicht sagen, Ulysses, aber es gibt einen Grund, weshalb ich meinen Bruder verabscheue. Er war es, der unseren Vater getötet hat. Zuerst beleidigte er ihn nur, indem er ihn mit seinen Sätzen eines wahnsinnigen Dichters ans Kreuz nagelte. Mein Vater fing an, Ungeheuer zu malen, wie ein Automat, er war ein überaus tüchtiger Rechtsanwalt, er hat Achilles das Lesen beigebracht und die Philosophie, er wollte nicht in ein Institut gehen, und so lernte mein Vater nach der Arbeit mit ihm, auch die ganze Nacht über. Und er sagte zu ihm, geh doch, Papa, wenn es dir nicht gutgeht, wenn du es nicht fertigbringst, in dieses Zimmer zu kommen, geh, verschwinde. Er jagte ihn fort. Und ... ich hätte es dir niemals sagen mögen, Ulysses. Doch an dem Tag ... na ja, da stiegen die beiden zur Terrasse hoch. Ja, mein Vater war nicht alleine, auch Achilles war da, ich habe sehr wohl die Spur des Rollstuhls gesehen, sie war regennaß, und eine Laubschicht bedeckte sie, meine Mutter hat die Spuren verwischt. Mein Vater war nicht der Mann, der sich umbringt. Mein Bruder hat ihn hinuntergestoßen, mit dem Xanthos, der mehr kostet als ein Auto, er war es.«

»Ich glaube dir nicht«, sagte Ulysses, »daß du dir Luft gemacht hast, das war ehrlich, aber das letzte eben, das ist eine Sauerei oder auch ein Gespenst, von dem du dich befreien mußt.«

»Ich schwöre es bei allem, was du willst.«

Ulysses begriff, daß er es nicht mehr aushalten und nach kurzer Zeit schreien würde.

»Würdest du es bei Mironi schwören?« fragte Ulysses.

»Erzähl mir nicht, daß du ein Fan von ihm bist«, sagte Phoebus. Es war, als hätte er alles vergessen, schnell wie sein Auto.

»Fußball ist interklassistisch, überpolitisch und polytrop.«

»Ich weiß nicht, was für einen Scheiß du redest oder ob du dich über mich lustig machst, doch in diesem Jahr haben wir eine ganz schöne Mannschaft, und Sonntag fahren wir zu den Cousins und stopfen ihnen den Arsch voll.«

»In drei Wochen haben wir allerdings die Mannschaft des Duce hier.«

»Für mich wird es ein Drama. Das ist, als wenn ich zwischen Ehefrau und Geliebter wählen müßte«, lachte Phoebus.

Mit Schaudern dachte Ulysses: In irgendeinem dunklen Bereich meines Gehirns tut er mir leid und amüsiert mich, es ist, als würde ich eine Karikatur ansehen. Vielleicht ist er virtuell. Ein virtuell in die Zukunft Gerichteter.

»Los, Ulysses«, sagte Phoebus und schüttelte ihn an der Schulter, »morgen findet das entscheidende Spiel meiner Meisterschaft statt, ich will gewinnen. Sei nicht mein Feind, das würde dir nicht guttun.«

»Weder Feind noch Freund, es genügt schon, wenn du Achilles nichts antust.«

»Garantiert. Wir stecken ihn in die beste Klinik. Satellitenfernsehen, Krankenschwestern mit sprechendem Arsch. Und erinnere dich in jedem Fall: Jetzt, wo wir uns besser kennengelernt haben, weißt du, daß ich sympathisch und tolerant sein kann. Aber wenn du dir einen Scherz mit mir erlaubst, schwöre ich dir, daß deine Freundin dahin zurückfährt, wo sie geboren ist, als Nutte oder als Kokadealerin, und ich werde dir das Leben zur Hölle machen. Zum Abschluß, und falls du es noch nicht weißt, bald schon würden wir auch deinen Verlag kaufen können.«

»Ich weiß.«

»Und warum lachst du?«

»Gerade hat man auch deinen anderen Rückspiegel eingesackt.«

Das stimmte nicht. Aber Phoebus verschwand. Der Palazzo brannte völlig aus. Ursache unbekannt.

18. Kapitel

Mit einem Doppellindwurm, vielleicht demselben, der Phoebus' Auto verwundet hatte, kehrte Ulysses nach Hause zurück. Er aß, ohne den Tisch zu decken, pinkelte, ohne die Klobrille hochzuheben, trank ein Bier aus der Flasche, legte sich mit seinen Schuhen aufs Sofa. Er schaltete den Computer ein, ohne den Stecker einzustecken. Achilles' Nachricht erschien.

Von: musomania@liber.it
An: forgedit.lello@liber.it

Lello und Pilar waren die Hügel hinaufgestiegen und hatten sich ins feuchte Gras gelegt. Die Bäume hatten ihr Laub verloren, und der Himmel zeigte bereits die eintönige Glanzlosigkeit des Winters. Vor ihnen breitete sich eine große Wiese aus, auf der einige Helden in Turnanzügen Fußball spielten und einem völlig durchnäßten Fußball nachliefen, der schwer wie ein Stein war. Ein einsamer Camper, der beleuchtet war wie eine Krippe, verkaufte heiße Würstchen, und überall flogen Krähen herum. Das Auto zärtlicher Liebender war in einer Hecke verborgen, und ein zärtlicher Voyeur beobachtete es und onanierte hinter einer Zypresse. Es regnete, und die beiden bedeckten sich mit einem Plaid. Pilar zog eine Schachtel aus ihrer Tasche und drehte sich eine Zigarette mit einem Kräuterpharmakon, über dessen Wirkung die öffentliche Meinung auseinanderging.

Beim ersten Rauchring wurde er etwas gesprächiger, sie etwas weniger.

»Macht dich dieses Wetter traurig?«

»Ja«, sagte Pilar, »ich will mein Meer. Wir haben in einem Haus auf einer Klippe gewohnt. Meine Mutter machte Schmuck aus Muscheln, mein Vater kam von der Arbeit und malte Meere in Aufruhr, wie die Wut, die er in sich trug. Mein Bruder lebte immer im Wasser, er war eine Krabbe, ein Meeresungeheuer mit einem großen Kopf.«

»Möchtest du dahin zurück?«

»Ich weiß nicht«, antwortete Pilar, »wenn ich diese Bäume anschaue, denke ich, daß mein Platz nicht in einer Stadt ist. Ich möchte in einem Wald leben, wo Eiche und Buche, Dornenhecken und Moos gleiches Lebensrecht haben, allenfalls gibt es den einen oder anderen parasitären Pilz, der den Klugen spielen will. Wo du keine Bemerkungen über die Farbe deines Stamms hörst oder man dich scheel ansieht, weil deine Blätter zerzaust sind. Oder unter dem Meeresspiegel, wo keiner stärker und mächtiger ist als andere, dort frißt man sich gegenseitig mit gelassenem Appetit. Oder auf der Spitze eines Berges, wo ein Paar Handschuhe mehr wert sind als hundert Smokings. Dieses Land quillt über von kunstvoll gedrechselten Worten, das Fernsehen wiederholt sie hundertmal am Tag, es gibt kein Programm, das nicht irgendeine gute Sache sponsert. Und trotzdem ist es Tag für Tag rassistischer und gefühlloser geworden. Entweder seid ihr taub, oder diese Worte sind Heuchelei.«

Ein Flugzeug flog über den grauen Himmel, die Krähen krächzten zum Zeichen des Spotts.

Beim zweiten Rauchring schliefen die beiden Liebenden ein.

Ein Klopfen auf die Schulter weckte Pilar. Vor ihr stand die widerliche Schneegroßmutter, eine alte Frau in einem bis zu den Füßen reichenden Pelzmantel und mit einer Art rosa Häschen an der Leine.

»Signorina«, sagte die Alte, »erheben Sie sich von dort. Ich weiß nicht, ob Sie es wissen, aber heute morgen ist der Atomkrieg ausgebrochen.«

»Und das sagen Sie mir einfach so?«

»Das Fernsehen wiederholt doch ständig, daß man sich keine Sorgen machen müsse, daß es ein notwendiger Atomkrieg sei, um größeren Schaden zu verhindern. Und ich bin ja auch im Stadtzentrum gewesen, und alles geht wie gewohnt, mehr noch, es gibt zwei große Neuigkeiten: Rabattverkäufe und Chinesen. Und weil wir morgen schließlich alle tot sein können, haben die Geschäfte heute alles in den Ausverkauf gegeben. Stellen Sie sich nur vor, dieser Nerz zweihundert Euro. Und ich habe auch einen Cashmere für Mascherina genommen, mein Hündchen. Stimmt's nicht, daß ihm Fuchsienrot gut steht? Dann habe ich noch drei Schnellkochtöpfe und ein Fahrrad mit Kardioregulierer genommen, das man mir nach Hause schickt. Es ist richtig lohnend, in einen Atomkrieg zu geraten, jetzt kann ich endlich Einkäufe machen, wie ich sie mir immer schon erträumt hatte.«

»Und die Chinesen?«

»Ach, na ja, die sind zu Tausenden, zu Millionen in die Stadt gekommen. Alle gleich, mit grüner Uniform, es ist, als hätte man eine Riesendose grüner Erbsen aufgemacht. Manche haben Angst und laufen fort, manche schießen auf sie, doch auf mich wirken sie harmlos. Sie gehen durch die Häuser mit einem Handtuch über der Schulter und fragen, kann ich mal duschen? Ja, und dann kaufen sie auch noch die Ausverkaufsware, sie kommen mit turmhoch beladenen Einkaufswagen heraus. Ich sehe nicht, wo die Gefahr sein soll.«

»Aber heute abend müssen sie essen«, sagte Pilar, »und morgen auch.«

»Daran hatte ich gar nicht gedacht«, sagte die Alte, »ist ja möglich, daß die alles aufessen, die da.«

»Möglich.«

»Na ja, ich habe für Mascherina schon ein Kilo Entenpaté gekauft. Jetzt gehe ich in den Supermarkt und kaufe mir vielleicht eine Languste. Sagen Sie mir, wie sie aussieht?«

»Wie eine Krabbe, nur länger und röter.«

»Ich lauf' gleich hin, im Shop Eden verkauft man alles zu

Schleuderpreisen, zehn Euro ein voller Einkaufswagen, der eine und andere nimmt sich sogar die Kassiererin mit.«

»Was sagen Sie da?«

»Kommen Sie doch auch, Signorina. Das Atomleben ist eigentlich gar nicht so schlecht.«

Die Alte rollte die Wiese hinunter und fegte dabei das Gras mit ihrem Maxipelz. Der Himmel hatte sich verdunkelt, und ein merkwürdig rotes Licht tauchte das Gras, die Bäume und die ferne Stadt in Blut.

»Lello, Lello wach auf«, rief Pilar, »etwas Furchtbares geschieht!«

Doch Lello war bereits von einer Patrouille grüngekleideter Soldaten geweckt worden, die mit Knüppeln und Gewehren bewaffnet waren.

»Heh, Junge«, sagte der Sergeant in militärischem Ton, »du liegst hier auf der grünen Wiese, während die Chinesen sich unsere Frauen und unsere Duschen nehmen.«

»Komm und kämpfe mit. Ein Atomkrieg wird uns ganz sicher nicht abhalten«, sagte der Obergefreite.

»Habt Mut, wer ein Schwert hat, der schärfe es«, zitierte der einfache, aber gebildete Soldat.

»Wir überlassen unsere grüne Ebene nicht den Händen der Gelben.«

»Wie der große Schriftsteller Colonello Maragnani sagt, es gibt keinen Platz für alle.«

»Heute die Chinesen, morgen die Baresen.«

»Aber wer seid ihr?« fragte Lello.

»Wir sind die antidefätistische, die antipolygamistische, die antipazifistische Patrouille«, sagte der Sergeant, »die Stunde der Kapitulation ist gekommen.«

»Heh, du bist doch ein Vis, ein verfickter intellektueller Subversiver.«

»Und du eine Tlschoae, typische Latinoschönheit ohne Aufenthaltserlaubnis.«

»Wir haben euch erwischt«, sagte der Capopatrouille und richtete das Gewehr auf das Paar.

Lello und Pilar hoben instinktiv die Hände hoch und blickten auf der Suche nach Hilfe. Da merkten sie, daß die Fußballer nähergekommen waren, und der Ball, mit dem sie spielten, rollte mit einem seltsamen Geräusch, fast wie eine Klage. Bis ein stärkerer Tritt ihn auf den Kopf der drei Mistsoldaten beförderte. Es war ein Fußball außerhalb aller normalen Dimensionen, der wie ein Kanonenschlag aufprallte.

»Die Chinesen greifen vom Himmel an«, schrie der Sergeant.

»Laufen wir weg«, schrie der Obergefreite.

»Vielleicht kommen wir noch rechtzeitig für die Ausverkäufe im Sexshop«, rief der einfache, aber gebildete Soldat.

Und sie lösten sich auf, während sie in die Luft schossen.

Der Ball schüttelte sich Erde und Gras ab und kullerte vor Pilar. Es war kein regulärer Ball, sondern ein merkwürdiges Geschöpf mit Eierkopf und winzigkleinen Gliedern, ein lächelnder, zertretener Humpty-dumpty.

»Was für eine Grausamkeit«, sagte Pilar, »waren Sie der, den man mit Tritten traktiert hat?«

»In aller Bescheidenheit, ja«, sagte der da mit pfeifender Stimme. An irgendeiner Stelle verlor er Luft, doch glücklicherweise schien sie nach Minze zu duften.

»Und Sie haben sich nicht aufgelehnt?« fragte Lello.

»Nur so überlebt man«, sagte der Eierkopfmann mit traurigem Lächeln, »man muß das Spiel so spielen, wie sie es wollen. Auf den Kubus steigen und die tüchtige Negerin mit Rhythmus im Blut mimen, den tüchtigen Schriftsteller, der im Fernsehen neben dem Minister debattiert, den Behinderten, der Strohkörbchen flicht, den Alten, der glücklich und heiter auf einer Bank sich in Luft auflöst.«

»Was reden Sie denn da für sonderbares Zeug?«

»Stimmt, ich deliriere, meine Gedanken sind unregelmäßig wie meine Aufsprünge und meine Perversionen. Aber auch ihr beide seid unregelmäßig, zwei Quecken, zwei Gräser, die dazu noch Gras rauchen.«

»Sie sind von den Fußtritten benommen«, seufzte Lello und betrachtete den grauen Pilz, der sich über der Stadt ausbreitete, »aber wozu noch reden, die Welt wird untergehen.«

»Die Zukunft wird nicht mehr die gleiche sein«, sagte Pilar weinend, »aber wird es eine Zukunft geben?«

»Eine interessante philosophische Frage«, sagte der Eierkopfmann, sprang hoch und zischte einen geminzten Furz. »Existiert Zukunft, oder ist sie reine verlängerte Gegenwart und gedehnt wie eine Sprungfeder? Oder ist sie wiederaufbereitete Vergangenheit? Oder Netz, das der Tod bereits an sein Ufer zieht? Der weise Chiron fragte sich einmal: Sind wir Fliegen in einer Flasche oder Fische im Netz? Ist es sinnvoller, den Ausgang zu suchen oder das Schicksal resignierend hinzunehmen? Oder gibt es ein drittes Bild, um unsere Condition humaine zu beschreiben, und ist es das Labyrinth?«

»Erklären Sie es uns«, sagte Pilar, die versuchte, im gleichen Rhythmus mit ihm zu hopsen.

»Genau so ist es«, sagte der Eierkopfmann und drehte eine Pirouette, »wir befinden uns in einem Labyrinth. Wir können nur wahrnehmen, daß es Sackgassen gibt, und andere Ausgänge suchen. Vielleicht werden wir niemals den Ausgang zu Gesicht bekommen. Doch jedesmal können wir etwas dazulernen. Und doch hält der oftmals abenteuerliche Weg der Menschen inne. Die Fliege denkt, daß die Flasche die einzige Welt sei, der Fisch schlägt um sich und flucht. Theseus läuft weiterhin die gleiche Sackgasse auf und ab. Was fürchten sie, was hält sie davon ab, zu hoffen und sich einzulassen? Nun, sie haben Angst vor den vielen Wegen, vor den Unterschieden. Wie ist der Klang der Zukunft für sie? Das kurze Geräusch dieser Bombe und die lange Stille, die darauf folgt. Aber los, macht euch nicht zu viele Sorgen.«

»Und die radioaktive Wolke über der Stadt?« sagte Lello düster.

»Aber was denn für eine Atomwolke? Das ist ganz normaler Smog. Ihr werdet doch wohl nicht der verrückten Alten im Pelz geglaubt haben. Oder den drei Fanatikern in Uniform. Nichts Ungewöhnliches, die Welt dreht sich wenigstens noch zehn weitere Jahre.«

»In der Tat«, sagte Lello, »mein Handy funktioniert, und das ist ein unwiderlegbares Zeichen von Normalität.«

»Und ich sehe, daß die Lichter vom Shop Eden da hinten ganz normal brennen«, sagte Pilar, »aber Sie, Signor... Eierkopf oder Fußball oder Freidenker, kurzum, wer sind Sie?«

Das Geschöpf schien in sich zusammenzusinken, mit einem schrecklichen Pfiff von luftleerem Gummi.

»Ich bin ein philosophisches Ei, das eine eigelbzephalitische Behinderung hat und wahrscheinlich von einem krankheitsgeschwängerten Huhn geboren wurde, ein armer Embryo, unfähig, etwas zu wollen und zu fliegen, dem täglich fünfzig Tritte verabreicht werden und zwei Ampullen Medèn. Aber ich habe ein rotes Herz und eine eiweißige Seele, die beide einmalig und einzigartig sind. Die Leute denken, daß alle Eier gleich seien, und tatsächlich mag es ja auch so aussehen, wenn man sie unkonzentriert betrachtet. Aber es gibt viele Arten, ein Ei zu sein: Einige leben in Gemeinschaft, andere isolieren sich, einige sind stumm, andere schreien, einige vegetieren dahin, andere tragen ihre unbezähmbare Vitalität mit sich herum, es gibt welche, die eine Familie gründen, und welche, die ihr Leben lang alleine leben. Wir sind phantastisch verschieden. Nichts wie wir gleicht dieser Welt, denn die Welt ist ein Ungeheuer.«

»Das hat uns gerade noch gefehlt. Ein verrückt gewordenes Ei«, sagte Lello leise.

»Aber es ist immerhin sympathisch«, sagte Pilar. »Können wir etwas für Sie tun?«

Der Eierkopfmann antwortete nicht, er atmete so tief ein, als wollte er die ganze Luft der Welt einsaugen, und begann sich zu blähen. Er weitete sich unmäßig und thronte mitten auf der Wiese. Auf seiner Oberfläche zeichneten sich Flecken ab, ähnlich den Kontinenten und Meeren. Auf dem Kopf wuchs eine Wolke, gleich einer bizarren Perücke. Er begann zu knistern und zu knarren und seine Fugen auszufüllen.

»Die Erde ist ein Ungeheuer«, donnerte das Gigantenei, »wir sind alle Ungeheuer!«

Und explodierte und verwandelte die Wiese damit in einen Brei aus Eiweiß und Eigelb, einen klebrigen Tümpel, aus dem Lello und Pilar herausstiegen, indem sie sich am dritten Rauchring festklammerten.

Sofort suchten sie nach den Resten des Eierkopfmannes. Sie fanden den oberen Teil der Eierschale, mit den Augen und dem Mund.

»Armer«, sagte Pilar.

»Ein mit Fußtritten traktiertes Leben«, seufzte Lello.

»Keineswegs« sagte die Eierschale leise und rauh, »wißt ihr, auch ich habe Freunde gehabt. Einen mit einem Pferdegesicht, einen, der auf einem Atemhauch wandelte, einen Polytropen. Weißt du, was ein Freund ist? Einer, der dich nicht wie einen Rosenkranz betrachtet, an dem er seine Absolutionen abzählt, sondern als etwas Kompliziertes und Schmerzvolles, das gemeinsam mit dir geht, etwas, das du nie bis auf den Grund verstehst und das dich durchdringt. Während du sprichst, stehe ich von diesem Stuhl auf und gehe die Welt betrachten. Während ich rede, setzt du dich und entdeckst, daß du stumm bist, atemlos, mit festgenageltem Kopf und Händen, die nicht in der Lage sind, den Schlag abzuwehren. Dann weist das Leben uns unterschiedliche Wege zu. Du wirst die ganze Freude nehmen, die du nehmen kannst, ich bescheide mich damit, an einem Fenster zu träumen, du wirst wegen kleiner großer Schmerzen leiden, und ich werde dich gerade deswegen beneiden. Der Ort, an dem sich unsere Freundschaft und unser Neid begegnen, ist ein seltener Ort, und es würde genügen, daß du dich immer an ihn erinnertest, damit ich ein für allemal respektiert werde.«

Nachdem er das gesagt hatte, zerbröselte er mit einem Lächeln.

Der vierte Rauchring brachte Lello und Pilar wie ein fliegender Teppich in ihre Wohnungen und setzte sie dort für ihre gewohnten Beschäftigungen ab.

Anmerkung des Autors.

Lieber Ulysses. Ich habe dein Pharmakon auf dem Schreibtisch gefunden. Da ich es nicht rauchen konnte, habe ich's gefressen. Vielleicht hatte ich ein paar Wirkungen im Labyrinth meiner Neuronen. Ich bin unhöflich zu dir gewesen, und es wäre von Deiner Seite nobel, mir zu verzeihen. Ich weiß, daß Du eine schlimme Zeit durchmachst. Aber du bist eine Fliege in der Flasche, ich ein Fisch im Netz.

Morgen wird, wie Du weißt, ein Abendessen stattfinden, auf dem schwere Vorzeichen lasten. Vielleicht verkaufen sie meine Wohnung und stellen mich in irgendeinem Zoo aus. Mir würde es gefallen, wenn Du kommen könntest, um mir Gesellschaft zu leisten, weil es keine fröhlichen Stunden für mich sein werden. Wir könnten zusammen ein gesundes und reinigendes Frappé trinken, erotische Heptaphantasien entwickeln und über Bach sprechen. Komm vorher, um sechs. Nachher kommen blaue Autos und bewaffneter Begleitschutz. Noch ein letzter Hinweis. Um mir die Beleidigungen verzeihen zu lassen, ist es nicht so wichtig, daß Du pünktlich bist. Sagen wir, ich gewähre Dir dreißig Sekunden Verspätung. Danach gibt's Rizinusöl. Ciao, Achilles.

19. Kapitel

Ulysses war froh, daß er sich mit seinem Freund wieder ausgesöhnt hatte, spürte aber, daß ein Sturm nahte. Auch diese Nacht verbrachte er schlaflos und unruhig. Die Bäckerkrankheit wurde schlimmer. Im Halbschlaf fühlte er sich wie von kleinsten schmerzhaften Fäden gefangen. Er wachte vollends auf und sah, daß er wirklich von einem Spinnennetz aus Kordeln ans Bett gefesselt war. Er schüttelte sich wild und zerriß einige von ihnen. Und er sah, daß ringsumher eine Rebellion der Skriptmanuser ausgebrochen war. Sie waren aus ihren Höhlen zwischen den Seiten hervorgekrochen und hatten das Zimmer eingenommen. Sie waren auf dem Bett, auf dem Bücherregal, auf dem Fußboden, auf den Konsolen. Das Zimmer hatte sich in eine riesenhafte Plastik von Zinnsoldaten verwandelt. Angeführt wurden sie von Professor Colantuono, in der grauen Uniform eines Generals der Südstaaten. An seiner Seite der als Cowboy gekleidete Krimiautor Petrotto, der rittlings auf Foxfirst Fantomas saß. Dann der Schutzwachmann Polyphem an der Spitze eines Manipels nicht vergewerkschafteter Tagebuchschreiber-Polizisten. Auf dem Computer hatte sich der Stamm der Märchenautoren zusammengeschart, angeführt von einem Gnom mit Hellebarde. Auf dem Schreibtisch führte der Dichter-Bodybuilder von *Rambaud* ein Manipel von Dichtern in schwarzen Überwurfmänteln an. Auf einer Konsole scharten sich die Romane schreibenden Amazonen unter der Führung der brustentblößten Autorin des *Oralen Tagebuchs* zusammen. Und überall kleine Skriptmanuser in feindseliger Haltung, bewaffnet mit Federhalterchen und Büroklammern, einige hatten noch die Kordeln in der Hand, mit denen sie ihn zu fesseln versucht hatten. Zwei Soldätchen in der Uniform der Roten Armee, einer rundlich, der andere hoch und dünn, verteilten ein winziges Flugblatt.

Die Arbeiter der Sipel solidarisch mit den unveröffentlichten Skriptmanusern.

»Du hast dich zwar von unseren Fesseln befreit, aber nicht von uns«, sagte Professor Colantuono mit drohendem Ge sichtsausdruck.

»Du hast uns mit deinen Entschuldigungen und Verschiebungen ermüdet«, sagte der Schutzwachmann Polyphem. »Auch wenn du deine Sorgen hast, darfst du deshalb noch lange nicht aufhören, uns zu lesen.«

»Dich mit uns zu beschäftigen ist deine Pflicht«, sagte ein junger Romanschriftsteller in Ulanenuniform.

»Eine Pflicht, eine Pflicht«, echoten die anderen.

»Werd' ich noch tun, werd' ich noch tun, aber versucht doch, mich zu verstehen. Achilles krank, die Krise meines Verlegers, Pilar und die Aufenthaltserlaubnis, ich habe nicht einmal Zeit zu atmen.«

»Alles Ausreden«, bellte Foxfirst Fantomas, »du hast dich verpflichtet, allen zu antworten.«

»Skandal«, rief ein Minimalist, der nicht größer war als ein Zentimeter.

»Skandal, Skandal«, echoten die anderen.

»Einen Augenblick, einen Augenblick«, sagte eine schwarzgekleidete Gestalt, in der Ulysses Franz Kafka erkannte, »es ist offensichtlich, daß der Lektor Ulysses seine Verpflichtungen nicht eingehalten hat. Daher muß er bestraft werden, weil er den Geist der Sekte der Skriptmanuser verraten hat.«

»Richtig«, schrien alle.

»Daher verurteile ich ihn, morgen früh nicht etwa in Gestalt eines widerlichen Käfers aufzuwachen, sondern ganz einfach als ein x-beliebiges kleines Skriptmanus. Damit er die triste Lage des Nichtgelesenen, Nichtveröffentlichten, Nichtverkauften durchmacht und von seiner überheblichen Aufgeblasenheit eines Schreiberlings und Komplizen der Verlagsmafia herabstürzt in die Hölle der Verdammten.«

»Aber Franz, du hast doch veröffentlicht«, sagte Ulysses, »und ich auch.«

»Franz steht auf unserer Seite, und du findest doch gar keinen Weg mehr, noch etwas zu schreiben«, sagte Colantuono. »Achilles schreibt doch längst für dich.«

»Man verbrenne den Betrüger«, sagte eine Stimme.

»Säbeln wir ihm den Kopf ab«, sagte eine andere.

»Bereiten wir ihm ein Ende«, sagte eine dritte.

»Lassen wir ihn einstampfen«, sagte eine vierte.

»Immer mit der Ruhe, intellektuelle Genossen«, sagte Olivetti, »ich kümmere mich darum. Ulysses, verpflichtest du dich, von jetzt an zehn Skriptmanuse pro Tag zu lesen, wobei du denen bevorzugte Aufmerksamkeit schenkst, die aus der Arbeiterklasse kommen?«

»Das schaffe ich nie, ihr seid doch wahnsinnig«, rief Ulysses.

»Um so schlimmer für dich«, sagte Olivetti. »Ruft den Colonello Maragnani und seine bewaffneten Skriptmanuser herein.«

»Er ist nicht mehr bei uns«, sagte Petrotto. »Er hat gerade einen Vertrag über drei Bücher mit dem Mondial Verlag unterschrieben, dieser Faschistenbastard.«

»Darum kümmere ich mich«, sagte eine himmelblaue Fee, die aus einem Märchenskriptmanus heraustrat. Sie richtete den Zauberstab auf Ulysses, und der Arme fing an, sich zusammenzuziehen und zu verkleinern, bis er einen weißen, rauschenden Himmel über sich lasten fühlte, die unendliche Seite eines Skriptmanuses, die sich über ihm schloß und ihn zerquetschte wie ein Insekt, unter einem Stein, auf dem stand:

Hier ruht Ulysses. Er paßte nicht in unser Verlagsprogramm.

Er zappelte und versuchte, sich zu bewegen und zu befreien, und am Ende kam er unter dem Bettuch hervor.

Und natürlich wachte er auf.

Es hatte geschneit, doch leidenschaftslos. Jetzt besudelte ein schwärzlicher, eisiger Matsch die Stadt, die Leute rutschten, verstauchten sich Hand- und Fußgelenke, außerdem war der Verkehr chaotisch und schizoid. Gleitende Autos blockierten die Straße, Verwünschungen kamen von denen, die blockiert wurden. Große Jeeps drangen über Fahrspuren und Bürgersteige, überstolz auf ihre Ralleyreifen. Motoren husteten schrecklich, weil sie von ihren infarktgehämmerten Batterien im Stich gelassen worden waren. Wilde Rangen warfen mit Kugeln aus Eis, ein Bäcker im T-Shirt schippte Schnee vor seinem Geschäft und sang *White Christmas*. Eine Nänie von zu früh aufgetauchten Dudelsackpfeifern donnerte durch die Portiken.

Ulysses kam mit völlig durchnäßten Schuhen in die Redaktion, zog sie aus und verdreckte die Umgebung. Ihn empfing eine Circe in Galoschen und Leggings aus grobgewirkter Wolle, weniger Zauberin als sonst. Sie war nicht geschminkt und ziemlich blaß.

»Wie geht's, du Schöne?«

»Schöne zum Teufel. Vulcanus hat gesagt, daß er mich, wenn er in dieser Woche keinen Geschäftspartner findet, feuert.«

»Aber er hat dich doch überhaupt nie angestellt.«

»Dann stellt er mich noch weniger an, das heißt, er bezahlt mich nicht mehr.«

»Wo ist dieses Tier?«

»Am Telefon, seit einer halben Stunde, in seinem Büro.«

Er ging hinein. Vulcanus machte ihm ein Zeichen zum Gruß. Er schien mit dem von seiner fetten Hand verschluckten Handy sehr beschäftigt zu sein. Er telefonierte, und vor sich hatte er merkwürdige Bücher mit plastifiziertem Einband.

»Ja, machen wir das so, Paolino. Ich gebe dir die gesamte Reihe von *Fatal Fantasy*. Dazu sechs fast ganz neue Fußballspiele und die *Supermarcos*. Die gesamten *Picchiaduro* mit einem Preisnachlaß von dreißig Prozent. Nein, auf *Smazzola e crepa* kann ich dir keinen Rabatt geben, das ist nämlich eine Rarität. Na, also gut, *Smazzola e crepa* fünfzehn Euro, die anderen zehn. Dann habe ich noch *Dragon Fight, Dragon Sword* und *Dragon Move Your Body*, allesamt untertitelt in Japanisch. Insgesamt sind wir dann bei hundertneunzig Euro. Dann gibt es da noch die Reihe *Porcomondo*, neun Kassetten zu sieben Euro. *Zelda*? Nein, das verkaufe ich dir auch dann nicht, wenn du mich kaltmachst. Ich trete dir ein antiquarisches Stück ab, *Pacman*, eine Schweizer Sammlung hat mir tausend Euro geboten, für dich geb' ich's aber für nur fünfzig her. *Viali*? Nein, *Viali* nicht, bitte, damit spiele ich selbst. Komm, nagle mich nicht ans Kreuz. Einverstanden, einverstanden. *Viali*, dazu *Mafiosi* und *Trojanischer Krieg*. Macht insgesamt dreihundertfünfzig Euro. Einverstanden dreihundertzwanzig. Ich bringe sie dir alle heute abend.«

Klick.

Vulcanus nahm seinen Kopf traurig in die Hände.

»Ich habe gerade meine Videospielebibliothek von Playstation und Innuendo verkauft. Nie hätte ich gedacht, daß ich so tief sinken könnte.«

»An wen hast du sie verkauft?«

»An den Sohn eines Freundes von mir, ein fürchterlicher Spekulant von elf Jahren.«

»Du spielst mir doch was vor oder?«

»Leider nicht«, sagte Vulcanus, »ich habe nicht einmal mehr Geld für Zigaretten. Um die Miete zu zahlen, hab' ich mich zur Ader gelassen. Wir würden unbedingt eine Kapitalspritze brauchen.«

»Schon verstanden, schon verstanden, wir brauchen einen Geschäftspartner. Darüber werden wir noch mal reden.«

»Danke, Lello, du bist wirklich ein Freund«, sagte Vulcanus und lächelte wieder. »Könntest du mit Presenti telefonieren, vielleicht schreibt er uns das Vorwort für *Over 100*.«

»Glaubst du wirklich, ich würde den an die Strippe bekommen?«

»Versuch's, bitte! Übergewichtige Erzähler sind unsere letzte Quelle, um nicht vor Hunger zu sterben.«

»Ich bin Ulysses, vom Verlag Forge, Signorina, und würde gerne mit…«

»Professor Presenti ist im Ausland, empfängt die Studenten aber am zwölften Februar von fünfzehn Uhr bis fünfzehn Uhr fünfundvierzig. Möchten Sie sich in die Warteliste eintragen?«

»Ich bin kein Student, es geht um ein Vorwort.«

»Die Vorlesungen betreffend, findet die nächste am neunten März um zehn Uhr statt, sollte aber etwas Unvorhergesehenes dazwischenkommen, am zwölften Juni, ebenfalls um zehn Uhr.«

»Ich habe Vorwort gesagt, nicht Vorlesung, es handelt sich um ein Buch.«

»Für Interviews über seine Bücher rufen Sie bitte die Pressestelle donnerstags von neun bis zwölf an.«

»Es handelt sich um ein Buch über die Probleme junger übergewichtiger Schriftsteller.«

»Für Solidaritätsbekundungen durch Unterschrift rufen Sie bitte das Büro Aufrufe unter der folgenden Nummer an…«

»Also, was nun? Kann ich mit Professor Presenti nicht unmittelbar sprechen?«

»Natürlich.«

Eine musikalische Unterbrechung, »Pavane pour une enfante défunte«.

»Hier ist der persönliche Anrufbeantworter von Professor Presenti. Wenn Sie sich wegen eines Druckfehlers beschweren wollen, drücken Sie die Taste 1.«

»Für literarische Jurys, Taste 2.«

»Für Beschwerden über die Prüfungstermine, Taste 3.«

»Für die Mitarbeit an Zeitschriften oder für Vorworte, Taste 4.«

Die Taste 4 wurde gedrückt.

»Ist der Verlag im Ausland ansässig, drücken Sie das Rautensymbol, ist er italienisch, drücken Sie die Sternchentaste ...«

Sternchen.

»Wenn die Zeitschrift unter tausend Euro zahlt, drücken Sie das Rauten-Symbol, über tausend Euro die Sternchentaste ...«

Rautensymbol.

»Wenn es um eine philosophische Zeitschrift geht, Taste 1, Literaturzeitschrift, Taste 2, Zeitschrift über Geschichte, Taste 3, Underground, Taste 4.«

»Mann, laß dich in den Arsch ficken.«

»Für Beleidigungen auf Italienisch drücken Sie die Taste 1, für Beleidigungen auf Englisch die Taste 2, für Beleidigungen auf Altgriechisch ...«

Klick.

Kaum hatte er das warmherzige, intime Telefongespräch beendet, klingelte irgendwo in seiner Kleidung das Handy. Es befand sich in einer Innentasche des Jacketts, und es war Pilar. O voz triste y débil.

»Ciao, Ulysses.«

»Ciao. Stimmt was nicht?«

»Im Shop haben sie die Hälfte der Mädchen wieder eingestellt.«

»Gut.«

»Natürlich gehöre ich nicht dazu. Aber ich bin zufrieden, ich habe auch gekämpft. Ich freue mich für meine Freundinnen. Inzwischen bin ich ein Star in den Diskotheken. Ich werd's schon schaffen.«

»Du bist tüchtig und mutig, Pilar. Aber warum bist du so traurig?«

»Das hier ist angekommen. Ich les' es dir vor.«

Wir fordern Sie auf, am 27. November in der Einwanderungskontrollbehörde zu erscheinen zwecks wichtiger Informationen Ihre Aufenthaltsgenehmigung betreffend.

»Das ist übermorgen, Ulysses.«

»Vielleicht ist es ja auch nichts, eine ganz normale Routinekontrolle.«

»Hoffentlich. Aber ich hab' eine wahnsinnige Angst. Ich hoffe nicht, daß der Direktor des Shop Eden mit der Quästur telefoniert hat, um sich wegen der Gewerkschaftsdemonstrationen zu rächen.«

»Der? Der kennt doch überhaupt keinen in der Quästur, schließlich ist er ja nicht der Großmeister der Loge.«

»Dazu braucht man kein Großmeister zu sein, da reicht schon ein kleines Arschloch. Hör zu, können wir uns heute abend sehen? Ich bin so niedergeschlagen, ich brauche einen apoyo, ich meine etwas Unterstützung.«

»Heute abend, Pilar, muß ich einem Freund Gesellschaft leisten, hinterher erzähle ich dir alles. Ich schwöre dir, er trägt keinen Minirock, der würde ihm nicht stehen. Machen wir's doch so, um elf bin ich frei, komm mich bei ihm abholen.«

»Einverstanden, gib mir seine Adresse. Aber sei pünktlich.«

»Punkt elf vor der Crepa, diesem Riesenpalazzo im Zentrum, hast du ihn vor Augen? Neben dem Haupteingang der Bank gibt es einen Gewölbegang und einen Innenhof mit einem masochistischen Laokoon, einer häßlichen Marmorstatue. Komm in den Hof und warte da auf mich.«

»Ich werde dasein.«

20. Kapitel

Den ganzen Nachmittag schneite es weiter, aber der Schnee blieb nicht liegen, und so hatte sich statt der weißen Decke ein grauer Leim, eine Polarmayonnaise gebildet, die alles mit ihrer klebrigen Masse bestrich. Außerhalb der plutopolitischen Stadt Autoschlangen, die auf der Autobahn blockiert waren, mit Episoden von Kannibalismus und Schiebergeschäften um Kekse, abgeschnittene Ortschaften, Steinschlag, Lawinen. Zeus versetzte dem Duce und seinen Helfersknechten den letzten Schlag. Der Winter kündigte fünfzehn neue Virustypen an und achtzehn neue Handymodelle. Die Wirtschaft schnappte nach Luft. Die entlassenen Arbeiter wollten Züge stoppen, die allerdings schon vom Schnee gestoppt worden waren, daher gaben sie sich damit zufrieden, ein paar Autobusse hier und da zu stoppen. Der Lindwurm dreizehn hatte bereits zwanzig Minuten Verspätung, und Ulysses, der auf die Genossen fluchte, die nicht die Bedürfnisse der Genossen verstanden, faßte den Entschluß, zu Fuß die Tundra bis ins Zentrum zu durchqueren. Der Schnee fiel jetzt dichter auf alte verrenkte Frauen, die leblos am Boden lagen, und auf Winterschlaf haltende Autos. Ulysses hatte einen grünen Regenmantel übergezogen, den er auf einem kleinen Markt gekauft hatte, ein Überbleibsel irgendeines Walfängerschiffs. Er sah aus wie ein zerknitterter Riesenfrosch. Kam am soundsovielten vorzeitigen Dudelsackpfeifer und an ein paar Bettlern vorbei, denen er großzügig jeweils einen halben Euro zusteckte. Er betrat den Gewölbegang und sah, daß alles saubergemacht und die Bäume beschnitten worden waren. Phoebus' maledivenblaues Auto war in einer riesigen, silbergrauen Schutzhülle versiegelt.

Auch Laokoon sah weniger häßlich aus als sonst. Ulysses sah sich um, ob Feinde sichtbar waren, und stieg dann nach oben. Nicht die Mutter öffnete ihm, sondern ein junger Mann in weißem Jackett mit unleugbar thailändischen oder philippinischen Gesichtszügen, der ihn auf Infinitesisch ansprach.

»Sie sein Gast oder Freund Ulysses?«

»Freund Ulysses.«

»Da sagen Signora kochen.«

»Ich?«

»Nein, Signora jetzt kochen für Party heute abend. Dagegen Sie müssen unbedingt leisten Gesellschaft für Achilles.«

Das Hereinbrechen des Indikativs Präsens spornte Ulysses an, der das Zimmer des Freundes betrat, ohne auf das Glöckchen zu warten. Achilles wirkte ausgelassen und heiter. Er trug eine rote Zwergenmütze auf dem Kopf und gelbe Bergkniestrümpfe. Seine Nase tropfte, und auf dem Schreibtisch stand ein Tablett mit einem Stück Kuchen.

»Phoebus hat großmütig an mich gedacht«, sagte er mit erkälteter Stimme, »willst du der Ehre teilhaftig werden, mich zu füttern?«

»Schön blöd«, sagte Ulysses, »du hast auf der Terrasse im Regen bleiben wollen, und du bist krank geworden.«

Ich bin ein Baum, Regen tut mir gut.

Du bist ein Dickschädel, tippte Ulysses auf der Tastatur.

Auch in der Schule haben wir am Computer im Duett geschrieben.

»Du bist zur Schule gegangen?«

Ein auf Achillesse und ähnliche Gestalten spezialisiertes Institut, vor vielen Jahren. Da gab es bigotte Idioten und den einen oder anderen Tüchtigen, aber mit mir hielten sie's nicht aus. Und dann verstand ich mich auch nicht mit meinen Klassenkameraden. Kommt dir das komisch vor? Wir hassen uns auch gegenseitig, ja wirklich. Wir lieben uns natürlich auch. Ich hatte einen Freund, meinen Patroklos. Wir veranstalteten Wettrennen in den Fluren, ich mit Xanthos und er mit Ribot, seinem Reittier. Dann ging es ihm immer schlechter. Am Ende hatte er einen Spezialrollstuhl, den er lenken konnte, indem er in ein Rohr blies, er bewegte sich mit einem Atemhauch. Dann starb er. Ich war außer mir, ich trieb es bunt, ich betatschte Ärsche und fluchte auf Aramäisch. Man schloß mich vom Unterricht aus, dann kehrte ich zurück, aber ich hatte drei Krisen pro Woche. Sie überließen mich meiner Autodidaktik.

»Das hast du mir nie erzählt.«

Es gibt vieles, was ich dir nicht gesagt habe. Auch in einem regungslosen Leben regt sich vieles. Ich bin privilegiert gewesen. Meine Mutter und mein Vater haben mir eine Kultur mitgegeben, wie man so sagt. Ich habe über Jahre wie ein Irrer gelesen. Ich bin mit einer guten Sehkraft beschenkt worden, meine Augen sind mein wertvollstes Stück. Außer meinem rolandinischen Streitschwert, natürlich.

»Willst du, daß ich dir von den sechs Kubistinnen erzähle?«

Nein, das ginge zu weit.

»Dann darf ich dir sagen, daß Pilar mich heute abend abholen kommt. Um elf, hab' ich ihr gesagt, soll sie in den Hof kommen. Vielleicht kannst du dann ja ihre Stimme hören.«

Eifersüchtiger Plattschwanz, wieso nur die Stimme? Du mußt sie mir zeigen! Schwör's. Hinter dem großen Bücherregal befindet sich ein Fenster, das zum Hof hinausgeht. Schwör mir, daß du sie mir zeigst.

»Nun beruhige dich schon, Achilles, deine Hände wirbeln ja völlig herum. Ich werde wohl ganz wirklich noch eifersüchtig. Du willst sie dir also nicht nur vorstellen?«

Ich habe sie mir schon vorgestellt. Ich will sie wiedersehen.

»Sag das doch nicht, als wäre es das letzte Mal.«

Achilles lachte und deutete mit seinem Blick auf den gedeckten Schreibtisch.

O laß uns essen, mein Gefährte. Diese Torte möge unsere Freundschaft feiern, wie unter den antiken Achäern man sich den heiligen Kuchen teilte, die mykenische Offa, und danach trank man, und es folgte wohl auch mancher virile Griff, wie in allen Kasernen, und dann ging man Trojanern den Bauch aufschlitzen, mit dem Zutun gar vieler Götter, die nichts Besseres hatten zu tun ... Du rettetest deine Haut, wie immer schon, ich aber nicht. Dottor Dardani streckte mich nieder mit einer Intravenösen, abgeschossen aus dreißig Meter Entfernung.

»Empfange diese Speise im Namen des Herrn«, sagte Ulysses und fütterte ihn mit Sahne und Kirsche. Achilles schluckte es hinunter.

Danke, Gott Phoebus, für die Triglyceriden, die du uns schenkst. Ich werde stolz sein auf dich, wenn du zu den höchsten Ämtern der Wirtschaft und der Politik aufsteigst. Ein Bruder als Gangster, wer hätte das je gedacht! Und wenn man sich vorstellt, daß er als Kind Bombengeschwaderpilot werden wollte. Und wie du ja weißt, ein Indianerkrieger ...

»Diesmal hab' ich verstanden.«

Tüchtig. Ernähre mich, o Odysseus.

»Nimm dieses Blätterteiggebäck hin, das deine Mutter Thetis mit ihren Händen bereitet hat, indem sie zerstoßene Muschel, Korallen und Drachenkopfschuppen miteinander vermischte.«

Dieses Stück setzte sich quer. Achilles würgte und spie es einen Meter weit aus. Es folgten Flüche. Ulysses machte ihn, so gut es ging, sauber. Sie tranken eine Orangeade und rülpsten wie Flügelhörner. Dann hörten sie das erste Klingeln. Der erste Gast hatte die große Treppe erklommen. Achilles bat Ulysses, das Quartett in a-Moll, Opus 132, von Beethoven herauszusuchen und es mit voller Lautstärke abzuspielen.

Sie können mir Beethoven nicht zensieren, auch wenn er ein stocktauber Behinderter ist. Ich will die Verschwörer nicht kommen hören.

Es verging eine Stunde, vielleicht waren es auch zwei. Achilles döste vor sich hin, Ulysses durchstöberte die Bücherregale, fand eine alte Ausgabe des *Gordon Pym* von Poe mit wunderschönen Drucken. In einem gelangte Gordon Pym ans Ende seiner Reise, beim großen weißen geheimnisvollen Gespenst. Das Helldunkel der Tusche vermochte im Weiß der Seite einen Grad noch hellerer Luminosität von Weiß hervorzurufen, so etwas wie die Seele des Blatts. Er fand nicht nur Bücher, sondern auch gebrauchte Gegenstände wie zwei alte Batterien von Xanthos, einen Vorrat an titanischen Windeln, ein Foto von Achilles, als er klein war. Er wirkte wirklich wie ein Marsmännlein, aber letztlich sehen alle kleinen Kinder so aus. Er erforschte das Innenleben einer Pendeluhr und weitere alte Gegenstände in diesem seit Anbeginn der Welt reglosen Raum. Er lauschte einem knisternden Geräusch und stellte sich vor, dass es eine Maus sei, die an einem Buch nagt. Dann ein kleiner, dumpfer Schlag. Er hatte die Vision von der flüchtigen Maus, die von Poes ungeheuerlicher Katze gejagt wurde. Er fühlte sich fast wie bei sich zu Hause. Die Symphonie war zu Ende, und man hörte den Ausbruch eines schallenden Gelächters der Gäste.

»Götter des Meeres und der Bäume«, sagte Achilles, »straft sie.«

Bei dieser Invokation ging das Licht aus. Die ganze Wohnung stürzte ins Dunkel. Ulysses blickte durch den Fensterspalt. Auch die Stadt war dunkel, der Schnee hatte jeden Dynamo und Konvektor plattgedrückt. In der Wohnung hörte man besorgte Stimmen und das Geräusch unsicherer Schritte.

»Öffne die Tür«, sagte Achilles.

»Nein, wir haben versprochen, daß wir es nicht tun.«

»Öffne sie nur ein bißchen ... Ich will hören, was sie sagen. Jetzt sind sie im Dunkeln, blind, festgenagelt auf ihren Stühlen, ganz so wie ich.«

Ulysses öffnete die Tür, und man hörte den Kommentar zu dieser Katastrophe ...

»Das Licht ist ausgegangen«, sagte eine Frauenstimme dramatisch.

»Ein Blackout«, präzisierte ein Anglist.

»In der ganzen Straße«, fügte eine Stimme leise hinzu, und die war von niemand Geringerem als dem verehrungswürdigen Phorkys, »und möglicherweise in der ganzen Stadt.«

Und der Ton ließ durchscheinen: Möglicherweise in der ganzen Welt und im Universum, und die Sterne sind erloschen, und ein schwarzes Loch ist im Begriff, jede Lebensform und jeden Weltenkreis zu verschlingen.

»Jemand muß eine Kerze holen gehen«, rief eine pragmatische Stimme.

»Auch zwei«, präzisierte eine vorausschauende Stimme.

»Hoffentlich haben wir welche«, sagte die Mutter.

Ein entsetztes Schweigen folgte. Diese so mächtigen und kühnen Menschen, gewohnt, sich Prozessen und Barrikaden, Verkehrsstaus und Schlägereien in Fußballstadien zu stellen, zitterten jetzt angesichts dieser Urkatastrophe, zurückentwickelt zu Australopitheci mit Kreditkarte, zu juwelenbehängten Pithekanthropusdamen, zu Hominiden in Markenmammut.

»Ich gehe die Kerze holen«, sagte Phoebus.

Bewunderndes Murmeln ging durch das Rudel. Ein Mann, einzig mit Mut bewaffnet, voll der Solidarität gegenüber seinesgleichen, stellte sich dem feindlichen Dunkel einer Wohnung von gut dreihundert Quadratmetern, um eine rettende Kerze zu finden und sich dabei Kanten und Stegosauriern zu stellen. Gab es da noch einen Zweifel, daß einem derartigen Manne eine politische Karriere zustand? Alle verharrten aufmerksam und zitternd, als sie Phoebus' Schritt folgten, der im Korridor widerhallte. Beim schwachen Licht eines Feuerzeugs näherte sich der Mutige Achilles' Zimmer, stieß gegen einen Stuhl und fluchte artig, dann öffnete er einen Schrank mit allem möglichen Krimskrams. Er versengte sich den Daumen mit dem Feuerzeug, wieder verfluchte er die Götter, doch kurz darauf hielt er die schwerumkämpfte Kerze in seiner Hand, zündete sie an und steckte weitere in seine Tasche. Dann verließ ihn plötzlich der Mut, und er wollte eilig zu seinem Rudel zurück, doch weil er, wie alle Heroen, zur einen Hälfte unbesiegbar und zur anderen Hälfte ein Idiot war, ging, einem elementaren Gesetz der Physik folgend, beim Laufen die Kerze wieder aus. Wieder zündete er sie an, dieser halsstarrige Prometheussohn, und bewegte sich diesmal langsam vorwärts. Kurz darauf verkündete ein aufbrausender Beifall die Rückkehr des Helden. Ein derartiger Mann verdiente allemal einen Sitz im Parlament!

»Heh«, sagte Achilles, »amüsieren wir uns doch auch. Zünde die Kerzen an und stecke sie auf Xanthos. Zwei auf die Rücklehne und zwei auf die Armstützen.«

Ulysses tat es. Jetzt wirkte der Freund wie eine reglose Gottheit auf dem Thron.

»Gehen wir auf die Terrasse«, sagte Achilles, »Schwester Dunkelheit hat die Welt erobert. Ich will die Stadt zu meinen Füßen sehen.«

»Wir können das Zimmer nicht verlassen«, wandte Ulysses ein, »ich hab's deiner Mutter versprochen.«

»Komm schon, nutzen wir die Dunkelheit aus, nur einen Augenblick, keiner wird was bemerken. Vom Eßzimmer aus kann man die Fenstertür der Terrasse nicht sehen. Verlieren wir keine Zeit. Dieser Blackout ist ein Wink der Götter.«

»Einverstanden«, sagte Ulysses, »aber ich werde dich schieben. Xanthos macht zuviel Lärm.«

Er zog den grünen Regenmantel an, rückte Achilles' Mütze zurecht, und das eigentümliche Gefährt aus einer anderen Welt fuhr auf den Korridor hinaus. Ein Thron aus schneeweißem, tetraluminiszierendem Marmor, der sich still auf Rädern fortbewegte. Darauf ein Wesen mit rotem Kamm und gelben Entenfüßen, einem Gesicht, das wie aus Holz geschnitzt wirkte, mit voller Stirn und bezahntem Mund, ein

Idol, halb Mensch, halb Tier. Vielleicht Podasokus, Beschützer der Bäume des Dschungels und Gott der Nacht. Ihm folgte ein Priester oder vielleicht eine zweite Gottheit, ein Eidechsenmann mit grüner Haut, vielleicht Ulikasi, ein polygamer und polytroper Gott, Beschützer der Skriptmanuser und Kubistinnen. Sie schritten zur Heiligen Opferterrasse, im rituellen Schein der Fackeln. Als sie vor dem Tempeltor waren, vernahmen sie in ihrer Nähe das Klingen von Besteck, Lachen und höhnisches Feixen. Die Sterblichen aßen. Ihre elendig metabolische Zeit hatte die Angst vor dem Dunkel längst schon verjagt, die Stille, die diese kosmische Warnung ihnen auferlegt hatte, war durch Bemerkungen über vermeintliche Berührungen, Füße, die sich unter dem Tisch ineinanderschlangen, sogar durch einen schurkischen Furz, den keiner für sich in Anspruch nahm, sowie Beschuldigungen gegen die Fehler der Elektrifizierung durch vorausgegangene Regierungen, die der unschuldige Duce geerbt hatte, entweiht worden.

»Öffne das Fenster«, sagte Achilles.

Doch das Fatum, das in der einen oder anderen Falte des ewigen Dunkels im Hinterhalt lag, schlug zu. Ein Tropfen kochendheißen Wachses rann auf Ulysses' Hand, die neben den Befehlssteuerungen von Xanthos lag. Der Schmerz ließ Ulysses eine unbedachte Bewegung ausführen, mit der er den Joystick in die schnellste Position brachte, die, die den Galopp des Reittiers auslöste. Das Xanthosmobil sauste mit der Wahnsinnsgeschwindigkeit von neun Kilometern pro Stunde los. Achilles sah sich auf die Fenstertür zurasen, es gelang ihm, im letzten Augenblick nach links abzudrehen.

Doch links lag das Eßzimmer.

Dies war die Szene, die sich den aufgeschreckten Tischgenossen darbot.

Aus dem Dunkel tauchte ein feuriger Wagen auf, gelenkt von einem Ungeheuer mit einem bleichen, riesigen Schädel, er fuhr voll in den Sevierwagen mit dem gesottenen Fleisch und verstreute Eingeweide und Brühe, stürmte auf einen zweiten Wagen zu und zermalmte Nüsse, und schließlich schleuderte er gegen den Tisch, wobei er Signora Phorkys, Dottor Dardani und einen bekannten Strafverteidiger niederwarf.

Die Blicke aller richteten sich auf den Eindringling und warteten auf die nächsten Übeltaten. Achilles machte ein kleines Zeichen der Entschuldigung.

»Was ist das Ding da mit den Kerzen?« rief Signora Phorkys entsetzt.

»Ich bin die Torte«, sagte Achilles, »meinen Glückwunsch, Phoebus.«

Der Strom kehrte plötzlich zurück und breitete sein Licht über dem Drama aus. Phoebus fing an, das Vorgefallene zu erklären, wobei er jede dialektische Färbung einsetzte, von der Wut bis zum Mitleid, von der brutalen medizinischen Wahrheit bis zum klagevollen vorgetäuschten Weinen, im Bewußtsein, daß dies sein Examen als Lügner war. Die Mutter begleitete Achilles wieder in sein Zimmer, ohne das Wort an ihn zu richten. Zu Ulysses sagte sie leise:

»Das habe ich nicht erwartet, Sie haben mein Vertrauen mißbraucht.«

»Signora, ich schwöre Ihnen, es war ein Unfall«, sagte Ulysses.

Die Tür schloß sich wieder hinter ihnen. Achilles lächelte, er roch nach Consommé.

Es war kein Unfall. Das hat das Fatum für uns gesponnen. Xanthos ist von alleine geflogen.

»Es tut mir leid, es tut mir leid«, sagte Ulysses mit dem Kopf zwischen seinen Händen.

Mir nicht. Ich habe mich amüsiert, ich habe mich noch nie wie eine Torte gefühlt. Das wäre doch ein guter Gebrauch, den man von mir machen könnte. Mich aufessen. Geschmort. Oder au feu de bois. Fleisch warst du, und Fleisch wirst du wieder werden.

»Achilles, dafür werden sie dich bezahlen lassen. Wie kannst du dich nur darüber lustig machen?«

Über kleine Schmerzen zu lachen ist die Erleichterung der Schwachen. Über dem Abgrund zu lachen ist wirklich Heldenart.

»Du bist ein episch-symbolistischer Snob.«

Und auch ein spastisch-sophistischer. Doch bringen wir jetzt den Abend gut zu Ende. Auch wenn ich kein guter Junge war, laß mich Pilar sehen.

Ulysses sah auf die Uhr, es war fast elf. Er hätte die Verabredung fast vergessen. Sie fuhren hinter das größte Bücherregal. Dort befand sich ein Fenster, das Ulysses immer für zugemauert gehalten hatte, verdeckt mit einem dem Tapetenmuster entsprechenden Vorhang. Er zog den Vorhang auf und öffnete das Fenster, die Kälte kroch herein, die Läden sahen aus, als wären sie seit Jahrhunderten blockiert. Er mußte die Verriegelung öffnen, indem er mit einem Buch darauf herumschlug. Er zog fest an, und die Fensterläden öffneten sich mit einem Knall, sie spuckten Staub und Holzsplitter aus. Das Zimmer wurde sofort von einer Eiseskälte durchdrungen. Ulysses legte auf die Schultern seines Freundes den Vampirnonnenschal. Doch Xanthos war niedrig, das Fensterbrett hoch, und Achilles konnte nicht hinunter in den Innenhof sehen. Da nahm Ulysses ihn auf die Arme. Er wog soviel wie ein Kind, er hatte es sich nie klargemacht, wie mager er war. Achilles legte seinen wiegenden Kopf auf Ulysses' Schulter. Sie waren jetzt eine Statue, eine Pietà für starke Gemüter, eine wenig angeleuchtete Statue über dem vollgeschneiten Innenhof.

Ich hoffe nur, daß Pilar pünktlich ist, dachte Achilles, und Pilar tauchte auf. Sie kam herein, ihr Schritt war vorsichtig, um nicht auszurutschen. Die peruanische Mütze mit Ohrenschutz bedeckte ihr Haar, sie sah aus wie eine Elfe, eine komische Elfe mit großen Augen.

»Pilar«, rief Achilles sie, sie schaute auf und sah dieses Ding am Fenster, die beiden Kreaturen, die sich auf so merkwürdige Art umarmt hielten, und vier Augen, die sie ansahen. Eine Hand grüßte sie.

»Die Haare«, sagte Achilles leise und sah sie verzaubert an.

Als hätte sie diesen Ruf verstanden, nahm Pilar die Mütze ab, die Kaskade schwarzer Haare bedeckte ihre Schultern. Sie schüttelte sie, Schneepulver fiel von ihnen herunter. Dann machte sie eine Bewegung mit weitgeöffneten Armen, als wollte sie sagen: Siehst du, wo ich gelandet bin, ich, typische Latinoschönheit, inmitten dieses trostlosen Sibiriens. Und sie deutete einen Tanzschritt an, eine Samba, als Herausforderung an die Kälte.

Achilles sprach einige verwirrte und unverständliche Worte aus. Sein Atem war keuchend. Dann sagte er:

»Setz mich wieder ab, Ulysses. Geh zu ihr.«

»Ganz ruhig, was soll die Eile ...«

»Ja, ich bin in Eile. Es fehlte das letzte Kapitel der Geschichte, ich muß es schreiben.«

Ulysses spürte ihn aus seinen Armen gleiten, und es war, als würden sie sich trennen, als würde der Freund weit wegflüchten. Er reagierte auf dieses unschöne Gefühl, schloß das Fenster und versuchte zu sprechen, doch Achilles antwortete nicht. Sie verharrten eine Weile still, dann verabschiedeten sie sich hastig.

Ulysses jagte die Treppenstufen hinunter, umarmte Pilar und küßte sie leidenschaftlich unter den Augen des eingeschneiten Laokoons und des Begleitschutzes von Phorkys. Immer noch im Eiltempo, gelangten sie zur Haltestelle des letzten Lindwurms in dieser Nacht. In dessen warmen Bauch fuhren sie durch die Straßen des Zentrums. Die Stadt war beinahe schön, neu entworfen vom Schnee, die weißen Bäume wogten stolz mit ihren Wipfeln, unendlich viel schöner als jede Lichtreklame und jedes Schaufenster.

»Jetzt wirst du mir erklären, was für einen Typ von Liebhaber du dir da zugelegt hast«, sagte Pilar.

»Das ist eine lange Geschichte«, sagte Ulysses.

21. Kapitel

Von: musomania@liber.it
An: forgedit/lellulysses@liber.it

Nur der Schmerz lehrt, was das Leben ohne Schmerz ist.

So stand es auf einer Marmorplatte am Eingang zur Klinik Philoktet... Die Klinik war die luxuriöseste in der Stadt und ihr Chefarzt, Professor Lello Pistori, der am höchsten geschätzte und am häufigsten konsultierte Arzt. Er hatte ein gewaltiges Stück Weg seit den Tagen seiner Promotion zum Doktor der Medizin zurückgelegt, summa cum laude, mit einer Dissertation über *Das süße makrokranische Syndrom bei schreibbesessenen Patienten, der Fall des Tortenmannes.* Dann der lange Weg als Stationsarzt, die notwendige Mitgliedschaft in einer Freimaurerloge, bis hin zu den ersten Erfolgen und der Weihe zum Neurologen von internationalem Ruf. Für die Klinik Philoktet mußte man sich Monate im voraus anmelden. Ein Vorraum, der wirkte wie die *Hall* eines Flughafens, allermodernste Abteilungen, überall Blumen und Krankenschwestern, die Tänzerinnen auf Kuben zu sein schienen. Und außerdem wurde der eine und andere geheilt.

Auch an diesem Morgen machte Professor Lello seine Visite bei den Patienten, doch Visite war ein reduktiver Ausdruck, nennen wir es Defilee, Triumph, Exhibition zwischen den Flügeln junger vorläufiger Bewunderer und in der kriecherischen Begleitung der Professoren Colantuono und Dardani. Ja, er, Professor Lello, besaß wirklich alles: Charisma, Geld, Ansehen. Und eine wunderschöne Gattin, Pilar de Patoreal, reiche Erbin aus Südamerika, die er auf der Station für Kardiologie kennengelernt hatte. Sie hatte einen Schmerz in der Brust, er beruhigte sie zuerst mit einem Elektrokardiogramm, dann mit ein paar Abendessen, dann mit der Eheschließung.

Hochelegant, in einem muletaroten Kostüm, betrat Pilar die Klinik und begab sich mit herrischem Gesichtsausdruck zum Informationstresen, hinter dem weiß die schöne Sekretärin Briseis strahlte. Zwischen den beiden gingen flammende Blicke hin und her. Der Grund dafür waren gewisse Gerüchte auf den Korridoren, die von einem vermeintlichen Beischlaf zwischen Briseis und Lello in der Röhre des Computertomographen wissen wollten.

»Ist mein Mann bei der Visite?«

»Ja«, sagte Briseis, »das wird wohl noch eine Stunde dauern.«

Pilar ging mit klappernden Absätzen den Korridor der Ambulanzen hinunter und nahm den Aufzug zum dritten Stock, der neurologischen Station. Dort begab sie sich zur Suite dreizehn. Sie klopfte an. Von innen ertönte ein zweifaches Glockenzeichen.

In der Suite befand sich, zwischen Blumen, Telegrammen und Sportzeitungen, Jean Achilles, der große Formel-eins-Rennfahrer, der auf einen Rollstuhl reduziert war. Nach dem Unfall von Monte Carlo konnte er nur noch den Kopf und die Hände bewegen, ein Bein war eingegipst, und er trug immer einen Wollhut, denn die eine Hälfte seines Gesichts war verunstaltet, doch seine herrlichen kastanienbraunen Augen bezeugten noch immer seine alte Faszinationskraft, die ihn zum Sexsymbol für Millionen Frauen machte. Er sah Pilar leidenschaftlich an und sagte:

»Löse deine Haare.«

Sie löste sie. Danach zog sie den Rock und die Bluse aus, peruanische Unterwäsche kam zum Vorschein, und die war unwiderstehlich sexy. Mit typischer Latinohingabe stürzte sie sich auf Achilles und knöpfte ihm die Hose auf. Achilles war berühmt für seine schnellen Starts, und in weniger als einer

Sekunde hob sich der gefeierte Kolben, um den herum Pilars Mund zu tanzen anfing. Achilles schloß seine Augen und atmete den für sie typischen Duft eines Parfums mit Apfelessenz ein.

Doch die mündliche Prüfung dauerte nur kurz, denn gleich stand Pilar wieder da, war nackt und keuchte.

»Ich kann nicht mehr widerstehen, Jean«, sagte sie, »ich habe diesen Augenblick die ganze Nacht herbeigeträumt.«

Und mit einem Satz warf sie sich auf ihn und brachte die Struktur des Rollstuhls zum Erzittern. Dann ritt sie ihn wild. Bei jedem Hüftstoß verschob sich der Rollstuhl um einen halben Meter, bis er schließlich eine volle Runde im Zimmer zurückgelegt hatte. Dann nahm Pilar den Geliebten in ihre Arme, hob ihn mit selten gekannter Kraft hoch und legte ihn aufs Bett, immer noch mit steifem Schwanz. Wendig kletterte sie auf den Schrank, und von dort sprang sie mit unglaublicher Genauigkeit so auf ihn, daß sie eine blitzschnelle Sodomie erreichte.

Nachdem auch dieser Akt ausgeführt worden war, richtete sie gekonnt die Scheiben her, die dazu dienten, das eingegipste Bein zu stützen. Sie hielt Achilles am Hals fest und die Füße am Zugseil in hochwaagerechter Stellung, den Hintern zur Decke gewandt und den Schwanz nach unten gerichtet. Dann legte sie sich mit geöffneten Schenkeln aufs Bett und betätigte den Motor des Zugseils, sie begann, den vorspringenden Geliebten auf ihre Maus herunterzulassen. Ja, schrie sie, ich bin der Mond und du das Modul, ich die Lagerstätte und du der Bohrer. Sie war nicht nur schön, sondern auch pervers und voller Phantasie. Jean Achilles vervielfachte, wenn irgend möglich, die Kraft seiner Erektion, und die beiden waren inzwischen nurmehr wenige Zentimeter vom ersehnten Einschlag entfernt, als die Tür aufging und Professor Lello mit vierundzwanzig Ärzten und Krankenpflegern erschien.

»Und das«, sagte er, »sind unsere neuen Rehabilitationstechniken.«

Alle lachten. Was für eine Klasse dieser Professor doch hatte, auch noch in derartigen Augenblicken.

PS. Ich erwarte Dich heute um drei für die letzte Überraschung. Ciao. Jean Achilles.

Ulysses lachte aus vollem Herzen. Wenn der Freund noch derartige Reserven an Humor hatte, war nicht alles verloren. Vielleicht hatte der Zwischenfall eine geringere Dimension angenommen, vielleicht war auch Phoebus in der Lage gewesen, darüber zu lachen. Nur dieses »die letzte Überraschung« beunruhigte ihn ein bißchen.

Das alles dachte er in einem Sträflingsschlafanzug vor einem von Dampfschwaden vernebelten Fenster. Bis tief in die Nacht hinein hatte er Pilar die Geschichte seiner Begegnung mit Achilles erzählt, und sie hatte ihm zugehört. Dann, nach einem vielversprechenden Austausch von Küssen, hatte er zitternd gesagt: Jetzt weißt du nicht, was ich mit dir mache. Und er hatte sie wirklich überrascht. Nach dem schüchternen Versuch eines Überfalls war er vor Müdigkeit zusammengebrochen und hatte sich zusammengezogen und geschlafen. Als er um zehn Uhr aufgewacht war, war sie nicht mehr da, sie hatte ihm einen Zettel zurückgelassen: *Bis bald, amori miei.*

In Ulysses' Kopf drängten sich die Worte der Nacht. Sie hatten beschlossen, daß, da auf dem Dokument der Quästur eine Bevollmächtigung vorgesehen war, er dort hingehen würde. Anfangs wollte das die typische Latinoschönheit nicht, aber dann hatte sie sich überreden lassen. Genaugenommen, hatte sie eingeräumt, kann ich nicht ausschließen, daß ich bei der ersten Bemerkung über meine Titten den Typen auf gargantische Weise aufspießen könnte. Während Pilar überaus pasionaria war, war Ulysses ein schlitzohriger Hurensohn. Lügen zu erzählen war eine seiner Spezialitäten. Dann beschützt du mich also, mein Hidalgo? hatte sie ihm ins Ohr gehaucht. Er hatte geantwortet: Ich beschütze dein, aber auch mein Leben, denn ohne dich yo soy perdudo. Perdido, hatte sie ihn verbessert. Ein Polygamer und Polytroper kann kein romantisches Hispanisch sprechen.

Dann durchquerte Ulysses die Stadt bis zum plutopolitischen Viertel, wo Achilles' Palazzo thronte. Im Innenhof war der Schnee geschmolzen, und eine Regenrinne entleerte sich genau auf die Motorhaube von Phoebus' Auto. Tragödie in Sicht. Ulysses zog seine Uhr zu Rate und bemerkte, daß er verfrüht war. Er kaufte eine Zeitung und setzte sich zum Lesen auf eine Bank, mit Blick auf den Hintern des Laokoon. Große Neuigkeiten: Die Amerikaner bedrohten China: Ihr seid zu viele und verbraucht zuviel Wasser. Es folgte ein Interview mit dem Bestsellerobristen Maragnani: Bombardiert sie, bevor es zu spät ist. Nachrichten aus dem Inland: Die Regierung verabschiedete ein neues Gesetz für die parlamentarische Impunität, einschließlich des Mehrfachmordes, doch die Prozesse des Duce gingen mittlerweile in die fünfzig, man dachte daran, das großartige Resultat mit einer Zeremonie zu feiern. Schlechtes Wetter: Auch die Erdstürze stürzten nieder. Lokalteil: Phoebus neuer Vorstandssprecher der Crepa. Sport: Fast ausgeheilt der Meniskus von Mironi. Und dann, Überschrift des Leitartikels:

Untersuchung in den USA: Pornofilme verunsichern Männer.

Nach der Nacht der Keuschheit mit seiner angebeteten Pilar haben wir Ulysses Isolani interviewt, den großen Star des Wenigpornos, des beruhigenden Pornos. Der Rotlichtmarkt befand sich in der Krise, denn seine großen Irrtümer und die nicht aufhörenwollenden Ritte deprimierten die normalen männlichen Liebhaber, die keine Videokassetten mehr kauften. Gegen diese Gefahr ist das Wenigporno gegründet worden, was heißt: Softpornofilme, in denen man Schauspieler mit erschlafften Schwänzen sieht, zittrigen Halberektionen und vorzeitigem Samenerguß. Der berühmteste Star dieses neuen Filmgenres ist Ulysses Isolani, der gemeinsam mit den Pornostars Circe Curly und Pilar Duck Meisterwerke wie »Neuneinhalb Sekunden«, »Neverhigh« und »Wenn du ihn findest, kommst du«. Wir haben ihn gefragt: Was ist Ihr Geheimnis, daß Sie es nie schaffen?

Hilfe! rief Ulysses.

»Gibst du mir ein Geldstück?« sagte eine Stimme.

Ulysses wachte auf. Vor ihm stand ein Junge, der wankte und blaß war.

»Ich geb' dir eins, aber iß was, siehst du denn nicht, wie du aussiehst?«

»Aber ich schlafe wenigstens nicht auf Bänken ein«, sagte der Junge.

Ulysses suchte nach einer passenden Antwort, fand sie aber nicht. Er dehnte die erstarrten Glieder und stieg langsam die Treppe des Palazzos hoch. Das Bild des heiligen Georgs war nicht mehr da, auf der Wand war ein großer heller Fleck verblieben. Wer hatte es abgenommen?

Die Mutter wartete in einem schwarzen Kleid auf ihn und ließ ihn im Muschelsalon Platz nehmen. Sie hatte gerötete Augen vom Weinen und eine matte, strenge Stimme.

»Wir haben einen Beschluß gefaßt, Signor Ulysses. Achilles wird in die Klinik kommen.«

Ulysses fiel in den Sessel.

»Nein«, sagte er.

»Nach den ... Merkwürdigkeiten von gestern abend hat er eine äußerst schlimme Krise gehabt. Er war dem Ersticken nahe. Er redete wirres Zeug, sprach seltsame spanische Namen aus. Und dann hat er auch noch Fieber, eine beginnende Lungenentzündung. Ich habe ihn jahrelang beschützt, aber jetzt ist mir klar, daß er, wenn er hierbleibt, innerhalb kurzer Zeit sterben wird. Ich habe ein bißchen von seiner Würde gerettet, jetzt rette ich das, was ihm noch von seinem Leben bleibt. Auch er ist einverstanden, er war sehr einsichtig, er hat sich überzeugen lassen. Er akzeptiert die Klinik sehr gefaßt.«

Sie redete hastig und nestelte dabei an ihrem Kleiderkragen herum. Sie sprach zu sich selbst. Sie ist müde, dachte Ulysses, sie will heraus aus diesem Labyrinth des Schmerzes, sie will das wenige retten, das von ihrem Leben, dem Leben der Thetis, übrigbleibt.

»Ich bin nicht Ihrer Meinung, Signora. Aber Sie sind so viele Jahre lang Achilles nahe gewesen, ich dagegen nur eine Woche. Ich hab' wahrscheinlich leicht reden.«

»Sie haben viel für Achilles getan. Ich habe ihn noch nie soviel schreiben und so in Anspruch genommen gesehen. Doch die Krankheit schreitet schneller voran als er, schneller als wir es erwarten konnten. Er hat mir gesagt, er habe ein Geschenk für Sie. Ich bitte Sie, kommen Sie ihn besuchen, wenn er in der Klinik sein wird.«

»Ich werde kommen, Signora.«

Er trat ein, ohne das Zeichen des Glöckchens abzuwarten. Achilles saß in der Nähe des Fensters und sah hinaus durch die Lamellenspalten des Fensterladens. Das Licht erhellte seinen Nacken und seine Haare, die kurz und glatt schimmerten, sie erinnerten ihn an den Kopf eines kleinen Kindes, an den Klassenkameraden in der Bank vor ihm. Er drehte sich um. Auf dem Schoß hatte er einen großen Briefumschlag und einen Beutel. Er fuhr zum Computer und sang dabei eine Canzone mit geschlossenem Mund.

Überrascht, mich so weit weg von meinem sonstigen Dunkel zu finden? Ich will dir ein Geheimnis anvertrauen, Ulysses. Ich habe nicht immer in meinem Aquarium aus Halbdunkel gelebt. Vor Jahren ging ich oft ans Fenster und beobachtete die Leute im Hof, ich belauschte ihre Unterhaltungen ...

»Achilles ...«

Unterbrich mich nicht. Ich belauschte sie, ich erkannte ihren Gesichtsausdruck nur undeutlich und konnte ihre Worte nicht hören, aber ich stellte sie mir vor. Ich phantasierte mir vor, daß es glückliche Unterhaltungen sein müßten. Gute Nachrichten, galante Worte, kleine alltägliche Heiterkeiten. Und vielleicht waren sie es manchmal auch. Heute morgen bin ich wieder dahin zurückgekehrt und habe hinausgeschaut ...

»Achilles, ich habe alles erfahren. Sag mir die Wahrheit.«

Die Wahrheit ist einfach. Ich verlasse diese Wohnung, um in eine bequeme, ewige Einsamkeit einzuziehen. Auch hier habe ich einsam gelebt, erinnerst du dich, was ich über das Zimmer ohne Türen sagte? Na ja, ich hatte geglaubt, daß es sie für mich nicht gäbe, aber in Wahrheit gab es eins, nicht größer als die Höhle einer Maus. Ich habe mich ganz klein gemacht und bin hinausgegangen, ich bin geflogen. Jetzt hat sich diese kleine, ganz und gar wunderbare Tür geschlossen. Doch ich habe gesehen, wieviel Welt ich rings um mich her hatte. Jetzt, am Ende der Geschichte, merke ich erst, daß ich mehr hätte tun können. Ich hätte länger in diese Schule gehen können. Lernen, mit der Hand zu schreiben, ein einziges Wort, wenigstens meinen Namen ... Meinen Vater trösten ... Versuchen, mit meinem Bruder zu reden. Ich hätte eine Annonce ins Internet setzen können: Mann, nicht schön, aber interessant, mit seltenem Syndrom, selbstbefestigt, unabhängig, sofern mit passenden Windeln versehen, sucht Gefährtin von schönem Aussehen, jedenfalls aber trinkbar, für kurze Ehe und mögliches Erbe ...

»Hör auf damit«, sagte Ulysses und gab ihm eine Kopfnuß, »willst du mir weismachen, daß du dich abgefunden hast?«

Ja, das will ich dir weismachen. Aber du würdest darauf nicht reinfallen, du Polytroper. Ich bin zerrissen, besiegt, niedergebeugt. Aber das lag ja in meinem Schicksal. Deines ist das Abenteuer, meines ist es, jung zu sterben. Ich bin den Göttern lieb, du Pilar. Ich würde sofort tauschen.

Ulysses spürte plötzlich so etwas wie einen Stromschlag. Er fing an zu weinen. Er weinte still, im Stehen. Dann wurde er von Zorn gepackt. Er trat gegen die Wand, er fluchte.

Hör auf damit. Das darf dir nicht leid tun. Es ist doch das, was alle wollen. Phoebus hat endlich sein Geheimnis gelüftet, den lebendig begrabenen Bruder. Er hat erzählt, wie gütig er gewesen ist, diesen Bruder so viele Jahre lang zu ertragen. Ihn erwartet eine Karriere im Parlament, aber vielleicht nicht die, die er sich erträumt. Wir alle werden bezahlen, der Duce und sein Trauerzug. Alles Gold der Welt kann keinen zusätzlichen Atemzug erkaufen. Phoebus wird in einer Wohnung ohne geschlossene Türen wohnen, doch in seinem Herzen wird er Zimmer über Zimmer voll Angst haben. Dottor Dardani wird nicht mehr den lebenden Beweis seiner Machtlosigkeit vor Augen haben, das schräge Heidenidol, das den wahren Glauben der Medizin verlacht. Er wird über mich einen beklatschten Diskussionsbeitrag auf einem Kongreß in Palm Beach liefern. Meine Mutter, die mir mehr als einmal das Leben geschenkt hat, wird die Möglichkeit bekommen, die Konten ihrer Aufopferung abzuschließen. Ich werde ein Schmerz für sie sein, aber ohne Krämpfe, ein normaler Sohn, der beweint wird, gestorben wie alle. Sie hat das Recht, mich zu vergessen, gelegentlich. Und auch du sollst weitermachen und mich vergessen. Ich will's so. Nur sie wird mich nicht vergessen. Pilar, die dein Leben und meins verändert und umgestaltet. Pilar, die im Schnee tanzt.

»Dein Leben hört nicht hier auf«, sagte Ulysses. »Professor Lello wird dich jeden Tag besuchen kommen. Die Kubistinnen werden sich um dein Bett drängen, um dich zu zerfleischen wie Bacchantinnen. Du wirst den besten Krankenhausbrei essen, den sich je ein menschliches Wesen erträumt hat. Du wirst goldene Windeln bekommen ...«

Stimmt, hier hört's nicht auf. Da sind noch die Geschenke. Eins für dich und eins für mich. Deins ist das größere, wie immer, du Bastard. Nimm's.

Ulysses nahm den Beutel von Achilles' Schoß. Er öffnete ihn. Drinnen war ein Skriptmanus in vampirischer Fraktur. Ohne Titel.

Ulysses las nur den kursiv geschriebenen Anfang:

Was geschieht mit den sogenannten normalen Menschen, wenn sie unerwartet auf einen Verrückten stoßen, der schreit oder sie mit einem unverständlichen Delirium überfällt? Wenn sie jemanden zusammengesunken am Boden oder von einem Krampf auf die Stufen einer Kirche genagelt sehen? Nach der Begegnung verharren sie regungslos, mit einem Ausdruck des Unbehagens, der Furcht oder der Benommenheit. Doch ihr Gesicht hat sich verändert, es ist, als wären sie von einem blendenden Licht fotografiert worden, sie schütteln den Kopf, sprechen mit sich selber, einen Augenblick lang scheint auch ihre Normalität etwas abbekommen zu haben. Was haben sie in dem Blitz des Lichts gesehen, welche Landschaft, welchen Spiegel, welche unerträgliche Wahrheit, die sie zwar gleich darauf vergessen, deren Bild aber für immer in irgendeinem dunklen Winkel ihres Herzens bleibt, in der brennenden Bibliothek ihres Lebens?

»Was ist das, Achilles?« fragte Ulysses, und er bemerkte, dass sein Hände zitterten, während er die Seiten hielt.

Es ist das Buch, das ich in diesen Tagen geschrieben habe. Nie hätte ich gedacht, daß ich dazu in der Lage wäre. O Schreck, ich bin auch ein Skriptmanuser. Meiner Mutter, die mir beim Ausdrucken geholfen hat, habe ich gesagt, das wäre Zeug von dir. Stimmt ja auch. Du hast mich inspiriert, ich habe erzählt, du bist der Gott gewesen, ich das Orakel, du der Schwung, ich die Stütze, du der Parakletos und ich die Madonna. Es ist zwar nicht Beckett, aber doch ein merkwürdiges Buch. Und vor allem ist es kurz. Setz du deinen Namen darunter, veröffentliche es, und wenn du Erfolg hast, dann genieße ihn.

»Das kann ich nicht.«

Wenn du es nicht nimmst und deinen Namen nicht daruntersetzt, werde ich es verbrennen. Begreifst du denn nicht, was für eine ungeheuere Sache es für mich ist, ein solches Geschenk machen zu können? Entstehen und entstehen lassen, geboren werden und gebären, was sonst?

»Wir werden es mit deinem Namen veröffentlichen, du hast es geschrieben. Du mußt der Welt mit den Worten entgegentreten, mit denen du sie herausgefordert hast. Du bist der Schriftsteller, Achilles.«

Ich kann's nicht. Jetzt bin ich an der Reihe mit dem Geschenk. Mach's auf.

Ulysses nahm von Achills Schoß einen Stoffbeutel. Drinnen waren eine Spritze und drei blaue Ampullen.

»Was bedeutet das?«

Es ist Medèn, das Nichts, Phenolbarbithyl. Ein Medikament, das man mir in Notfällen verabreicht. Es ist sehr stark und äußerst dienstfertig. Ich habe entdeckt, wo sie es aufbewahren, hinter den Büchern eines Regals. Ich habe die Bücher mit dem

Kopf runtergestoßen und es mit den Zähnen gepackt. Noch zum Krepieren muß ich mich mehr anstrengen als andere.

»Was bedeutet das alles?«

Das bedeutet, daß du jetzt, wenn du mein Freund bist, wenn ich, du und Pilar noch zusammen sind und du mich nicht verraten willst für die Misere einer karikierten Ethik und eines Restpostens an preisgünstiger Barmherzigkeit, daß du jetzt, wenn du mich liebst, Ulysses, zwei Ampullen dieses sündhaft teuren Schierlings auf die Spritze ziehst und mir in die Venen injizierst.

»Und was passiert dann?«

Occidit qui non servat. Wenn eine halbe Ampulle mich schon niederstreckt, was machen dann zwei? Ich springe auf und fliege endlich durchs Fenster hinaus ...

»Achilles, das werde ich niemals tun.«

Achilles packte ihn, es gelang ihm, Ulysses' Hand in der seinen festzuhalten. Das kam derart überraschend und gewaltsam, daß Ulysses sich nur unter Mühen befreien konnte.

Hast du Angst vor den Folgen, Homunculus? Willst du ein Alibi? Wer wird schon einen Einstich mehr unter all den Zeichen meines Arms entdecken? Wer könnte den allerletzten Krampf unter den vielen erkennen, die ich hatte? Nachdem du deine Aufgabe erledigt hast, nimm die Spritze und die Ampullen mit. Ich kann's alleine nicht machen, ich hab's versucht, aber es klappt nicht.

Er fuhr neben Ulysses und sah ihm in die Augen, von unten nach oben.

»Töte mich«, sagte er mit ruhiger Verzweiflung, »töte mich, ich bitte dich darum.«

»Nein«, sagte Ulysses, »und die hier schmeiße ich weg.«

»Willst du denn auch, daß ich in einer Klinik vor mich hin leide?« rief Achilles mit dem wenigen Atem, der ihm noch verblieben war. »Willst du weiterhin das edle Vergnügen besitzen zu leiden, indem du mir zusiehst, wie ich im Zeitlupentempo verlösche? Willst du Gott die Schuld geben, dem Fatum, den Ärzten?«

»Nein.«

Achilles beugte sich über die Tastatur des Computers, seine Finger tippten langsam, es war, als würden sie eine traurige Musik spielen ...

Wenn wir Freunde gewesen sind, um des Buches willen, das wir geschrieben haben, dann töte mich. Oder willst du, daß ich es aus Barmherzigkeit von dir erflehe? Ich kann mich nicht hinknien. Willst du, daß ich weine? Was willst du? Es gibt so viele Arten, einen Menschen umzubringen, warum entscheidest auch du dich für die feigste, die leichteste, für die, die dich bis zum nächsten Morgen rettet?

Ulysses wollte schreien, hörte aber Geräusche auf dem Korridor, vielleicht hatte die Mutter die aufgeregten Stimmen gehört. Er verließ das Zimmer wie ein Dieb.

»Töte mich«, hörte er noch rufen.

Er rannte die Treppen hinunter, auf die Straße und ging, bis er erschöpft war, in einen Teil der Stadt, den er nicht einmal kannte. Da merkte er, daß er die Geschenke in der Hand hielt:

das Buch und die Ampullen. Das Buch steckte er in die Jackentasche. Die Ampullen warf er zu Boden und zertrat sie. Es waren nur zwei.

22. Kapitel

Aus irgendeinem geheimnisvollen Grund hatte Ulysses in dieser Nacht weder Träume noch Alpdrücken.

Rosafarbenes Licht hüllte die Stadt ein, die Sonne brachte den Schnee zum Schmelzen. Im Lindwurm, der ihn zur Arbeit brachte, telefonierte er mit der Mutter, um Nachrichten über Achilles zu erhalten. Es geht ihm gut, er schläft, sagte sie, er hat gesagt, gestern sei er ein bißchen aufgewühlt gewesen, aber jetzt gehe es ihm gut. Morgen wird er in die Klinik kommen.

Achilles geht es gut. Oder er verstellt sich. Oder vielleicht verstellt er sich, wenn wir zusammen sind, dachte Ulysses. In seinem Kopf spielen sich immer Dramen ab, tun sich Abgründe auf, brechen Leidenschaften hervor. Von der Tragödie zur Ausgelassenheit, im Zeitraum eines Wortes, in seinem mit dem Herzen verbundenen Gehirn. Ich darf mich von diesem Wirbel nicht erfassen lassen. Ich konnte ihn nicht umbringen, soviel ist sicher. Sein Leben muß weitergehen und meines auch. Ich muß etwas für Pilar tun, ich muß meine Skriptmanuse lesen, ich muß schreiben. Achilles ist in meine Gedanken eingedrungen, es herrscht ein gewaltiges Dunkel da, ich liebe dieses Dunkel zwar, aber ich brauche Licht. Auch ich bin ein Baum.

Er ging, betäubt vom Gehupe, zu Fuß, so betäubt, als hätte er die dienstbaren Ampullen gegen die Verzweiflung eingenommen. Er stieg in den fliegenden Sarkophag. Das Büro war von desolater Leere. Nur ein Zettel lag da, von Vulcanus, auf ihm stand:

Ich habe achtundvierzig Stunden Zeit, um die Entscheidung zu treffen, ob ich Gesellschafter der Grafocredit werde oder nicht. Ich weiß nicht mehr ein noch aus in dieser Zeit. Nicht einmal die Playstation verschafft mir Erleichterung. Ich fahre aufs Land zu meinem Sohn, ich habe ihn schon so lange nicht mehr gesehen. Was immer auch passiert, laß mich nicht im Stich. Wir gehen vorwärts. Circe hat eine neue Arbeitsstelle gefunden, in einem Unternehmen, das Computer repariert. Die Undankbare, mit all dem Geld, das ich ihr nicht gegeben habe. Telefoniere mit der Anastasia. Ich weiß, sie ist die strengste und unvorhersehbarste Kritikerin, die es gibt, aber manchmal tut sie derartige Dinge. Ich bitte Dich sehr. Valerio.

Unternehmen wir also diesen letzten Versuch, dachte Ulysses.

»Hallo, Signora Anastasia? Ich bin Ulysses von den Forge Editionen.«

»Was gibt's?«

»Wir veröffentlichen eine Anthologie junger Schriftsteller… ehm, von weitgefächerten Ansichten, oberhalb von hundert Kilo. Sie wird *›Over 100‹* heißen. Ich weiß, das ist eine banal verrückte Idee, doch einige Geschichten sind gut. Würden Sie das Vorwort schreiben?«

»*›Over 100‹*. Na ja, drollig. Ihr macht miserable Bücher.«

»Danke.«

»Aber ihr habt auch welche gemacht, die gar nicht schlecht sind. Der Essay der Ronaldo, zum Beispiel, ein schönes Buch, ein tiefes Buch. Auch die Gedichte von dem Jungen waren schön. Und es gab da ein Buch mit Geschichten, ich glaube es hieß *›Groteske Geschichten‹*, äußerst redundant und narzistisch, doch von einem irgendwie sonderbaren Talent.«

»Danke.«

»Beim dritten ›Danke‹ lege ich auf. Natürlich bezahlt ihr nichts.«

»Wenig.«

»Natürlich habe ich nur äußerst wenig Zeit, um das Vorwort abzuliefern.«

»Äußerst wenig.«

»Na gut, schickt mir das Buch.«

»Heißt das, Sie schreiben die Einführung?«

»Ja.«

»Da ... das heißt, wir sind Ihnen unendlich verbunden.«

»Das ist das mindeste, das Sie tun können.«

Klick.

Sie macht's, sie macht's, sagte Ulysses und machte einen Satz wie ein Känguruh. Endlich etwas Gutes, ein Mensch, der dem ähnelt, was er schreibt. Er ging in die Abstellkammer und suchte eine alte Ausgabe von »Nie wieder«. Er erinnerte sich an den Einband, eine Karikatur von Beckett. Er fand sie, darin befand sich ein Interview mit Anastasia. Er las es, ihm begegnete die Stimme wieder, der Spott, die Müdigkeit. Wieso folgen wir oft etwas, das uns weit weg führt von unseren Wünschen? dachte er. Wir verbeugen uns vor der Tagespolemik, deren Niedrigkeit wir zwar begreifen, aus der aber alle dennoch trinken. Wir stehen Schlange und spulen das Geschwätz herunter, an dessen Anfang wir uns schon nicht mehr erinnern, oder tratschen über die, die zu Füßen des Herrschers das Foto bevölkern. Und ringsumher gibt es Leute, die arbeiten, lernen und Ideen entwickeln, die tausendmal länger als eine kurzer Bekanntheitsblitz im Fernsehen oder in der Zeitung dauern. Aber allesamt haben wir oft dieses blitzartige Leuchten der geduldigen Hoffnung vorgezogen. Erst wenn wir diese Menschen verlieren, die Hüter der Saat, der Ideen, des verborgenen Gartens der Worte, merken wir, daß wir ihnen nicht lange genug zugehört haben. Doch die Kunst zu erlernen, über das Licht hinauszusehen ins Halbdunkel, in den beinahe unsichtbaren Raum zwischen zwei geschlossenen Seiten, das ist die Herausforderung, und etwas davon habe ich gelernt, Achilles, dachte Ulysses, als er die alten Zeitschriften wieder an ihren Platz zurücklegte, sie abstaubte, ordnete und sich erinnerte.

Er las ein Prosastück, das er ein paar Jahre zuvor geschrieben hatte. Glühend und hastig, voller Lust zu sagen: Hört auch mich an. Doch vieles davon gehörte noch immer zu ihm, war schwieriger geworden, wichtiger, aber er erkannte es noch.

»Erhebe das Schwert des Bleistifts«, sagte eine Stimme mit russischem Zeitschriftenakzent auf dem obersten Regal, auf den staubigen Gipfeln, einen Schritt weit von der Decke entfernt.

»Zu Befehl«, sagte Ulysses.

Er nahm die Rüstung des Mantels und den Schild einer Aktentasche und zog in eine ziemlich schwierige Schlacht, die in der Quästur seiner harrte. Während er im Bauch des Lindwurms zu dem finsteren Schloß des Gesetzes fuhr, fühlte er sich wie der Ritter, der in die Schlacht gegen den Drachen zieht. Dabei ist es nicht wichtig, ob das Ungeheuer und die Schöne in heiterer oder erotischer Harmonie zusammenleben und der Drachen viel gesitteter ist als der Durchschnitt der Krieger des Landes. Der Drache ist das Alibi, das jeder Held braucht, um Säbelhiebe auszuführen und schöne Frauen und Schätze zu rauben, ohne Maut zu bezahlen. Doch er war ein uneigennütziger Ritter, und der Drachenscherge ist bekanntermaßen eine der Macht dienende Kreatur. Sein Herz klopfte beim Gedanken an den Streit. Was für eine polytrope Taktik einsetzen, um sich dem stolzen Kommissar entgegenzustellen? Er dachte an unterschiedliche Phrasen.

Ein indianischer Krieger ist hundertmal mutiger als ein Kommissar.

Sie Kommissar? So jung?

Wenn Sie Pilar abschieben, trete ich bis ans Ende meiner Tage in Hungerstreik.

Genauer gesagt, trete ich auf der Piazza in Hungerstreik bis Weihnachten.

Genauer gesagt, trete ich auf der Piazza für drei Tage in Hungerstreik, den einen oder anderen Espresso und einen angemessenen, solidarischen Imbiß ausgenommen ...

Hier hab' ich Benzin und Streichhölzer, ich verbrenne mich bei lebendigem Leib.

Hier hab' ich Benzin und Streichhölzer, ich verbrenne Sie bei lebendigem Leib.

Hier hab' ich Benzin, hätten Sie wohl mal ein Streichholz?

Hände weg von meiner Frau, Scheißbulle.

Ich bin ein Freund von Stanzani und Olivetti.

Lassen Sie doch Pilar in Ruhe, Cavaliere, wenn Ihnen Würde noch etwas bedeutet.

Ich schäme mich, in diesem Land zu leben.

Schande über Sie, Sie sind es doch, die dieses Land dahin gebracht haben.

Ich werde dieses Land immer lieben, was auch geschieht.

Wenn wir zu einer Einigung kommen, wird Pilar Ihnen auf jede Weise gehören, die Sie wollen.

Wenn wir zu einer Einigung kommen, werde ich Ihnen auf jede Weise gehören, die Sie wollen.

Ich habe immer von einem Vater wie Ihnen geträumt.

Papa!

Als ich jung war, wollte ich Kommissar werden.

Als ich jung war, wollte ich Diaboliker werden.

Hier ist der Scheck, setzen Sie den Betrag ein.

Ich glaube, das hier ist der Beginn einer schönen Freundschaft.

Die Pflugschar ist es, die die Erde furcht, doch das Schwert ist es, das sie beschützt.

Dieser letzte Satz stammte nicht aus Ulysses' Repertoire, sondern stand, etwas verblaßt, an der Fassade der Quästur zu lesen, eines Gebäudes, wo die alte faschistische Architektur sich mit hochmodernen Panzertoren und hier und da einigen verborgenen Überwachungskameras vereinigte. Er fragte nach der Einwanderungsabteilung. Eine ganz und gar nicht üble Polizistin erklärte ihm den Weg dorthin. Er gelangte in einen kahlen, vollgequalmten Raum. Dort saßen drei müde und gelangweilte Maghrebiner. Einer telefonierte, einer schlief, einer weinte. Ein blondhaariger Polizist nahm seine Vorladung entgegen, knurrte und sagte, er müsse warten.

Ich, ein italienischer Staatsbürger, soll mit diesem Lumpenpack in einer Schlange stehen? hätte er sagen können, wenn er nicht polytrop und demokratisch gewesen wäre. Statt dessen dachte er: Die sind es gewohnt zu warten, ich weniger.

Einer der Maghrebiner redete auf Maghrebinisch ins Handy, und zwar laut. Der andere bat ihn um eine Zigarette. Der dritte fing an zu schnarchen. Dann kam aus dem Büro so etwas wie eine geschminkte schwarze Gigantin von dreiwertigem Geschlecht, eine Miss Piazzola dei Peccati, angezogen wie eine Weihnachtskiste. Sie warf dem blondhaarigen Polizisten einen Kuß zu und sagte: Heh, mein Schöner, wenn du mich willst, weißt du, wo du mich findest. Gut, dachte Ulysses, ich mag diese Atmosphäre gesunder Kameraderie. Eine andere Tür ging auf, und ein slawischer Junge in Handschellen kam heraus, in Begleitung zweier Beamter. Er weinte und schrie. Die drei Maghrebiner sahen ihn nicht an.

»Signorina Pilar?« rief der blondhaarige Polizist.

»Das bin ich«, sagte Ulysses.

Die Maghrebiner sahen ihn mit einem gewissen Argwohn an.

»Das heißt, ich habe eine Vollmacht.«

Er trat ein. Der Raum war in eine Tabakwolke getaucht, es war, als wäre gerade eine Tränengasbombe geworfen worden. In der Mitte der Wolke standen ein Schreibtisch und ein hagerer Mann mit Oberlippen- und Kinnbart und einem eleganten dunkelblauen Anzug. Offensichtlich der Commissario.

»Nehmen Sie Platz.«

Er nahm Platz.

»Signor Ulysses«, sagte der Commissario und zündete sich eine Zigarette an, »in Fällen wie diesen ist eine Vollmacht ungültig. Es ist ein Fehler des Formulars. Aber weil Sie nun schon einmal hier sind, will ich auch mit Ihnen sprechen. Ich muß Ihnen gleich sagen, da gibt es jemanden, der Sie nicht besonders gern hat.«

»Ach ja?«

»Jemand, der die Mühe auf sich genommen hat, aus den Archiven das Dossier Ihrer Freundin oder Ihrer Verlobten herausziehen und es uns zukommen zu lassen. Jemand sehr Mächtiges, der sogar einen städtischen Referenten, einen General der Carabinieri und den reichsten Mann der Stadt in die Sache hineingezogen hat. Und Sie wissen ja, wie die Dinge in diesem Land laufen, wenn man sich bestimmten Leuten in den Weg stellt.«

»In einem demokratischen und zivilisierten Land ...«, begann Ulysses und hob dabei warnend einen Finger.

»Was dieses Land ist, weiß ich besser als Sie. Ich bin nicht wie diese Plastikkommissare im Fernsehen, die zwanzig Fortsetzungen lang immer gleich sind, ich habe wahre blaue Wunder erlebt. Die werde ich wohl nicht beschreiben können, aber ich habe sie erlebt.«

»Sie wissen sogar, daß ich schreibe?«

»Wir wurden aufgefordert, Nachforschungen über Sie anzustellen, und das haben wir getan. Wollen Sie, daß ich sie Ihnen zusammenfasse?«

»Ich bin ganz neugierig darauf.«

»Also, Sie sind ein politisch linksstehender Intellektueller. Ein paar kleine Anzeigen, ein bißchen Aufstand vor einer Fabrik. Doch insgesamt gesehen sind Sie harmlos.«

Jetzt zieh' ich das Maschinengewehr aus der Tasche, und dann wirst du schon sehen, dachte Ulysses.

»Sie arbeiten für einen Verlag, dessen Eigentümer zweimal wegen ungedeckter, rückdatierter Schecks verurteilt worden ist.«

»Ach«, sagte Ulysses.

»Was Signorina Pilar angeht, war ihr Vater ein kommunistischer Lehrer und hatte deswegen große Schwierigkeiten in seinem Land.«

»Große Schwierigkeiten? Man hat ihn umgebracht!«

»Das ist hier nicht genauer bezeichnet. Signorina Pilar emigrierte in verschiedene Länder, dann kam sie vor sechs Jahren zu uns. Korrigieren Sie mich, wenn ich etwas Falsches sage. Sie wohnte etwa zwei Jahre in der Via dell'Oca 13, wo auch Sie gewohnt haben. Gemeinsam mit den Herren Nikos Perimedes, Statis Eurylochos und so weiter, wen kümmert's schon. Und hier kommen wir auf den Punkt. Vor Jahren legte Signorina Pilar dieser Quästur einen Antrag auf Bewilligung des Aufenthalts wegen ihres Studiums vor, mit einem Immatrikulationsdokument der Universität, das sich im Lauf der Ermittlungen als Fälschung herausstellte.«

»Sie hat sich unmittelbar danach immatrikuliert.«

»Signor Ulysses, wenn ich Sie niederschieße und die Pistole gleich darauf klemmt, sterben Sie trotzdem. Verstehen Sie den Vergleich?«

»Ich verstehe ...«

»Gut so. Die Fälschung eines derartigen Dokuments zieht im Sinne des neuen Gesetzes Absatz dreizehn den Verlust des Aufenthaltsrechts nach sich, insoweit das begangene Vergehen wiederholt werden könnte. Daher ist Signorina Pilar als potentielle Gefahr für die öffentliche Ordnung unseres Landes einzuschätzen. Daher könnte sie mit einer Verfügung auf der Stelle außer Landes gewiesen werden.«

»Könnte sie.«

»Könnte sie. Und wenn ein gewisser Signor Phoebus, Freund eines gewissen Cavaliere Phorkys, des Herrn und Eigentümers dieser Stadt, sowie eines Generals der Carabinieri, involviert ist, wird dieses ›könnte‹ zu einem ›kann‹, und Signorina Pilar kehrt nach Hause zurück.«

»Von was für einer Gefahr für die öffentliche Ordnung reden Sie eigentlich! Pilar hat noch nie irgendwem irgend etwas getan, noch hat sie Politik betrieben.«

»Da haben wir andere Erkenntnisse. Signorina Pilar hat vor wenigen Tagen gewerkschaftlich agiert und ist vor dem großen Supermarkt fotografiert worden, während sie ihre Kolleginnen aufhetzte.«

Er zeigte ein Foto.

»Sie ist doch die neben Olivetti, oder? Der einem wahnsinnig auf den Keks geht. Kompliment, ein schönes Mädchen. Aber das ist kein ausreichender Grund, aus dem sie bleiben könnte.«

»Was könnte sie also tun?«

»Einen Weg gäbe es.«

»Und der wäre?«

»Und der wäre, daß er an dieses ›könnte‹ gebunden ist. Wenn es jemandem gäbe, der etwas täte, weshalb dieses ‚könnte' ein ‚nicht-könnte' werden könnte.«

Dieser Sturm von Konditionalen und Konjunktiven machte Ulysses für einen Augenblick ganz benommen. Vielleicht hatte er verstanden. Pilar, die süße Pilar, tauchte in einer Vision vor ihm auf, in Stiefeln, als Piratin, auf der Umgehungsstraße bei Nacht, maledivenblaue Autos anlockend, und die Grüne Minna der Bullen fuhr an ihr vorüber und kommentierte: Siehst du die da? Die geht für den Commissario auf den Strich.

»Signor Commissario«, sagte Ulysses und versuchte, deutlich zu sein, »wenn es stimmt, daß aus diesem ›könnte‹ ein ›nicht könnte‹ werden könnte, könnte man ein paar Dinge tun, es müßte nur sicher sein, daß es nichts ist, das schlimmer sein könnte als dieses ›könnte‹.«

»Aber wenn man dic paar Dinge, die sein könnten, machen würde und Sie sie machen würden, dann könnte dieses ›könnte‹ Ihres Mädchens durchaus ein ›nicht könnte‹ werden, eben auf Grund der Dinge, die Sie tun würden.«

Ulysses, der süße Ulysses, tauchte als Vision vor ihm auf, in Stiefeln, als Piratin, auf der Umgehungsstraße bei Nacht und so weiter.

»Könnten Sie wohl deutlicher werden, Comissario?«

»Zuerst müßten Sie mir etwas schwören. Es könnte sein, daß, wenn Sie es nicht machen würden, Sie gleichwohl herumerzählen, ich hätte Sie gebeten, es zu tun, und das könnte eine Stinkwut in mir auslösen, daher sollte das, was ich Ihnen jetzt sagen könnte, unter uns bleiben.«

»Das sollte allen klar sein.«

»Dann will ich deutlich werden.«

»Ja.«

»Ein für allemal.«

»Ja.«

»Es könnte sein, daß ein Commissario einen Vater hat.«

Ulysses kamen zwölf Antworten in den Sinn, die er alle zensierte. Er beschränkte sich auf ein Kopfnicken.

»Dieser Vater des Commissario hatte ein untadeliges Leben geführt. Er hatte Tag und Nacht geschuftet, um dem Sohn die Möglichkeit zu geben, an der Universität zu studieren und eines Tages ein geschätzter Commissario zu werden.«

In die Augen des harten Bullen trat eine Träne ohne Konditional.

»Dann könnte es sein, daß der Vater alt und sehr krank wird und mit einem bevorstehenden Ablauf der Aufenthaltsgenehmigung unter den Lebenden (Träne) rechnen muß und der Sohn sich die Frage stellt: Wie könnte ich ihm nur wiedergeben, was er alles für mich getan hat? (Träne, Taschentuch.) Und der Sohn könnte wissen, daß der Vater einen Traum hat. Sein ganzes Leben lang hat der Vater ein Tagebuch geschrieben, in dem er Ereignisse, Gelübde, Begebenheiten und Anmerkungen zu seinem integren Leben als Gymnasiallehrer festgehalten hat.«

»Warten Sie einen Augenblick, aber könnte es ...«, sagte Ulysses.

Es könnte nicht. Es konnte, um genau zu sein. Zum ersten Mal schaute er auf das Namensschild des Commissario auf dem Schreibtisch.

Der Commissario war erbmäßig Skriptmanuser!

»Um die Sache abzuschließen«, sagte Colantuono junior, »der Sohn könnte wissen, daß ein Mensch ihm einen Gefallen tun könnte, den er mit einem gleichen Gefallen zurückgäbe.«

»An diesem Punkt wäre es unglaublich, wenn der Sohn nicht um diesen Gefallen bäte.«

»Ausgezeichnet, junger Mann. Jetzt haben Sie das Buch meines Vaters in Händen. Er hat eines in jede Stadt Italiens geschickt. Der Zufall will es, daß ich weiß, daß er es ausgerechnet an Ihren Verlag geschickt hat. Überrascht?«

»Nein«, sagte Ulysses, jetzt oder nie, »ich kenne dieses Manuskript sehr gut. *Erinnerungen vom Katheder*, fünfhundert schlanke Seiten von großem Interesse und klarer, markanter Schreibweise. Genau in diesen Tagen bin ich dabei, mich persönlich für seine Veröffentlichung einzusetzen.«

»Meinen Sie das wirklich? Dann könnte ja ...«

»Sagen wir so: In der Redaktion ist eine Diskussion im Gang, wir sichten jedes Buch mit großer Vorsicht und Strenge. Ich füge allerdings hinzu, daß meine Ansicht absolut ausschlaggebend ist, weil ich der zuständige Leiter für Romane over 50 bin, und Ihr Vater ist über fünfzig.«

Der Commissario schneuzte sich sichtbar bewegt die Nase.

»Also könnten *Erinnerungen vom Katheder* veröffentlicht werden.«

»Und wenn es das könnte, was würde weiter geschehen?«

»Dann könnte es sein, daß ein bestimmtes ... etwas unvollkommenes Dokument vollkommen aus dem Dossier Ihrer Verlobten verschwinden und die Immatrikulation an der Universität zurückdadiert würde, oder das Dossier könnte auch in irgendeinem Archiv verschwinden oder auch, ja, wissen Sie, was ich Ihnen sage: Es könnte völlig verschwinden und gute Nacht Marie und all ihr Generäle.«

»So sei es«, sagte Ulysses.

»Dann versprechen Sie es also?«

»Ich verspreche nicht, ich schwöre es. Innerhalb von vierundzwanzig Stunden hat ihr Vater den Vertrag für die Veröffentlichung in Händen. Mehr noch, ich bringe ihn Ihnen persönlich vorbei.«

»Und ich händige Ihnen das Dossier aus, und Sie machen damit, was Sie wollen.«

Ich glaube, das könnte der Beginn einer schönen Freundschaft werden, wollte Ulysses sagen, begnügte sich aber damit zu lügen:

»Sie haben mir das Vertrauen in das Gesetz wieder zurückgegeben.«

»Und Sie in die Verlagswelt. Einhundertachtzig Absagen, armer Papa, einhundertachtzig. Dieses Buch wird nicht Stephen King sein, aber es ist gut geschrieben, mein Vater war Gymnasialprofessor, er hat mir Italienisch beigebracht, mit seinen Händen.«

»Jetzt ist Gerechtigkeit geschaffen worden. Es wird veröffentlicht ...«

»Hier, geben Sie mir die Hand, junger Mann«, sagte Comissario Colantuono. »Heute machen Sie zwei Menschen glücklich, meinen Vater und mich. Genauer gesagt vier, sich selbst, Ihre Verlobte, meinen Vater und mich. Genauer gesagt fünf, die arme Mama da oben. Genauer gesagt sieben, seine Eltern, die Bäcker waren, und sich, wie mein Vater, aufgeopfert haben ...«

»Danke, vielen Dank«, sagte Ulysses in der Hoffnung, daß der Abspann ein Ende haben würde.

»Es war ein Vergnügen, Sie kennenzulernen. Als Sie hier hereingekommen sind, waren Sie vielleicht voreingenommen und haben sich mit allen Sätzen vorbereitet, die Sie sagen wollten, Sie werden gedacht haben, jetzt versuche ich, dieses Arschloch von Commissario in die Pfanne zu hauen. Statt dessen sehen Sie, wir Polizisten haben ein Herz und eine Bildung. Und ich sage Ihnen noch etwas, aber das bleibt wirklich ein Geheimnis.«

»Sprechen Sie nur.«

Der Commissario brachte seinen Mund an Ulysses' Ohr und sprach ganz leise, obwohl niemand sonst im Raum war.

»Ich habe ihn nicht gewählt.«

»Sie haben wen nicht gewählt?«

»Den Kleinen hab' ich nicht gewählt.«

»Wer hat ihn dann gewählt?«

»Das sage ich Ihnen nicht, das könnte in die Zeitung kommen, ihr Journalisten von der Linken seid doch Hurensöhne. Doch gehen Sie jetzt zu diesem schönen Happen von Pilar, und erzählen Sie ihr nichts über unseren Pakt unter Männern, sagen Sie ihr nur, daß es ein Mißverständnis gab und jetzt alles geregelt ist. Und ficken Sie sie durch.«

Und mit einem Schlag auf die Schulter unterstrich er diesen gesunden Lebensratschlag.

Das Känguruh Ulysses hüpfte aus der Quästur. Er rief Pilar an, aber ihr Handy war ausgeschaltet. Er grüßte herzlich die Polizisten, die Finanzpolizei und sogar die von der Streife.

»Danke, Professor Vergil«, sagte er.

»Beeilen Sie sich aber«, sagte Colantuono senior, als er aus der Tasche hervorlugte, »ich liege nämlich im Sterben.«

»Konnten Sie mir doch gleich sagen, daß Sie einen so sympathischen Sohn haben.«

»Ja, ich habe ihn gut großgezogen. Also, ihr veröffentlicht mich? Kann ich feiern?«

»In meiner Tasche?«

»Ich dachte mir, ich lade die Dame des *Oralen Tagebuchs* ein. Wir entkorken eine Miniflasche Vov und dann …«

»Ich will keine Einzelheiten«, sagte Ulysses, »aber gehen Sie langsam vor, wir wollen Sie doch nicht posthum veröffentlichen.«

Er kehrte zu Fuß nach Hause zurück und war aufgeregt. Es fing an zu dämmern. Er dachte daran, wie er Valerio überreden könnte, Colantuono zu veröffentlichen. Aber er wußte, daß er ihn am Ende dazu bringen würde. Und sei es, daß er in der Frage Grafocredit nachgeben würde. Alles für meine Pilar. Er kam zu Hause an, trank ein Bier aus der Flasche und fraß einen Mozzarella. Ihm wurde bewußt, daß er gar nicht an Achilles gedacht hatte. Diese Nachricht würde auch ihm Freude bereiten, eine kleine Erleichterung an einem schwierigen Tag. Wir sind wieder zu dritt, Achilles. Er dachte daran, ihm eine Nachricht zu schicken, öffnete die E-Mails, doch Achilles war ihm zuvorgekommen, indem er ihm etwas geschrieben hatte. Er stellte ihn sich in seinem Zimmer vor, den Kopf gebeugt, den Mund geöffnet beim Tippen, schnell und genau mit den schönen Händen auf der beschildeten Tastatur, aufrecht in seinem Xanthosmobil. Und das Licht ging aus. Ein neuer Blackout. Der Computer lief weiter auf Batterie. Doch Achills Zeit hatte ihn wieder eingehüllt. Er war im Dunkeln, und vor sich hatte er jetzt nur seine Worte.

23. Kapitel

Von: musomania@liber.it
An: lellulisse@liber.it

Nicht lobe mir den Tod, herrlicher Odysseus
Ochsenhüter möchte ich sein und einem Herren dienen
Ein Enterbter jeglichen Reichtums beraubt
Als eine Welt zu regieren voll trauriger Schatten.

»Was für ein seltsamer Ort«, sagte Lello, »er sieht gar nicht aus wie ein Flughafen.«

»Wie sieht er denn aus?« fragte Pilar.

»Wie eine Raumstation ... oder eine gigantische Klinik, von wegen Check-in, hier machen sie dir einen Check-up. Und dann, da ist keiner, der ankommt oder abfliegt.«

Pilar dachte, Lello habe recht. Von den kleinen Zwillingssesseln, in denen sie saßen, sahen sie die Flucht eines unendlich langen, weißen Tunnels, einen Saal nach dem anderen. Auf der einen Seite die Drehtüren für den Einlaß, auf der anderen die numerierten Flugsteige für die Abflüge. Eine Wüste unter einem Neonmond. Die Geschäfte hatten die Gitter heruntergelassen, an den Check-in-Schaltern waren keine Reisenden, auch kein Personal. Die an den Decken befestigten Monitore strahlten von intensivem Blau wie Roboterblumen. Verschwunden war auch das Fräulein mit dem blassen Gesicht, die Pilars Ticket kontrolliert und ihr den Platz im Flugzeug zugewiesen hatte. Sie hatte ihr mitgeteilt, daß sie wegen einer bedauerlichen Schwierigkeit ihren Koffer selber tragen müsse. Und in der Tat standen die Transportbänder für das Gepäck still, und die Tafel mit den Ankunfts- und Abflugszeiten war gelöscht. Alles war still, aus irgendeinem Lautsprecher weit weg drang ein Hauch von nicht erkennbarer Musik.

»Vielleicht hat es ja plötzlich einen Streik gegeben, und du kannst gar nicht fliegen«, sagte Lello hoffnungsvoll.

»Ich habe doch schon die Bordkarte. Und wenn du genau schaust, ist da hinten am Flugsteig dreizehn jemand.«

»Ja, ich sehe ihn, ganz weiß, wie dieses blendende Gebäude. Meiner Meinung nach ist das ein Gespenst.«

»Gespenster reisen doch nicht mit Flugzeugen«, seufzte Pilar, »und vor allem brauchen sie keine Aufenthaltsgenehmigungen und Pässe.«

»Pilar, ich bitte dich ... ich weiß, ich habe versprochen, nicht mehr darüber zu sprechen. Aber es ist absurd, daß du abfliegst. Das Problem mit deiner Aufenthaltserlaubnis wird doch gerade gelöst.«

»Für wie lange? Einen Monat, ein Jahr. Dann wird mich dieses Land fortjagen. Dein Land, das seine Verschiedenartigkeit verkauft hat, seine wunderbare uneheliche Herkunft, sein tausendfarbiges Blut, im Tausch, daß es bei den Stärkeren sitzen darf, die nicht stärker sind, sondern nur bewaffneter und verzweifelter. Ein Land, das alles hat, nur nicht das Brot der Würde und den Wein der Hoffnung. Ein Land von Regierenden, die den Schwachen hassen, aber trotzdem lebendiger ist als sie, die den Machtlosen hassen, der aber trotzdem mehr Zukunft hat als sie. Elende, die nicht gerichtet werden wollen, aber schon in der Hölle der Geschichte brennen. Hier will ich nicht mehr leben.«

»Dieses Land wird wieder gesund werden.«

»Das hoffe ich für dich. Doch ich gehöre zu einer anderen Erde ... Hier wißt ihr mit geschlossenen Augen zu gehen, werdet diese Jahre vergessen, wie ihr schon andere vergessen habt. Doch in meiner Welt hat uns der Schmerz die Augenlider weggeschnitten, er hält unsere Augen weit offen. Wir erleben die Freude, auch wenn wir wissen, daß sie uns früher oder später genommen wird. Ich tanze zu jeder Musik, auch zur traurigsten. Ich will den Tag nicht erwarten, an dem du an mir vorbeigehst und mich nicht siehst.«

»Und ich will heute nicht den verdammten Tag sehen, der uns trennt«, seufzte Lello.

Er wurde von einer metallischen Stimme unterbrochen, die nicht aus den Lautsprechern zu kommen schien, sondern von draußen, vielleicht von der Flugpiste.

Die Passagiere des einzig verbliebenen Fluges werden gebeten, sich zur Abfertigung zum Flugsteig dreizehn zu begeben.

»Des einzig verbliebenen Fluges?« sagte Lello. »Was ist das denn für eine Scheißankündigung!«

»Na, jedenfalls ist das mein Flug.«

»Pilar, reise nicht ab. Was kann ich tun, um dich zu überreden? Alles, was du willst. Ich werde nicht mehr polygam sein. Ich werde in die Politik gehen, ich werde König, ich werde die Gesetze ändern. Ich werde dieses Land mit afrikanischen Stämmen bevölkern, mit lachenden Eskimos, Doppelgängern von Totò, sprechenden Enten ...«

»Bis es soweit ist, schieb du den Caddy mit dem Koffer.«

Sie gingen los, Pilar recht forsch und Lello neben ihr, mit dem schweren, quietschenden Caddy. Der Flugsteig dreizehn war weit weg.

»Jetzt, wo du im Begriff stehst, abzureisen, möchte ich dir so viele Dinge sagen«, sagte Lello, »und mir fallen Dinge ein, die ich nie gemacht habe. Hätte ich einen Zaubercomputer, der Gehirn, Herz und Hände miteinander verbindet, würde ich in einer Minute ein Buch schreiben, tausende Seiten mit Zeichnungen und Fotos von dir. Wieso erst jetzt?«

»Weil wenig Zeit bleibt, und sie ist transparent. Du gehst mit offenen Augen. Du siehst die Erde wie einen großen Flughafen, der im Raum schwebt, voller Menschen, die ankommen und abfahren. Nichts steht auf dem Ticket geschrieben, daher kann sich jeder seinen Flug vorstellen. Einer glaubt, daß dieser Flughafen eine Zwischenlandung sei, doch nicht das ist der Grund, weshalb er zur Abfertigung eilt. Ein anderer denkt, daß sein Flug der letzte sei, und trotzdem hat er die Koffer vollgepackt, Stapel von Koffern, da hinein hat er auch Dinge gesteckt, die er anderen gestohlen hat, die für andere bestimmt sind, auch das Zuviel und das Nutzlose. Irgend jemand betet für einen Streik, jemand anderer steckt Bomben in Flugzeuge, und so kommt er eher an.«

»Wie redest du denn?« lachte Ulysses.

Penelope ging vor ihm her. Ihre schlanke Gestalt verformte sich, reflektiert in einer Scheibe.

»Wir haben diese Abreise gemeinsam erwartet, es war eine lange, beglückende Verspätung. Du bist ein Mann wie viele, polytroper Ulysses. Du kannst deinen Lügen und Listen, deiner Wenigkeit, deiner Gleichgültigkeit nicht entfliehen. Du merkst es nicht, wenn jemand im Begriff steht, wegzufahren, und du vergißt schnell, wer weggefahren ist. Zuviel Verkehr, zu viele Gesichter. Aber spüre nicht nur Schuld und Wut. Fang neu an. Vielleicht erlernst du einmal die Kunst, Reisender zu sein.«

Inzwischen waren sie beim Flugsteig acht angelangt. Lello wollte etwas sagen. Doch durch ein großes Fenster fiel plötzlich blendend die Sonne herein, die vom Weiß des Fußbodens reflektiert wurde und in jede Richtung überfloß. Lello erkannte nun nichts mehr, er schob den immer schwerer werdenden Caddy vorwärts.

»Ich sehe nichts«, sagte er.

»Ich sehe für dich«, sagte Pilars Stimme, die eigentümlich rauh und tief war.

Sehen ist nicht wichtig. Diese Worte sind nicht wahr. Weder bestiegst du jene Schiffe, Helena, noch sahst du die Türme von Troja. Zehn Jahre Krieg und die Toten, und auch mein Tod, für ein Idol, für ein Phantom. Helena kam niemals an. Und so führt man

Kriege aus Liebe und vollbringt erinnerungswürdige Taten, geleitet von Träumen und von den Büchern, die sie enthalten.

»Pilar, wo bist du?«

Vor dir, Ulysses, du begleitest mich doch ... Wie du mich in diesen letzten Tagen begleitet hast.

»Du bist nicht Pilar.«

Du weißt, wer ich bin. Versprich mir, daß du glücklich sein wirst. Daß du dich von der Heiterkeit überraschen läßt. Sag nicht, ich spräche von Dingen, die ich nicht kenne. In meiner Dunkelheit ließ jedes Buch mich hoffen, an meinem Fenster stellte ich mir jede tägliche, bescheidene Unterhaltung als etwas Glückliches vor. Auch ich kannte Freude und Heiterkeit, weniger, als ich wollte, und weniger, als ich brauchte. Doch das ist die Krankheit aller. Versprich mir, daß du mich manchmal vergessen wirst. Versprich, mich nicht zu vergessen.

»Wer bist du?«

Ein Enterbter ohne Reichtum. Ein Ochsenhüter mit einem unnachsichtigen Herrn. Doch ich werde kein Schatten sein, der sich auslöscht. Ich bin lebendig gewesen bis zum Ende. Liebe deinen Atem, Ulysses.

Das blendende Licht verschwand, und Ulysses bemerkte, daß die Stimme aus dem Caddy kam, den er schob, und der Caddy war der ruhmreiche, geflügelte Xanthos. Und darauf ein dicker, großer, seitlich geneigter Kopf, eine Gestalt mit den Händen im Schoß, ein alter roter Morgenmantel und nackte Füße. Er wog so wenig.

Jetzt gehe ich. Danke für alles ...

Xanthos rollte geräuschlos durch das Tor.

»Warte noch.«

»*Ich bin schon jenseits der Tür*«, sagte Achilles, als er sich umdrehte, »*veröffentliche das Buch mit deinem Namen. Was für einen Namen? Du hast doch einen Namen, auf den du hörst, den Namen, mit dem die Menschen dich ansprechen. Doch was ist der Name deines Mysteriums, der Name, auf den deine Erinnerungen hören, deine Ängste, deine Inspiration? Glaubst du, es gibt ein Wort, das dies alles beschreiben kann? Das gibt es nicht: Wenn es eins gäbe, wäre dein Name im Dunkeln. Dein wirklicher Name. Wie viele wunderbare Bücher sind in der Stille dessen verborgen, der regungslos lebt, stumm, blind. Hättest du gedacht, daß hinter einem häßlichen Einband, in einem so schlecht zusammengezimmerten Kopf die Ordnung und Unordnung einer Geschichte herrscht? Ich gehe, lebendig und siegreich, Odysseus. Wir merken nie, daß es eine Seite im Buch gibt, die wir nicht zu begreifen in der Lage sind, die weißeste, die nutzloseste, und doch ist sie es, für die alles geschrieben wurde. Warum gelingt es uns nicht, sie zu sehen? Das ist eine Frage, die ich dir stelle, eine Frage, die dich eine Zeitlang an mich denken läßt, so lange, bis du die Antwort hast. Doch danach vergiß mich und lebe. Und jetzt Schluß mit dem Reden. Reden wird mein Buch, mein Kind, mein ruhmreiches Kind.*«

Ulysses las die letzten Worte. Hastig und voller Angst rief er bei Achilles zu Hause an. Es war besetzt. Er versuchte es noch dreimal. Dann rief er ein Taxi und ging hinunter auf die Straße. Im Taxi versuchte er wieder zu telefonieren, doch vergebens. Vor dem Palazzo stieg er aus. Alles schien normal. Doch als er in den Innenhof kam, sah er, daß das Fenster von Achilles' Zimmer weit offen stand. Das Fenster, von dem aus Achilles Pilar gesehen hatte. So, als hätte die Mutter ihn gespürt, erschien sie zwischen den alten Vorhängen. Sie machte ihm ein Zeichen, er solle warten.

Sie war bei ihm, im Innenhof. Sie umarmte ihn scheu, und er erwiderte mit noch größerer Leichtigkeit. Man darf keine Muschel zerbrechen.

»Achilles ist heute morgen gestorben. Er hat nicht gelitten. Eine stärkere Krise, vielleicht im Schlaf.«

Sie redete hastig und sah ihm nicht in die Augen.

»Sagen Sie die Wahrheit?«

»Wollen Sie die Wahrheit? Welche würde Ihnen eher zusagen? Ja, es gab Ampullen mit einem gefährlichen Pharmakon, versteckt im Bücherregal seines Zimmers, und sie sind verschwunden. Er könnte sie genommen, zerbrochen und getrunken haben, doch das glaube ich nicht oder will es nicht glauben. Oder ich habe ihn getötet, weil er mich darum gebeten hat. Oder Sie sind's gewesen, Ulysses, Sie haben eine Ampulle auf dem Schreibtisch gelassen. Das ändert an der letzten Wahrheit gar nichts. Die Wahrheit ist, daß Achilles nicht in diese Klinik wollte, und er ist nicht dort hingegangen, und diese Woche ist eine der schönsten in seinem Leben gewesen. Das Buch hat er geschrieben, das weiß ich. Aber er will, daß Sie ihm Ihren Namen geben. Respektieren Sie seinen Wunsch.«

Plötzlich brach ihre Stimme. Ihr sanftes Gesicht wurde zu Stein, wie eine Furie stürzte sie sich auf jemanden, der den Innenhof verließ.

»Nein«, schrie sie, »warten Sie, warum diese Eile?«

Ajax und ein anderer schwarzgekleideter Mann waren dabei, Xanthos auf einen Transporter zu laden.

»Dottor Phoebus hat es uns gesagt.«

Die Mutter warf Ulysses das Zeichen eines hastigen Gru ßes zu und lief die Treppe hinauf. Ulysses betrachtete Xanthos, er berührte ihn. Auf dem Futter des Sitzes war schwarzes verklumptes Blut. Flecken und Risse. Aber er blieb ein herrlicher Saurier mit sich drehenden Reifen, der Rennpferdbastard, halb Xanthos, halb geflügelter Pegasus.

Auch dir gute Reise.

24. Kapitel

Ulysses trank einen Hahnenschwanz aus Baldrian, Tavor und Bier und blieb den ganzen Tag im Bett. Er las Achilles' Buch und hörte Musik. Pilar war an seiner Seite, ohne zu sprechen, kochte für sich, lernte, ordnete die Skriptmanuse auf dem Schreibtisch.

»Sie sind die neue Redakteurin?« fragte Petrotto dreifach X und gab sich verführerisch.

»Fall nicht auf ihn rein, Bimba«, sagte die Autorin des *Oralen Tagebuchs.*

»Ich bin nicht die neue Redakteurin«, antwortete Pilar, »ich bin eine Freundin von Ulysses. Es geht ihm nicht gut, ein Freund von ihm ist gestorben.«

»Ich weiß«, sagte der Bodybuildingdichter, »er ist der Autor des neuen Skriptmanus, das er immer in seiner Nähe hat. Sein Liebling.«

»Na, nun seid mal nicht eifersüchtig«, sagte Pilar.

»Kommst du auch in diesem Skriptmanus vor?« fragte Petrotto dreifach X.

»Ich glaube schon ...«

»Also, wie ist es, gehen wir heute abend aus? Du steckst mich in deine peruanische Tasche. Ich bin sogar bereit, neben Márquez zu sitzen ...«

»Mit wem redest du?« fragte Ulysses, der von dem Geflüster aufgeweckt worden war.

»Mit mir selbst, wie du das auch immer machst«, sagte Pilar. »Sollen wir nicht ausgehen? Im Bett liegenbleiben bringt doch auch nichts. Das hast du Achilles versprochen. Du mußt weiterleben wie vorher.«

»Ich bin nicht mehr wie vorher. Laß mich noch ein bißchen hier. Aber ich bitte dich, bringe Achilles' Skriptmanus zu Vulcanus mit dieser Nachricht.«

> Valerio, tu mir einen großen Gefallen, wenn Dir unsere Freundschaft etwas bedeutet und wenn Du nicht willst, daß ich Dich wegen des ungedeckten Schecks anzeige (weißt Du, daß man beim dritten Mal eingebuchtet wird?). Du mußt diesen Text dringend lesen, dringender noch als dringend. Es ist ein merkwürdiges und geniales Buch. Sagen wir, ich hab's geschrieben. Später erkläre ich Dir alles. Wir sehen uns Montag morgen. Lello.

In der Nacht wachte Ulysses auf, er roch den Duft warmen Brots. Er ging hinaus. Die ganze Straße war voll von diesem herrlichen Duft. Er ging, mitten im Schnee, bis zum Steinofenbäcker. Er erinnerte sich, daß er jedesmal, wenn sein Vater das Brot in den Ofen schob, einen kleinen Brotlaib formte und die Initialen seines Namens hineinschnitt, um sein Brot wiedererkennen zu können. Der Brotlaib lag da, vor der Schotte des Ofens, dem kleinen Kirchenportal. Doch er erinnerte sich nicht an seinen Namen.

Wie ist dein Name im Dunkeln, Ulysses?

Er hörte Stimmen, die ihn riefen, und jede schien einen anderen Namen zu nennen. Er wachte auf, mit einem Bleistift in der Hand und Achilles' Buch auf dem Schoß. Er ging wirklich hinaus auf die Straße und wiederholte die Schritte des Traums. Kein Duft von Brot, kein Steinbackofen. Nur der Wind und der Schnee, der in kleinen, dumpfen Aufschlägen von den Bäumen fiel.

Den ganzen Sonntag blieb er zu Hause. Aus einem Radio wirbelten Nachrichten um ihn herum, zusammen mit einem Sturm, der über die Stadt fegte. Große traurige Nachrichten: Das Imperium hatte irrtümlich einen Brotbackofen bombardiert, vor dem eine Menschenschlange nach Brot anstand. Kleine große Nachrichten: Mironi war wieder aufs Spielfeld zurückgekehrt und hatte das entscheidende Tor im Derby erzielt. Zwischenfälle bei den Ultras. Wünschenswert, dachte Ulysses, auch ein Schlag auf Phoebus' Rübe, da drüben, auf der Tribüne der Vipern. Ulysses streifte durch die Wohnung, während draußen die Fensterläden schlugen, und er sah, wie Papierseiten und Blätter durch die Straße flogen. Er trank drei Bier aus der Flasche, aß eine Käserinde, pinkelte ins Waschbecken. Dann öffnete er seine Mailbox in der Hoffnung, er würde noch ein paar Worte von Achilles finden, etwas, das beim Server hängengeblieben war, oder eine interstellare Botschaft von ihm. Doch der Pelagus brachte nur die Blitze des Zeus: Der Sturm und der Regen peitschten nur den Norden; Erdrutsche, Überschwemmungen und Tote. Ein ungeheurer Skandal stand kurz vor der Explosion. Verbindungen zwischen der jungen Generation der Mafia und der des Duce, Geschäftsessen, Betrügereien. Der Chefadvokat Princisbeo, der längst nicht mehr zu halten war, war mit seinem Privatjet auf die Bahamas geflohen. Der Jet des Duce ließ bereits die Motoren warm laufen. Die Arbeitslosen blockierten Züge, Fähren, Lindwürmer und Derartiges. Das Land zerfiel in Stücke, und die Stücke flogen auf den Kopf Unschuldiger und Schuldiger. Die Abrechnung. Also sprach Athene.

Am folgenden Morgen wachte er früh auf. Er wollte ins Büro gehen, vertat sich aber in der Richtung oder wollte sich vertun. Er befand sich unvermittelt vor Achilles' Palazzo. Vor der Crepa fand eine Demonstration der Bankangestellten statt. Die Credito Patrio war eine der Hauptbeschuldigten für die Geldwäsche der Mafia, und es gab Gerüchte über einen Bankrott.

Inmitten der Bankangestellten sah er den unverwechselbaren Umriß von Olivetti und Stanzani mit ihrem üblichen Flugblatt.

Die von Entlassung bedrohten Arbeiter der Sipel solidarisch mit den von Entlassung bedrohten Angestellten der Bank.

Diesmal waren sie nicht alleine, eine ganz schöne Anzahl von Blauhemden war bei ihnen.

»Dottor Ulysses«, sagte Olivetti. »Wir brauchen Ihre politische Hilfe.«

»Bitte sehr«, sagte Ulysses geschmeichelt.

»Dieser Eierzersprenger von Stanzani meint, daß zweimal ›von Entlassung bedroht‹ zu sagen einen schlechten Eindruck macht. Könnten Sie das Flugblatt wohl noch einmal überarbeiten ?«

»Schauen wir mal«, sagte Ulysses.

Er dachte ein bißchen nach und schrieb:

Die von Entlassung bedrohten Arbeiter der Sipel solidarisch mit den vom analogen Schicksal bedrohten Angestellten der Bank.

Olivetti las es und seufzte.

»Dottor Ulysses, wenn ich in den Betriebsrat komme und sage den Arbeitskollegen, sie hätten ein analoges Schicksal, machen die mich platt. Schreiben Sie doch was Einfacheres.«

Die Arbeiter der Sipel und die Angestellten der Bank vereint im Kampf gegen Entlassungen.

»Tüchtig, mein intellektueller Bäcker«, sagte Olivetti, und mit einem Klaps schubste er ihn drei Meter weit.

Ulysses betrat den Innenhof. Ein Lastwagen lud Bücher und Möbel auf. Phoebus hatte es mit dem Verkauf sehr eilig. Aber vielleicht hatte er seine Rechnung nicht gut durchdacht. Es schien, als hätte die Bank andere Probleme. Zwei oder drei Herren, die wie leitende Angestellte aussahen, traten aus einem Seiteneingang, die hinter dem Laokoon verborgen war, und statt in das maledivenblaue Auto stiegen sie in einen durchfallfarbenen Panda. Ulysses meinte, Phorkys mit einem wie bei einem Dieb hochgestellten Mantelkragen zu erkennen. Er dachte daran zu schreien: Hier sind sie, sie flüchten. Er tat es nicht. Das Fatum sponn auch für sie.

Er betrat das Büro. Dort herrschte eine ungewohnte Aufgeregtheit. Ein Tablett mit sündhaft teuren Cappuccini dampfte auf dem Schreibtisch ... Die schöngelockte Circe war zurückgekehrt, und auch ein spindeldürrer junger Mann und ein dunkles Rehkitz waren da.

»Circe, was machst du denn hier?«

»Valerio hat mir gesagt, ich soll zurückkommen. Große Neuigkeiten.«

Vulcanus brach aus seinem Büro hervor und zermalmte Ulysses in einer Umarmung. Er war so erregt, daß er gegen alle Möbelstücke stieß, wie ein Hund mit wedelndem Schwanz. Er trank den Cappuccino in einem einzigen Zug aus.

»Ulysses, du hast ein fabelhaftes Buch geschrieben. Man könnte fast meinen, es wäre gar nicht von dir, du alter Bastard! Ich wußte ja, du sitzt an irgendwas, du hast so geheimnisvoll getan, du hast mir nicht gesagt, wo du hingehst, in Wirklichkeit hast du dich eingeschlossen und geschrieben, du Fuchs, du! Es ist ein magisches Buch, das sag' nicht nur ich ... Setz dich, Ulysses, denn ich muß dir etwas Wichtiges sagen. Ich habe das Buch Samstag nacht gelesen, in einem Zug. Sonntag morgen wußte ich, daß der Chef vom Verlag Rossomio bei der Preisverleihung für den Centerbe-Preis sein würde. Ich brachte ihm dein Buch, er hat's im Zug gelesen, und um Mitternacht hat er mich geweckt. Sie wollen es um jeden Preis. Wir machen einen Link, wir verkaufen das Buch an ihn und stecken in das Paket auch *Over 100* und deinen Kritzler. Im Gegenzug veröffentlichen die uns, und ich werde zuständig für die Reihe.«

»Kurz gesagt, sie kaufen unseren Verlag.«

»Genau das, Ulysses, ist das nicht herrlich?«

»Ja ... schon, ich kann nichts dagegen sagen, das ist ein guter Verlag. Aber ich stelle eine Bedingung.«

»Und welche?«

»Nichts mit *Over 100*. Besser die *Erinnerungen vom Katheder* von Virgilio Colantuono ...«

»Aber das ist doch ein unverdauliches Magenpflaster von sechshundert Seiten!«

»Entweder veröffentlichst du's, oder du bekommst mein Buch nicht. Außerdem, weißt du, was passiert, wenn ein rückdadierter Scheck ...«

»*Erinnerungen vom Katheder* ist ein Buch, das schwer verkäuflich ist«, unterbrach ihn Vulcanus, »aber jetzt, wo wir einem großen Verlag angegliedert sind, dürfen wir die Herausforderung der Qualität nicht vergessen. Wagen wir's also! Ich stelle dir das neue Personal vor. Calicanti, Spezialist für Marketing, und Kassandra, Pressebüro.«

»Hast du sie eingestellt?«

»Sie sind Halbtagsstellen von Rossomio, die bei uns Ganztagsstellen sind, um die Mannschaft zu verstärken ... Also Calicanti, was sagst du zu Ulysses' Vorschlag?«

»Na ja, vor allem ist das Buch von Dottor Ulysses der zentrale Punkt unseres Restylingprojekts für die Forge. Man kann für Colantuonos Buch ein gutes Lektorat machen, zweihundert Seiten weniger, um ihm einen besseren Rhythmus zu geben, und damit könnte es zu einem Outsiderbestseller werden, man könnte es ins Fernsehen bringen, als Soap, vielleicht könnte man ein bißchen Polarkrimi beimischen, etwa: eine Figur hinzuerfinden wie einen Sohn, der Commissario ist, doch, ist okay für mich.«

»Und wie denkst du darüber, Cassie?«

»Lebt der Autor noch?«

»Also wirklich, wissen Sie ...«, sagte Colantuono und schoß mit gespreizten Hörnern aus der Tasche.

»Dem Professor geht es gut, er lebt in einem von allen, auch von der Mafia vergessenen kleinen Dorf im Süden.«

»Wir werden einen schönen Satz für die Werbung finden. Etwas, das an den Professor wie an einen einsamen, melancholischen Krieger von Ideen erinnert«, sagte das Rehkitz, »ungefähr wie: *Auf dem Katheder wie im Schützengraben* oder auch *Homer Blues.*«

Ulysses sah Kassandra an, und seine völlig ermattete Polygamie hob für einen Augenblick wieder ihr Haupt: Dieses Mädchen war flink.

»Allerdings brauchen wir für dein Buch auch noch einen Titel«, sagte Vulcanus, »der Titel ist wichtig. *Medèn* gefällt mir nicht.«

»Das ist nicht der Titel, es ist der Name eines Medikaments. Er hat's gebraucht ... ich meine, ich hab' den Beipackzettel eines Medikaments sozusagen als Schnelltitel verwendet.«

»Na, bereite dich auf ein neues Abenteuer vor, Odysseus. Heute abend essen wir mit dem Eigentümer des Rossomio-Verlags, wir werden über Prozente und Vorschüsse diskutieren, ich werde an deiner Seite sein. Und dann hat Cassie morgen vormittag für uns schon ein Interview mit der Bücherbeilage von ›Vivalibri‹ arrangiert, wir fangen an, das Terrain vorzubereiten.«

»Aber das Buch ist doch noch gar nicht veröffentlicht.«

»Den Erfolg bereitet man vor, wenn noch gar nichts passiert ist«, sagte Vulcanus, »stimmt's nicht, Cassie? Wir werden über die neuen literarischen Moden sprechen. Dein episch-moderner Roman ohne Titel, weil kein Titel in der Lage ist, ihn zu beschreiben. Der Graffitismus als letzte Grenze der Kommunikation Jugendlicher. Und der Leopard von Calatafimi, der integre Professor, der in seiner nach Orangen duftenden Einsamkeit ein unerwartetes Meisterwerk geschaffen hat.«

»Ist das nicht ein bißchen viel?«

»An die Arbeit, an die Arbeit, Kinder«, sagte Vulcanus, »ich hab's doch immer gesagt, wir werden nie in den Klauen dieser verfickten Grafocredit enden. Die sitzen jetzt ganz schön in der Scheiße, deine Freunde vom Mondial, mit diesen ganzen Skandalen und dem Princisbeo, der abhaut…«

»Meine Freunde? Das waren deine Freunde…«

»Circe, komm in mein Büro. Ich muß dir einen Haufen Briefe diktieren«, sagte Vulcanus. Er war gleich doppelt so dick geworden und aufgeplustert wie ein Truthahn.

»Und der Scheck, Valerio?«

»Bei dem fabelhaften Vorschuß, den wir bekommen werden, denkst du immer noch an diesen Scheißscheck?«

»Stimmt, ich bin ein elender Hund«, sagte Ulysses. »Bereite den Vertrag für Colantuono vor, und ich vergesse alles andere.«

»Circe, bereite einen Vertrag für unseren schriftstellernden Professore vor. Calicanti, erstellen wir ein Storyboard für das, was ansteht. Cassie, rück heraus mit einer Idee für unser Logo. Und du, Ulysses, finde einen Titel bis heute abend, Rossomio will einen…«

Sie verschwanden alle in Vulcanus' Büro. Ulysses drehte sich der Kopf. So viele dunkle Tage voller Angst und Kämpfe und Schmerzen, und jetzt lief alles wie am Schnürchen. Die Parzen sponnen Gold und Honig. War es nicht das, was Achilles vorausgeahnt hatte? Hatte er nicht von Tagen gesprochen, in denen Ulysses glücklich sein würde und vergessen könnte? Nein, dafür war es zu früh. Er nahm aus Vulcanus' Schreibtischschublade das Buch des Freundes. Er mußte einen Titel finden. Aber wie soll man etwas einen Titel geben, das einem nicht gehört, auch wenn man gesehen hatte, wie es entstanden war. Ich kann dieses Buch nicht mit meinem Namen versehen. Ich werde die Wahrheit sagen, daß er es geschrieben hat. Freilich, das könnte sich zu einem Fall entwickeln, zum bemitleidenswerten Fall des unbeweglichen, kranken Schriftstellers. Achilles würde dieses Mitleid nicht haben wollen. Aber hat er denn nicht geschrieben, um zu überdauern, um in der Erinnerung fortzuleben? Warum denn sonst? Nein, das Buch ist seins.

Noch einmal las er das Ende, diese Worte, die ihn so verwirrten.

Ich gehe lebendig und siegreich, Odysseus. Wir merken nie, daß es eine Seite im Buch gibt, die wir nicht zu begreifen in der Lage sind, die weißeste, die nutzloseste, und doch ist sie es, für die alles geschrieben wurde. Warum gelingt es uns nicht, sie zu sehen? Das ist eine Frage, die ich dir stelle und die dich eine Zeitlang an mich denken läßt, so lange, bis du die Antwort hast.

Gab es in diesen Worten etwas, das er nicht verstanden hatte? Er durchblätterte das Buch. Die Seiten waren alle in Vampirfraktur gedruckt, keine kam ihm anders vor als die anderen. Vielleicht wollte Achilles ihn ermahnen, jede Seite zu lieben, oder ihn auffordern, weiterzuschreiben. Er wollte das Buch gerade in die Schublade zurücklegen, als sein Augenmerk auf die weiße Seite am Anfang fiel. Dort hätte der Titel stehen sollen, doch statt dessen war da nichts. Warum diese nutzlose Seite? Die weißeste, die nutzloseste. Er betrachtete sie genau. Und er sah, ganz unten auf dem Blatt, ein paar kaum wahrnehmbare Zeichen, die er für Verwischungen der Tinte gehalten hatte, für die Spuren, die der Drucker manchmal auf dem Papier hinterläßt. Aber es war keine Tinte, es war Bleistift: Man las ganz deutlich, handgeschrieben, mit breiten schrägen Buchstaben eine Unterschrift.

Achilles.

Mit Mühe, mit wer weiß welcher langsamen, triumphierenden Mühe hatte er es hinbekommen. Er hatte seinen Namen mit eigener Hand geschrieben. Seinen einzigartigen Namen, der auf seinen Körper und auf seine Geschichte verwies. Mit dem Schwert eines kleinen Bleistifts. Siegreich am Ende. Das war es, wofür alles geschrieben wurde, Ulysses.

Pilar kam herein und umarmte ihn. Mein Hidalgo, nannte sie ihn und setzte sich auf seinen Schoß, mit einem langen, leidenschaftlichen Kuß. Dann verstand sie, daß Ulysses allein sein wollte und ging still hinaus. Ulysses spürte auf derselben Seite, im selben Herzschlag die gerade gezogene Spur ihrer Anwesenheit und zugleich die Leere, die durch ihren möglichen, unwiederbringlichen Verlust gegraben wurde.

Pilar, Carmencita, Dolores, wo seid ihr?

Er machte das Licht aus, ihm genügte das schwache Abendlicht. Ja, Achilles, das ist dein Fluch. Jetzt durchwandere ich einzigartige Tage, vielleicht sind sie bald vorüber, doch ich werde sie erleben, schwebend, im Flughafen der Welt. Auch das hast du schon im voraus bedacht. Pilar auf meinem Schoß. Circe und Kassandra, die meine lächerlich romantische Polygamie in Versuchung führen. Meine Eitelkeit, die gierig und unerschöpflich zu werden bereit ist. Geld, Drachmen, Sesterzen und Muschelketten für mich. Freude, weniger als ich möchte, von der ich soviel brauche. Und in dieser Freude jedesmal Hindernisse und Kämpfe und Einsamkeit, zerrissene, fortgeworfene Seiten. Doch jetzt ist die Freude hier, du hast sie gegeben, damit ich sie erleben und dich vergessen kann. Willst du sehen, ob ich die Lektion gelernt habe, Achilles? Ob ich gelernt habe, mit offenen Augen zu gehen, ob ich die reglose Stille respektiere, hinter der wunderbare Bücher entstehen, die niemals jemand entdecken wird?

Ich weiß nicht, was ich dir sagen soll, Achilles. Ja, das Buch gehört mir, und ich werde dich vergessen. Und eines Tages wirst du in meine Erinnerung zurückkehren. Und daraus werden andere Bücher.

Ulysses blickte hinaus. Der Wind blies noch immer, riß Blätter von den Bäumen, höhlte Regenschirme aus und brachte Regen in Vorhallen und Innenhöfe, jeden verfolgend, der Schutz vor ihm suchte. Vor dem Verlagshaus standen, ungeachtet des Sturms, an die zehn Menschen mit Transparenten. Es war eine Demonstration junger, übergewichtiger Erzähler, die von der Veröffentlichung ausgeschlossen worden waren. Olivetti verteilte Flugblätter mit Auszügen aus Balzac und

Dürrenmatt. Der Schnee wurde dichter, Ulysses dachte an den Innenhof mit dem Laokoon. An die Terrasse mit den Bäumen, an den Tanz der Amseln, an den Regen auf Achilles' Haare. An sein leeres Zimmer, an seine Bücher, die traurig waren, ohne die gekrümmte Hand, die sie nicht mehr öffnen würden. An seinen Freund ohne Gewicht, so leicht, daß man ihn auf dem Arm halten konnte, so sehr für das Fliegen geeignet. Wieviel Freude ist ihm entgangen und anderen wie ihm, uns allen gleichermaßen. Seinem ruhmreichen Sohn.

Die Welt außerhalb des Fensters wirkte auf ihn, als schwebe sie im Raum, eine kleine Insel, von jeder Landkarte verschwunden, mit einem vom Dunkel verschluckten Namen. Die Menschen gingen eilig, mit geschlossenen Augen, über instabile, nebelverhangene Brücken, über vereiste Bürgersteige, unter dem Klagen der Hupen, das zum vergifteten Himmel aufstieg. Alles schien ihm schwierig, verzweifelt, schmerzvoll. Es war noch Reise, noch Krieg. Liebe deinen Atem. Mit dem Schwert eines Bleistifts. Er schloß die Augen.

»Ulysses«, sagte Pilars Stimme, »dein Handy hat lange geklingelt, dann habe ich geantwortet. Achilles' Mutter ist dran.«

»Sag ihr, ich bin nicht da«, antwortete Ulysses, »sag ihr, ich rufe sie später an.«

Italiens Kult-Autor Stefano Benni mit einer Liebesgeschichte in ungewöhnlichen Bildern

Stefano Benni
DER ZEITENSPRINGER
BLT
416 Seiten
ISBN 978-3-404-92216-1

Der Junge Saltatempo, der »Zeitenspringer« genannt wird, besucht in der Stadt ein Gymnasium, wo er sich verliebt und die Launen der schönen Klassenkameradinnen kennen lernt. Im Dorf zu Hause kostet den Vater ein Bergrutsch, die Folge einer ungenehmigten Abholzung, das Leben. Saltatempo hegt zunächst wilde Rachegedanken gegenüber den skrupellosen Verantwortlichen, denn er weiß, dass handfeste Interessen hinter der Zerstörung der Landschaft stehen. Weil er aber politisch und emotional reift, stellt er die Vergeltung vorerst zurück und erobert die schöne, von allen umschwärmte Selene. – Ein »überschäumender« Roman, in dem Stefano Benni erneut seine große Fabulierkunst unter Beweis stellt.

BLT

»Commissario Montalbano macht den Leser zum Wiederholungstäter.«

ABENDZEITUNG

Andrea Camilleri
DIE PASSION
DES STILLE N RÄCHERS
Commissario Montalbanos
achter Fall
BLT
256 Seiten
Klappenbroschur
ISBN 978-3-404-92267-3

Nachdem Commissario Montalbano eine Schussverletzung auskuriert hat, kann er es kaum erwarten, sein gewohntes Leben wieder aufzunehmen. Sein nächster Fall, die mysteriöse Entführung einer jungen Studentin, gibt ihm jedoch so manches Rätsel auf: Zu viele Details passen nicht zusammen, die Aussagen der Zeugen widersprechen sich. Doch das Netz der Verwirrungen, das hier ausgelegt wurde, scheint undurchdringbar und der stille Rächer geduldig genug, um in aller Ruhe abzuwarten, bis sein Opfer in die verhängnisvolle Falle tappt …